SIXTINE

SIXTINE

Livre I

CAROLINE VERMALLE

Caroline Vermalle

CE QUE LES BLOGS DE LECTURE ONT PENSÉ DE SIXTINE

★★★★★ Coup de cœur de l'année
(THRONE OF BOOKS)
Une merveille, une lecture exceptionnelle, fascinante
(LE SOUFFLE DES MOTS)
★★★★ Une histoire merveilleuse
(PHEBUSA)
★★★★★ Une vraie réussite
(PRETTY BOOKS)
★★★★★ J'ai adoré
(LA CHRONIBOOK)
La plume de Caroline Vermalle est incroyable, tout dans ce livre m'a passionné
(LUCIE BOOK)
Une énigme magistrale, un livre d'une richesse surprenante
(LES LIVRES D'ALILY ET AUDREY)
★★★★★ Un roman complexe et abouti
(A LITTLE MATTER WHATEVER)
Un thriller qu'il est difficile de lâcher
(L'ANTRE DE LA LOUVE)
Un très bon roman d'aventures

(L'UNIVERS LIVRESQUE D'UNE PETITE NOISETTE)

SIXTINE est un roman coup de cœur !

(DU SOLEIL ET DES LIVRES)

★★★★ Une intrigue digne des plus grands thrillers

(A-LU-CI-NE)

L'intrigue est époustouflante. Ce livre est un vrai bijou

(DANS NOTRE PETITE BULLE)

★★★★★ Peut-être bien MON coup de cœur de l'année !!

(LE CARNET DE LECTURE DE NINIS)

Un récit incroyable, une lecture palpitante

(SARIAHLIT)

★★★★ La plume de Caroline Vermalle est magique et envoûtante

(MEGWORLD)

En un mot : prodigieux !

(LE CAHIER DE LECTURE DE NATHAN)

Je me suis régalée

(BOOKENSTOCK)

★★★★ Je recommande ce roman atypique

(NYX SHADOW)

★★★★ Passionnant

(UN JOUR UN LIVRE)

Une belle découverte

(MON COIN LECTURE)

La plume de l'auteur est une merveille

(LES PETITS MOTS DE SAEFIEL)

Un petit coup de cœur

(L'OISEAU LYRE)

Une bombe !! À lire d'urgence !!

(AGNAH'S WORLD)

En passant, parlons aussi des pyramides d'Égypte, oiseuse et folle ostentation de la richesse de ses rois. [...] Entre les auteurs, il y a désaccord sur ceux qui ont construit les pyramides, car le sort, très juste en cela, a fait oublier les noms des promoteurs d'œuvres aussi vaines.

Pline l'Ancien, *Histoire naturelle*, 77 apr. J.-C.

Comment vivre sans nos vies ? Comment pourrons-nous savoir que c'est nous, sans notre passé ?

John Steinbeck, *Les Raisins de la colère*, 1939 apr. J.-C.

PROLOGUE

Paris, le 21 mai — de nos jours

« *Ils se marièrent et vécurent heureux pour toujours...* »

Alors qu'elle traversait la rue illuminée par une aube orangée, le cœur de Jessica s'envola. Les yeux emplis de la pyramide de verre dont elle s'approchait, elle entendait la voix de sa mère résonner du souvenir des contes de fées lus dans sa petite chambre joyeuse et misérable.

C'était il y avait presque vingt ans.

Comme Jessica aurait aimé que sa mère soit encore là pour voir le soleil se lever sur Paris ! Pour sentir ce matin sublime réveiller le jardin des Tuileries, pour cueillir l'or dont se couvrait la façade du musée du Louvre, pour vivre ce jour béni entre tous les jours : celui de son mariage avec un prince.

Gigi, sa tante, lui avait dit de ne pas y aller ce matin. Mais Jessica, comme d'habitude, n'en avait fait qu'à sa tête. Comme le voulait la tradition, elle n'avait pas partagé la chambre de Seth, son fiancé, à la veille de ses noces. Son hôtel était à deux pas et, comme elle disposait d'une heure avant l'arrivée des coiffeurs, maquilleurs et habilleurs, elle n'avait pu résister à l'envie d'aller au Louvre.

C'est là que se déroulerait la fête. Seth avait tout organisé sans elle ; cela promettait d'être une affaire grandiose.

Escortée d'un agent de sécurité, elle pénétra dans la pyramide du Louvre, le cœur débordant d'impatience et de curiosité, et aussi d'une émotion plus trouble qui lui échappait dès qu'elle cherchait à la comprendre.

Elle croisa quelques regards qui s'attardèrent sur elle un instant de trop. Bien sûr, on avait parlé d'eux dans les magazines. Les photos des fiancés étaient souvent floues, prises au téléobjectif, sur un yacht à Monaco ou dans les rues de New York. Jessica, ses yeux bleus cachés derrière des lunettes de soleil, ses longs cheveux blonds ondulés, son visage rond rayonnant de la lumière de ses vingt-deux ans, son sourire généreux avec juste ce qu'il fallait de timidité, tenait à la perfection le rôle de la demoiselle sortie de nulle part pour épouser le jeune milliardaire. Son corps animé d'une vitalité insouciante, avec ses courbes généreusement soulignées par une taille de guêpe et des jambes interminables, était différent de celui, improbable, des mannequins vus au bras de Seth dans les numéros précédents. Jessica était dotée d'une beauté éclatante, mais authentique. Sa vie avait jusque-là été ordinaire : les gens étaient heureux pour elle, et les lectrices en redemandaient.

Jessica Desroches avait rencontré Seth Pryce — de treize ans son aîné, célibataire notoire et businessman américain fraîchement couronné d'une place dans la liste Forbes des cinq cents personnes les plus riches du monde —, lors de la représentation d'une pièce de théâtre à Manhattan. La petite *Frenchie* y jouait un rôle de figuration, elle qui avait toute sa vie rêvé d'Amérique et était montée à New York pour y trouver une gloire qui peinait à venir.

Quatre semaines plus tard, il la demandait en mariage.

Et moins de cinq mois après cette rencontre dont rêvaient toutes les petites filles, l'heureuse élue se tenait, le souffle coupé, sur l'un des balcons surplombant la salle Richelieu.

Ses yeux ne pouvaient tout contenir : sous un dôme de verre, un hall immense, tout en marbre, pierre blanche et sculptures ancestrales. Des fontaines d'orchidées blanches, plus de cinq mille fleurs, ornaient la salle, des colonnes aux centres de table, des balustrades à l'escalier majestueux. Trois cents chaises dorées, de l'argenterie à perte de vue, des chandeliers en cristal, des milliers de bougies prêtes à être allumées. Une explosion de luxe en blanc, or et bleu. Un bleu particulier, vibrant, profond, pur.

On avait dit dans la presse que Seth avait voulu assortir l'événement au regard de Jessica. La jeune fille savait que ce n'était pas pour ses beaux yeux que son amoureux avait choisi la couleur qui s'invitait dans chaque détail de ce jour magnifique, mais pour ceux d'une reine morte il y avait trois mille ans de cela.

Le bleu était égyptien.

Seth avait décidé que le mariage serait célébré à Paris, moins parce que Jessica était française que parce que les plus grands trésors de cette ancienne Égypte qui le fascinait depuis l'enfance se trouvaient ici même.

Jessica admirait toujours la vue de ce hall grandiose qui serait le théâtre de ses noces, et comprit enfin ce sentiment qui l'avait poussée à venir : elle voulait s'assurer que tout était bien réel.

Durant ces six derniers mois bouleversés par sa romance effrénée avec Seth, elle ne s'était pas autorisée à croire à ce qui lui arrivait. C'était trop beau, trop grand pour être vrai. Cela faisait longtemps qu'elle ne croyait plus aux contes de fées, et pourtant elle en vivait un. Elle allait se marier à un homme pour lequel des filles se seraient damnées.

Mais à présent, elle devait bien admettre que ses souhaits d'enfant étaient largement exaucés.

Les invitations au mariage avaient été envoyées à toute la jet-set. La cérémonie se déroulerait à la Madeleine, l'église aux airs de panthéon antique. Un cocktail serait donné dans les appartements de Napoléon III, ouverts exclusivement pour l'occasion. Un chef auréolé de plusieurs étoiles avait créé le menu et le dîner serait servi au milieu des trésors du Louvre.

Jessica, accrochée à son balcon, regardait les préparatifs pour son mariage comme l'un des anges sur le plafond de la chapelle Sixtine. Elle pensa encore une fois à sa mère. Comme elle aurait été fière, elle qui n'avait rien et avait pourtant tout donné pour sa petite fille !

Elle sentit soudain un souffle, comme une caresse. Sa mère était morte douze ans auparavant, mais elle était pourtant si présente, comme une reine bienveillante régnant sur l'âme de Jessica. Et quand elle pensait très fort à elle, elle ressentait ces frôlements de plume, ces manifestations infiniment douces qui accompagnaient d'un seul coup l'éruption d'une éternité d'espérance. Pour quelques instants, Jessica se sentait invincible, protégée par cet amour plus grand qu'elle. Mais le monde réel reprenait trop vite ses droits, et ces moments imaginés laissaient dans leur sillage, toujours, le goût amer de l'impuissance.

Le destin lui avait pris sa mère. Et personne ne pouvait combattre le destin.

Elle contemplait les gens, en bas, dans le hall, deux douzaines peut-être, qui allaient et venaient en hâte et s'affairaient ensemble à rendre l'occasion encore plus somptueuse. L'un d'eux consultait un grand plan de table qui ressemblait aux travaux d'un architecte. Ce soir, au dîner, trois cents invités, tous des grands de ce monde, regarderaient Jessica, la mariée, la scruteraient parfois, la jugeraient sûrement.

L'anxiété s'immisça dans le ventre de la jeune femme. Elle qui n'avait rien fait pour mériter cette place, ni par ses succès ni par sa naissance, elle qui se trouvait ici par la seule grâce d'un sourire, était-elle digne de ce qui lui était offert ?

Sa présence ici n'était-elle pas plutôt le fait d'un dieu distrait, qui bientôt s'apercevrait de son erreur et lui ôterait son paradis ? Tout cela n'était-il qu'un mirage cruel ?

Elle se rendit compte que même ici, même maintenant, même à quelques heures de la cérémonie, elle n'y croyait pas encore véritablement.

Quelque chose arriverait forcément, et tout s'écroulerait.

Ces pensées amères avaient brouillé le regard de Jessica. Quand elle les chassa pour revenir à la vision splendide du musée du Louvre en habit de fête, elle vit, de l'autre côté de la salle, debout sur le balcon à la même hauteur qu'elle, un homme qui l'observait.

Elle mit quelques instants à le reconnaître.

Cette silhouette mince et droite, ces cheveux châtains aux reflets d'or, cette capacité presque féline à se tenir parfaitement immobile, c'était le meilleur ami de Seth, et son témoin lors de la cérémonie :

Thaddeus di Blumagia.

Artiste, peintre, sculpteur. Elle ne l'avait rencontré qu'une seule fois, lors de ses fiançailles. Une de ses amies avait ri des choses saugrenues que Jessica remarquait toujours : « *Immobile ?! Cet homme est incroyablement beau, prodigieusement riche et absolument célibataire, et toi, tout ce que tu trouves à dire, c'est qu'il est immobile ? Si tu n'étais pas fiancée à Seth, je désespérerais pour toi !* »

Thaddeus la regardait toujours ; même à cette grande distance, Jessica savait qu'il lui souriait. Elle se sentit rougir.

Gigi avait sans doute eu raison, elle n'aurait pas dû venir. Ne disait-on pas que le marié ne devait pas voir sa belle avant les noces, sous peine de sept ans de malheur ?

À ce moment-là, une grande voix appela : « Thaddeus ! »

C'était Seth.

Seth se tenait au milieu de la salle, échangeant avec son ami des signes de la main qu'eux seuls comprenaient. Toute la pièce, les hommes comme les choses, gravita soudain autour de Seth, comme autour de l'œil d'un cyclone.

Seth était un brun ténébreux à l'élégance massive, au visage comme sculpté dans une roche antique, et son existence était à l'image de ses costumes : droite, chère et sur mesure. Sombre aussi, auraient dit certains, mais c'était mal le connaître : Seth avait un féroce appétit pour la vie. S'il économisait son sourire avec ceux qui lui faisaient perdre son temps, il était un des rares hommes sur cette terre dont l'amitié n'avait, littéralement, pas de prix.

Seth n'avait pas vu Jessica, et instinctivement, elle fit quelques pas en arrière pour s'éloigner de la balustrade.

Oui, c'était mieux comme ça, il valait mieux partir, pour ne pas attirer le mauvais œil.

Surtout que Seth avait tourné son attention vers l'une des organisatrices : la disposition des tables n'était pas à son goût et les bougies n'étaient pas de la bonne taille. Il demanda, d'une voix qui ne souffrait aucune objection, qu'on change tout immédiatement. Un des assistants eut la mauvaise idée de ne pas acquiescer clairement, et la voix de Seth prit des accents de colère. Une colère calme, sûre d'elle, altière.

Quelques bribes atteignirent Jessica : Seth disait que son mariage n'était pas comme les autres, que lui, il ne se marierait qu'une fois, alors tout devait être parfait.

Jessica sourit. Elle savait que la prochaine fois qu'elle verrait cette salle, la lueur émanerait de bougies, et les tables seraient exactement comme l'avait intimé Seth.

Seth, perfectionniste pathologique, Seth romantique insoupçonné.

Seth, son mari, bientôt.

La grande horloge dans l'aile Richelieu indiquait qu'il était presque huit heures. Dans quelques minutes, une armée de petites mains arriverait à son hôtel pour préparer la mariée. Jessica contempla une dernière fois cet endroit féerique. Elle s'efforça de ne plus penser à sa mère, au destin incontrôlable et à toutes ces choses invisibles qui hantaient ce matin si ravissant, et se hâta vers la sortie. Mais soudain, elle entendit une voix derrière elle :

— Vous fuyez ? J'avais bien dit à Seth que toutes ces bougies, c'était terrifiant. On croirait qu'il prépare une veillée funèbre.

Elle se retourna : c'était Thaddeus.

— Non, je ne fuis pas, dit Jessica, remettant maladroitement une mèche de ses cheveux blonds derrière son oreille.

— Peut-être que vous devriez.

— Je vais être en retard, balbutia Jessica.

— Quand les princesses sont en retard, qui sait ce qui peut arriver ? Croyez-vous que le Louvre va se transformer en citrouille ?

Jessica fut piquée au vif. Le sourire de Thaddeus avait beau être bienveillant et ses yeux gris pétiller de malice, l'allusion à ses origines humbles était de mauvais goût.

— Les mésanges n'ont pas fini de coudre ma robe de mariée, donc excusez-moi, je dois filer, dit-elle froidement.

— Quel idiot, pardonnez-moi, je suis toujours maladroit quand je dois dire des choses importantes, dit Thaddeus en passant sa main sur ses lèvres.

Un instant, Jessica fut surprise de lire une angoisse véritable dans le regard gris, ainsi qu'une profondeur inattendue, qui révélèrent sur ce visage toute la beauté promise par ses traits réguliers.

— Je vous ai vue sur ce balcon, et cela fait dix minutes que j'essaie de trouver le courage de venir vous parler. J'avais préparé mes phrases, mais, j'en conviens, elles sont désolantes.

À nouveau, Thaddeus souriait, et l'ombre s'était envolée, remplacée par ce charme confiant et cette immobilité étrange qu'elle avait remarqués dès leur première rencontre.

— Ce que je voulais dire, c'est que... j'aime Seth comme un frère. Et croyez-moi, il m'agace comme un frère aussi. Son perfectionnisme le perdra. Tout cette opulence, cet or, ce luxe... Cet après-midi, vous allez rencontrer des gens qui vont faire un effort surhumain pour paraître parfaitement blasés. Mais ne vous méprenez pas : n'importe qui serait aveuglé par tout ceci...

« ... *et pas seulement vous.* » Par délicatesse, Thaddeus n'avait pas fini sa phrase, mais Jessica avait compris.

Il fixa son regard sur la salle en bas, qui tourbillonnait toujours autour de Seth.

— Je voulais dire que tout cela n'est qu'un décor. Une distraction spectaculaire. Élégante, certes. Enivrante, absolument. Et ce bleu... Oubliez les antiquités qui prennent la poussière dans le musée ! Le plus grand joyau de la IVe dynastie, c'est ce silicate de calcium cuivre, ce pigment d'une luminosité extraordinaire... (Il fit une pause et se tourna lentement vers Jessica.) Mais qu'importe, enlevez tout ce qui brille, Jessica, et ce qui reste est un homme, une femme et une promesse, au nom de l'amour. À la vie, à la mort.

Jessica n'osait pas bouger. Les paroles de Thaddeus étaient allées droit à son âme, sans avertissement. La gravité n'était généralement pas de mise dans les soirées mondaines.

— Je vous vois sur ce balcon, et je me dis que je suis le dernier messager, celui qui vient vous rappeler que la seule chose qui compte ici et maintenant, c'est la réponse à la question : êtes-vous prête à faire cette promesse ?

— Oui, répondit Jessica.

— À la vie, à la mort ? dit Thaddeus.

Jessica le regarda droit dans les yeux ; il ne cillait pas, il ne souriait pas. Pour éviter que son imagination n'y décèle une signification trop profonde, Jessica ricana.

— Vous prenez votre rôle de témoin très à cœur.

— Désolé, ce doit être les orchidées, tout ce blanc me rend dramatique. Seth n'aurait pas pu trouver plus mauvais *best man*.

Leurs regards se croisèrent dans un silence qui sonnait comme un secret.

— Je vous laisse, dit enfin Thaddeus, les souris n'ont pas fini mon costume non plus.

— À tout à l'heure à l'église, alors, lança Jessica, s'efforçant de paraître légère.

Le peintre sourit et répondit :

— Oui, je ne sais pas ce qu'on dit dans ces moments-là... Bonne chance ?

Mais Jessica n'eut pas le courage de chercher une répartie et se contenta de lui sourire avant de courir vers l'escalier.

LES DEUX DEMOISELLES D'HONNEUR, BLONDES ET BELLES COMME Jessica, se regardèrent en coin, chacune s'efforçant de trouver les mots qui convenaient. Ni l'une ni l'autre n'y parvinrent. Enfin, Clara, la plus jeune des deux, balbutia :

— Inattendue !

Depuis des semaines, Jessica gardait le secret sur sa robe de mariée, le seul détail du mariage qui n'avait pas été décidé par Seth.

Elle avait refusé qu'on l'accompagne aux essayages. Clara et Béatrice en étaient venues à présumer que leurs propres tenues, des robes longues haute couture en tulle et dentelle bleu égyptien qui avaient demandé des jours et des nuits de travail dans l'atelier d'une grande maison parisienne, ne pouvaient donner qu'un avant-goût du style extraordinaire de celle de la mariée.

On parlait de kilomètres de traîne, de dentelles précieuses, d'une deuxième robe identique dans un coffre-fort. Mais lorsque, ce matin-là, Jessica, maquillée et coiffée, était sortie de la chambre et avait fait ses premiers pas dans le salon de la suite vêtue de son habit nuptial, Clara et Béatrice étaient — oui, il fallait l'avouer — déçues.

La robe consistait en un morceau de soie d'une infinie délicatesse ; elle ne tenait à ses épaules que grâce à un fil ténu, épousait son corps à la perfection et finissait en une modeste traîne.

Elle était sublime et parfaitement ordinaire tout à la fois.

Béatrice cherchait encore ses mots :

— La beauté dans la simplicité... pure, sobre... C'est vrai que j'imaginais plus de... enfin...

— Viens voir ici, ma chérie.

Dans un coin de la suite était assise Gigi, la tante de Jessica. À quatre-vingts ans, Gigi était pratiquement aveugle, mais avait toujours été élégante et gaie. Une broche représentant un oiseau coloré était épinglée sur l'habit pâle qui cachait son corps frêle. Gigi passa ses vieilles mains cabossées sur la taille de Jessica, touchant le tissu du bout de ses doigts.

— Tu es belle, murmura Gigi dans un sourire.

— Un jour, disait Clara à Béatrice, j'ai entendu qu'une actrice a reçu en fiançailles un énorme diamant, mais c'était aussi le genre à aimer la simplicité, alors le bijoutier l'a serti à l'*intérieur* de la bague en platine. Du coup, personne ne voit le diamant.

Béatrice fit une moue qui trahissait le fait qu'elle trouvait l'idée profondément absurde.

— Ne me dis pas qu'il y a des pierres précieuses à l'intérieur du tissu ? Je ne le connais pas trop, ton fiancé, mais je dirais que ce n'est pas son genre.

— Tut tut tut, dit Jessica en se dirigeant vers la chambre. Vous n'avez encore rien vu. La tradition dit que, pour que mon mariage soit heureux, il faut que je porte quelque chose de neuf, quelque chose d'ancien...

— *Something old, something new, something borrowed and something blue !* chantèrent en chœur les demoiselles d'honneur.

— Ce que vous venez de voir n'est que mon *something new* ! cria Jessica depuis la chambre. Mais voici...

— Ne me dis pas qu'elle va mettre une tiare ? souffla Clara à Béatrice qui levait les yeux au ciel.

Quand Jessica apparut, Clara et Béatrice firent de grands yeux.

Elle portait un collier extraordinaire tissé d'or et de pierres bleues qui couvrait tout son cou, ses épaules et jusqu'à la naissance de ses seins. Comme par enchantement, la robe parée de ce bijou immense acquérait une dimension royale.

Jessica n'était plus princesse d'un jour, mais reine d'un autre temps.

— Un cadeau de Seth, murmura Jessica. Ancien, bleu... et emprunté, d'une certaine façon. Il a été trouvé dans une tombe de la vallée des Rois en Égypte. Il a trois mille ans.

Jessica s'était penchée pour que Gigi puisse caresser les perles oblongues de lapis-lazuli et le métal ouvragé. Soudain, sa mine se fit grave et un lourd silence s'installa : pensait-on au temps qui passe et qui emporte les reines ?

Béatrice dit enfin, avec une pointe de mélancolie :

— Tu vois, je m'attendais à une robe à un million de dollars. Ça aurait été vulgaire, bien sûr. Ta tenue n'a pas de prix. Elle est merveilleuse.

Puis, dans le calme qui s'installait, on entendit alors les cloches au loin.

C'était l'heure.

Tout se précipita. Le trajet en limousine, les klaxons parisiens, les passants qui s'arrêtaient pour dévisager la mariée, et toutes les personnes à son service dont elle ne se rappelait plus le nom et qui s'affairaient autour d'elle.

Enfin, la montée des marches, au bras vacillant de Gigi qui serait celle qui l'accompagnerait jusque devant l'autel, faute d'avoir plus de famille. Les portes de la grande église de la Madeleine s'ouvrirent sur les voix angéliques d'un chœur invisible.

Des centaines de regards illustres se posèrent sur elle et, devant l'autel, enfin, elle aperçut Seth, rayonnant.

À mesure que Jessica avançait dans la nef, elle découvrait que l'édifice, paré comme elle de bleu, de blanc et d'or, était encore plus majestueux que la salle du Louvre, sa beauté magnifiée par le divin. Sous son voile, elle murmura à sa tante aveugle :

— C'est si beau...

Et Gigi pressa sa vieille main sur le bras de Jessica, dont le cœur battait fort sous son collier millénaire.

Enfin, elle fut aux côtés de Seth, dont les yeux pétillaient. Le prêtre commença son homélie, mais la future mariée dut faire des efforts pour écouter son sermon, ivre de son propre sort.

Le rêve devenait réalité.

Son cœur battit encore plus fort quand elle entendit que le prêtre prononçait déjà le nom de Seth et s'adressait à lui.

Elle l'entendit dire *oui*.

Elle entendit son nom à elle aussi, Jessica, ce nom officiel que pourtant sa mère n'avait jamais dit. Alors, sur le visage du prêtre qui lui parlait, Jessica décela une nuance imperceptiblement plus sombre. Un cierge venait de s'éteindre ; il ne restait de la lumière que des volutes fantomatiques.

La vie, l'amour, la mort. Rien d'autre.

Elle les vit dans une clarté terrifiante et en perdit son souffle. Elle se tourna vers Seth qui la dévisageait, dans le silence qui avait envahi l'église, le temps d'une poussière de seconde, une poussière seulement, elle se demanda ce qu'elle savait de l'amour éternel.

Quelle était sa nature ? Existait-il vraiment ?

Presque simultanément, elle fut happée par les yeux gris de Thaddeus, qu'un sourire étrange illuminait. Puis en un instant fulgurant, comme si elle sortait d'une descente en apnée, elle emplit ses pupilles de toutes ces choses précieuses qu'elle n'avait qu'à cueillir, cette foule raffinée, ce prince charmant et ces lendemains qui chantaient, et enfin les mots prirent forme :

— Oui.

Le prêtre sourit, quelque chose de trouble passa sans s'arrêter dans le regard de Seth et l'église centenaire fut prise d'un murmure.

La mariée avait-elle *hésité* ?

Qui plus est... cette mariée entre toutes les mariées ?

Mais la messe reprit son cours et bien vite ce soupçon n'agita plus que les langues malveillantes, le reste des invités ayant mis ce léger faux pas sur le compte de l'innocence et de la nervosité, ce qui rendait la jeune mariée encore plus délicieuse ; bientôt, on oublia tout à fait l'épisode.

Les heures qui suivirent furent encore plus belles que promises.

Le mariage de Jessica et Seth Pryce gagna avec grâce sa place dans les annales du grand monde comme un jour inoubliable. Enfin, un feu d'artifice éclata en mille étoiles dans le ciel de Paris et les limousines firent la queue devant la pyramide au son des « au revoir ». Les derniers convives ignorèrent l'aube depuis la terrasse du Café Marly et, enfin, il ne resta plus de ces noces précieuses que les images que le photographe officiel, dans un bâillement, envoyait déjà aux plus grands magazines.

On y voyait Jessica, dans sa robe de demoiselle et parée de son collier de reine, qui dansait, virevoltait, riait, et embrassait son prince.

Elle semblait boire l'instant présent comme un élixir. On la voyait à toutes les heures de la nuit, ses cheveux blonds défaits, sa mine lumineuse même quand les convives disaient adieu. Le dernier cliché, baigné d'une lumière froide, montrait Jessica, nu-pieds dans le jardin des Tuileries, lovée contre le torse de Seth et habillée de sa veste de smoking. Elle regardait son mari et son meilleur ami se dire au revoir, alors que Thaddeus, tête baissée, mains dans les poches, un sourire serein au coin des lèvres, s'apprêtait à disparaître vers le soleil qui se levait.

Mais ces souvenirs-là seraient pour d'autres.

Car bientôt, le moment devant l'autel, la seconde improbable où ses certitudes avaient vacillé, où le souffle avait manqué à ses mots, laissant les anges interroger les coins secrets de son âme, où le temps s'était ralenti pour lui parler de la vie, de l'amour et de la mort... Ce minuscule instant serait le dernier dont Jessica se souviendrait.

PARTIE I

I

UN MESSAGE URGENT

É*gypte, Le Caire, le 18 juin (28 jours plus tard)*

NASSER MOSWEN COURAIT À PERDRE HALEINE DANS LES couloirs du Musée égyptien du Caire.

Ses chaussures de ville martelaient le sol de pierre et cet écho assourdissant montait vers les hauts plafonds dans une urgence menaçante. Les quelques visiteurs s'étaient arrêtés dans leur flânerie et s'interrogeaient d'un regard anxieux : le bâtiment se trouvait à deux pas de la place Tahrir et jouxtait un édifice éventré et noir de cendres. L'Égypte était en pleine révolution. À peine un an auparavant, le musée avait été pillé et des momies décapitées.

Que se passait-il aujourd'hui ?

Le petit homme courait toujours. La bouche sèche, le visage pourpre, baigné de sueur, un téléphone portable serré dans sa main humide et froide, il zigzaguait maladroitement entre les grandes statues antiques et les vitrines poussiéreuses. Il fallait qu'il arrive à sortir de ce musée. Avec de la chance, il serait à l'hôtel Four Seasons dans vingt minutes. Il articula une prière silencieuse sous sa moustache et continua sa course folle vers la grande porte qui donnait sur l'avenue. Il descendit les quelques marches quatre à quatre et se précipita vers sa voiture. En ce début de soirée, on ne voyait rien d'anormal dans les rues du Caire. Les attroupements, les trottoirs éventrés et les tuyaux tordus lors des affrontements un an auparavant faisaient à présent partie du paysage ordinaire de la capitale égyptienne. Mais c'était absurde, pensait Nasser. Le monde aurait dû s'arrêter, comme lorsqu'on regarde un accident se dérouler. Car sa vie était en train de lui échapper, il en était si certain qu'il en avait la nausée. Et s'il n'arrivait pas à temps au Four Seasons, ce serait encore pire.

Il démarra sa vieille voiture rouillée et s'engouffra, pied au plancher, dans le trafic dense vers le pont du 6 Octobre. Il klaxonnait et donnait des coups de volant pendant qu'il pressait la touche « rappeler » sur son téléphone portable.

— Hôtel Four Seasons, Salma à votre écoute, que puis-je faire pour vous ?

— Monsieur el-Shamy est-il arrivé ? cria Nasser.

— Numéro de chambre, je vous prie ?

— Non non non, j'ai déjà appelé, monsieur el-Shamy donne une conférence de presse dans la salle Champollion. C'est très urgent, il faut que je lui parle immédiatement !

— Ne quittez pas, s'il vous plaît.

Nasser mit le haut-parleur et laissa tomber l'appareil sur ses genoux pour klaxonner de plus belle. Il doubla un camion et passa à quelques centimètres d'un 4x4, ce qui engendra un concerto de klaxons et de cris, qu'accompagnait la musique d'attente du Four Seasons.

— Monsieur, je suis désolé, la conférence de presse vient de commencer et il ne nous est pas possible...

— Écoutez, mademoiselle. Je suis Nasser Moswen, conservateur adjoint au Musée égyptien, je suis un collègue de monsieur el-Shamy et il est d'une importance capitale, entendez-moi bien, capitale, que je lui parle immédiatement. C'est une affaire de sécurité nationale...

Bip-bip-bip...

Plus de réseau. De rage, Nasser lança le téléphone sur le siège défoncé de sa voiture. Mais bientôt, la façade immense du Four Seasons se dessina dans le ciel bleu. Il roula sur un trottoir et klaxonna de plus belle pour enfin piler devant l'entrée de l'hôtel. Il se précipita dans le lobby spacieux. Il savait où se trouvait la salle Champollion, il avait assisté à de nombreuses conférences de presse — son chef en était si friand. Il croisa plusieurs employés droits comme des I dans leur gilet or et noir, qui suivirent des yeux cette course disgracieuse, si peu assortie à l'univers ouaté de l'hôtel.

Arrivé enfin à destination, ayant ouvert à la volée les portes dorées déjà fermées, Nasser s'immobilisa. La salle était pleine à craquer. Jamais il n'avait vu cela. Des caméras sur trépied étaient posées en file indienne de chaque côté, au ras de la petite estrade et près de l'entrée. Chaque siège était occupé, et nombre de journalistes étaient assis par terre ou adossés au mur. Les autocollants sur les caméras représentaient tous les grands médias internationaux. Quelques personnes se tournèrent vers Nasser, soudain conscient qu'il était débraillé et qu'il sentait la sueur rance. Mais il oublia vite cette inconvenance : Dr. el-Shamy, secrétaire général du Conseil suprême des Antiquités égyptiennes, le CSA, conservateur en chef du Musée égyptien du Caire et premier archéologue du pays, montait sur l'estrade.

Un murmure d'admiration parcourut la salle. L'image d'une momie était apparue sur l'immense écran du vidéoprojecteur. Puis le silence s'installa. El-Shamy, un grand homme d'un âge incertain, courbait son corps maigre au-dessus du pupitre. La teinture noire de ses cheveux soulignée par une fine ligne grise aux tempes et une couronne trop fournie pour être véritable, la chemise noire trop informelle pour l'occasion et les lunettes fumées sur son visage creux trahissaient le temps qui passe sur un homme anxieux de son image jusqu'à la paranoïa. L'archéologue ajusta son regard perçant et prit la parole d'une voix monocorde, presque nasillarde :

— Depuis quatre-vingt-dix ans, depuis que Howard Carter a mis au jour la tombe de Toutankhamon dans la vallée des Rois en 1922, il y a une tradition dans les médias internationaux qui veut que la moindre trouvaille plus ou moins en rapport avec l'Égypte pharaonique soit systématiquement appelée « la plus grande découverte depuis Toutankhamon ». De toute ma carrière en tant que gardien des trésors du roi Tut et responsable de l'archéologie égyptienne, je n'ai personnellement *jamais* usé de cette comparaison, même si beaucoup d'entre vous ont essayé de m'y pousser.

Des rires discrets se firent entendre.

— Mais aujourd'hui, continua el-Shamy d'un air grave, avec l'apparition de la sépulture de Néfertiti et des soixante-treize objets qui forment sa parure funéraire, je vous offre, mesdames et messieurs de la presse, la citation que vous attendiez depuis bientôt un siècle : oui, je le confirme, Néfertiti est *la* plus grande découverte depuis Toutankhamon.

Les journalistes applaudirent, et el-Shamy, l'air encore plus sévère que d'habitude, posa pour les photographes devant la grande photo de Néfertiti. Nasser plissa les yeux : la volée de flashes avait provoqué une nouvelle vague de nausées et le faisait vaciller. Son crâne cherchait en vain une solution. Comment parler à el-Shamy devant tous ces journalistes ? Et qu'adviendrait-il si l'un des médias découvrait ce qu'il devait annoncer à son chef ? Mais avant qu'il puisse trouver une réponse, la voix sévère d'el-Shamy retentissait à nouveau sous les moulures dorées.

— Avant de partager avec vous les trésors que cette découverte a révélés au grand jour, j'aimerais vous parler de Néfertiti. On oublie souvent que l'époque de cette reine, quatorze siècles avant notre ère, et que l'on appelle la XVIIIe dynastie, fut marquée par une profonde *révolution*. Le pharaon Akhenaton, son époux, décide d'abandonner la religion traditionnelle pour en établir une autre, totalement nouvelle. Cette action impacte tous les niveaux de la vie égyptienne et rencontre une forte réticence de la part du peuple et des pouvoirs en place. Le pays est aussi aux prises avec de grandes épidémies de grippe et de peste qui l'affaiblissent davantage. Quand je me penche sur l'histoire de l'Égypte au temps d'Akhenaton, je ne peux m'empêcher de voir des similitudes avec les bouleversements que traverse notre pays aujourd'hui. Et pourtant, trois mille ans plus tard, nous souvenons-nous de ce règne comme étant celui du chaos ? Non. Nous le considérons comme étant celui qui a donné naissance à une excellence jamais égalée dans le domaine des arts. Et surtout, nous retenons la grâce sereine de Néfertiti. Elle est le symbole de notre résilience et de notre culture. Elle est reconnue par tous les Égyptiens, des enfants qui apprennent à forger leur identité citoyenne sur les bancs de l'école, aux hommes et femmes qui bâtissent l'Égypte de demain sur les débris de la place Tahrir, en passant par les archéologues qui travaillent jour et nuit à la sauvegarde de notre héritage.

L'Égyptien fit une pause et scruta son audience comme un juge face aux accusés.

— Néfertiti représente l'Égypte éternelle, continua-t-il en martelant ses mots. Et pourtant, Néfertiti ne reviendra jamais en Égypte.

Lentement, Nasser s'avança vers l'estrade de la salle Champollion.

2

LE VENTRE DE LA PYRAMIDE (I)

Le Caire, plateau de Gizeh, quelques heures plus tôt

FLORENCE SOUPIRAIT DE FRUSTRATION.

Quelle plaie d'être ici ! La vue imprenable sur les trois pyramides de Gizeh ne la réconfortait pas le moins du monde ; elle était déjà venue en touriste quelques années plus tôt. Elle avait chaud. Son débardeur fluo collait à ses formes rondes. Elle sentait que la peau blanche de ses épaules tatouées était en train de brûler ; pourtant il était déjà dix-huit heures. Le cameraman somnolait sur son trépied et le preneur de son râlait, car il n'avait pas eu le temps de boire son café. C'était bien la peine qu'ils se pressent à dîner si tôt, tiens, le guide était en retard. Le tournage de nuit ne se présentait pas bien du tout. Et dire qu'en ce moment même, Florence aurait dû être en train de siroter un thé glacé dans le lobby frais et marbré de l'hôtel Four Seasons. Elle repensait à cet insupportable Andrew et elle rageait de plus belle.

Florence Mornay avait des cheveux roses, un rouge à lèvres fuchsia en toute saison, la langue bien pendue et un air de ne rien prendre au sérieux. Son accent anglais suggérait des origines aristocratiques du côté des Cornouailles, mais il était tellement mal accordé avec son corps couvert de tatouages et ses fréquents jurons que beaucoup pensaient qu'il était faux. Ils se trompaient.

Son nom complet était Florence Ottoline Désirée Mornay-Devereux. Son père, Charles, était le dixième vicomte Falmouth, et invectivait fréquemment l'*establishment* depuis son siège à la Chambre des lords. Il avait inculqué à sa fille l'amour du travail et lui avait appris à rejeter le chemin facile que lui offrait sa naissance. Le nom de Mornay brillait dans les encyclopédies depuis des siècles grâce à l'accomplissement souvent glorieux de ceux qui le portaient — entre autres Vivant Mornay, gentleman savant et l'un des premiers archéologues du XIXe siècle, qui avait gagné sa place dans l'Histoire en léguant au Louvre et au British Museum sa collection de trésors antiques, alors la plus importante au monde.

L'arbre généalogique de la mère de Florence, Eloïse Devereux, était tout aussi noble ; mais il s'était révélé trop encombrant pour cette jeune poétesse hippie qui, à peine sa fille née, préféra voler vers la liberté offerte par une communauté spirituelle en Inde plutôt que de rester enfermée dans la domesticité luxueuse de Falmouth Manor.

Florence, petite dernière d'une grande lignée, dotée dès la naissance d'un nom célèbre, d'un père attentionné et d'une revanche à prendre sur un abandon maladroitement expliqué, voulait à tout prix se faire un prénom. Mais malgré un doctorat d'archéologie de l'Université d'Oxford et quelques mentions au générique de programmes mineurs de la BBC, à vingt-huit ans, elle était encore loin de ses ambitions. Elle avait pensé percer grâce au documentaire sur Néfertiti, dont elle avait eu le scoop de la découverte lors d'une nuit particulièrement étrange dans un musée vide de Berlin[1]. Mais c'était compter sans le lèche-bottes incomparable qui réalisait avec elle ce documentaire, Andrew Sheets.

C'est Andrew qui filmerait avec la première équipe la conférence de presse sur Néfertiti, interviewerait el-Shamy et récupérerait les meilleures infos. Florence se coltinait, elle, la seconde équipe et les plans de la pyramide. Utiliser des images d'archives aurait été moins coûteux. Ce n'était pas comme si la pyramide de Khéops avait changé des masses depuis la dernière fois qu'on l'avait filmée. En plus, elle était claustrophobe.

Elle regarda sa montre. Dix-huit heures vingt. Le site de Gizeh était pratiquement vide. Ces temps-ci, avec la révolution, il y avait si peu de touristes que le nombre de guides semblait dépasser celui des visiteurs. Obtenir une autorisation de tournage avait été compliqué, car le Conseil Suprême des Antiquités était totalement désorganisé, les remplacements de personnel ayant lieu tous les quatre matins. Parmi les postes de la direction, seul el-Shamy, le secrétaire général, avait réussi jusqu'à présent à garder sa place. Mais, alors qu'elle ne l'espérait plus, Florence avait reçu une autorisation quelques jours auparavant. Manque de chance, c'était tombé pile au moment de la conférence de presse, et elle avait tiré la paille la plus courte.

Le preneur de son commença à vociférer. Le guide qui devait les accompagner dans la pyramide était à quelques dizaines de mètres d'eux et parlait depuis un quart d'heure avec un jeune touriste équipé comme un des types de *Ghostbusters*.

Sûrement un archéologue amateur, égyptologue du dimanche. Le Caire en avait toujours été plein, pensa Florence.

Ils gesticulaient tous les deux et le visiteur avait l'air énervé. Le guide essayait de passer des appels depuis son téléphone portable, sans succès. Enfin, le jeune sembla se résigner, s'assit sur une pierre et sortit une cigarette. L'autre fit signe à Florence et à son équipe de le suivre.

Ils entrèrent dans Khéops, la plus grande des trois pyramides du site de Gizeh. Florence respira profondément ; à peine franchies les premières marches, elle sentait déjà monter la panique. Des milliers de tonnes de pierre au-dessus d'elle. Une seule sortie. Elle pénétrait dans ce qui était véritablement la plus grande tombe du monde. Et l'odeur piquante qui se dégageait des couloirs n'arrangeait rien. Lors de sa dernière visite, elle ne se souvenait pas d'avoir été incommodée par ces effluves. Pourtant aujourd'hui, ils étaient si forts que Florence en avait par moments des haut-le-cœur.

— C'est toujours comme ça, l'odeur ? demanda-t-elle au guide.

— C'est le soufre, dans la chambre de la Reine, répondit-il dans un anglais approximatif. Mais depuis quelques jours, c'est très fort.

Malheureusement, c'est dans cet endroit malodorant qu'ils devaient tourner en premier. La chambre de la Reine, ainsi appelée par les archéologues pour la différencier de la chambre du Roi située plus haut dans le monument, était à la croisée des axes de la pyramide. Excepté son dallage inégal et la niche à encorbellement fermée d'une grille sur sa paroi est, la pièce d'environ cinq mètres sur cinq n'était que murs. Difficile à rendre photogénique. Florence demanda au cameraman de filmer depuis le couloir horizontal, caméra à l'épaule, pour obtenir un plan subjectif, comme si l'on pénétrait dans cette pièce. Mais pour cela, il fallait revenir dans le couloir, un boyau oppressant d'un mètre de large sur un mètre vingt de haut.

Florence s'assit contre l'une des parois du couloir, en amont de la caméra, son porte-document en guise de coussin. Elle tourna vers elle le moniteur posé sur le sol et relié à la caméra. Elle donna les instructions de tournage comme elle put, même si l'odeur lui montait à la tête.

— Silence ! Caméra, action.

Sur le moniteur, on pénétrait dans la chambre de la Reine. John, le cameraman la filmait sous tous les angles, mais finalement, il n'y avait rien d'autre à voir que de la pierre.

— Coupez, c'est bon, dit Florence, qui essayait de se relever.

— C'est pas bon pour moi, interrompit le preneur de son grincheux, en enlevant son casque. Il y a quelqu'un qui parle dans le couloir. Vous pouvez leur dire de la fermer ?

Florence regarda derrière elle : le couloir faisait presque quarante mètres de long et était tout à fait rectiligne. À part le guide et eux, il n'y avait personne. Le preneur de son, Robin, l'avait vu aussi ; il remit son casque et écouta, bougeant sa perche de part et d'autre.

— Ouais, OK, c'est bon, admit-il presque à contrecœur. On la refait ?

— D'accord, mais rapidement, dit Florence.

Elle se rendit compte qu'elle n'avait pas dégluti. Le couloir lui paraissait de plus en plus étroit. Elle sentait arriver la crise de claustrophobie.

John répéta sa prise, mais, avant que Florence ne puisse prononcer « Coupez », Robin intervint :

— Je jure qu'il y a un écho. Il y a quelqu'un qui parle. S'ils la ferment pas, on est là pour la nuit, putain.

Le guide prit son talkie-walkie et parla en arabe. Après avoir entendu une réponse, il dit :

— Nous sommes les seuls dans le bâtiment. Personne d'autre.

Robin toucha à quelques boutons et bougea son micro.

— Y a une voix, je rêve pas. On dirait quelqu'un qui… quelqu'un qui gémit.

Un frisson passa dans le dos de Florence. Le cameraman ricana :

— Arrête tes conneries, Robin, je suis pas d'humeur pour les histoires à dormir debout. Je suis claqué, j'aimerais qu'on en finisse. Est-ce qu'on a vraiment besoin de son, Florence, pour ce plan ?

Mais, en guise de réponse, Robin le regarda droit dans les yeux, arracha son casque et le lui pressa sur la poitrine. John le plaça sur ses oreilles en soupirant. Tous les regards étaient braqués sur lui. Après quelques secondes, il enleva les écouteurs et dit d'un ton jovial :

— J'entends rien du tout. Robin, tu as trop fumé la chicha…

Soudain, l'écho d'un grognement aigu résonna dans le couloir. Ils l'avaient tous entendu.

— Qu'est-ce que c'est que ce bordel ? dit Florence, qui avait sursauté.

— On dirait que ça vient d'en bas, dit Robin.

— Il n'y a pas d'en bas, dit le guide, les yeux fixes et une trace de panique dans la voix. Ce couloir, la grande galerie, c'est tout.

Robin cherchait l'origine du son avec sa perche comme s'il activait un détecteur de métaux. Florence serrait les dents sans s'en rendre compte, tout son corps se concentrait sur le bruit : oui, c'étaient des gémissements. On aurait dit ceux d'un enfant, peut-être d'un animal ? Il devait y avoir une explication rationnelle à ce qu'elle entendait, mais elle n'arrivait pas à en trouver. Ou était-ce une hallucination collective ? Elle vit le guide qui se tordait les mains, les yeux braqués sur Robin. Elle croisa alors le regard de John. Elle se surprit à lui faire un signe du doigt, dont il comprit immédiatement la signification. Il poussa quelques boutons sur la caméra. Le bouton lumineux rouge était éteint. Mais Florence savait qu'il filmait.

Robin était à présent à genoux dans le couloir et dit soudain :

— Merde !

— Vous devez tous partir maintenant, s'affola le guide.

Mais Robin n'écoutait pas, il bouchait son nez avec sa main et semblait parler au bas du mur.

— Il y a quelqu'un ? Vous m'entendez ?

Florence vit avec horreur que Robin regardait par un petit trou dans la paroi. Le cameraman bouscula le guide pour pouvoir mettre l'objectif équipé d'un petit projecteur contre l'ouverture. Sur le moniteur, Florence put voir un tunnel qui faisait le même diamètre qu'une orange, et qui devait être long d'au moins un mètre. Mais la lumière ne parvenait pas jusqu'au bout ; le tunnel se terminait sur un trou noir.

— Ne filmez pas, ne filmez pas ! cria le guide au cameraman.

— Non, non, je filme pas, mentit John, c'est pour mettre de la lumière !

Le guide se mordait les joues en essayant de faire marcher son talkie-walkie.

Florence fixait le moniteur. Son cœur manqua alors un battement : au moment où un râle plus grave encore que les autres atteignait leurs oreilles, elle avait vu un imperceptible changement de lumière au bout du conduit.

Elle en était sûre : il y avait *quelque chose* de l'autre côté.

---

1. Lire « La Belle Est Arrivée ».

3

INMATES (XII)

Mes derniers instants ressemblent à des premiers pas.

Devant moi, un passage sombre, le bruit de l'eau, la lueur verte qui me guide. La certitude que je suis attendue.

Je dois y aller.

Mais soudain, derrière moi, là d'où je viens, les pierres rouges s'éveillent. Elles enfantent des sons étranges. Qui va là ? Êtes-vous spectres ou vivants ?

Des mots... des mots se cassent en mille morceaux pour parvenir jusqu'à moi — mais suis-je toujours moi ? Je reconnais la voix de cet homme, un homme-triangle, et pourtant je ne le connais pas. Ce tremblement en moi, je crois que c'est un battement de cœur.

Mais tu es arrivé trop tard, homme-triangle.

De l'autre côté, la lueur verte m'aveugle.

On m'emmène.

Je l'entends couler.

La rivière verte dont personne n'est jamais revenu.

4

LE VENTRE DE LA PYRAMIDE (II)

Le Caire, plateau de Gizeh, 18 juin

— Oui, Maman, ne t'inquiète pas, je suis parfaitement en sécurité ici, soupira Max en jetant son mégot qui vint rejoindre tout un tas d'autres à côté de son barda.

Il se laissa tomber sur l'un des blocs de la pyramide de Khéops, son téléphone portable à l'oreille. On aurait pu croire que ses cheveux mi-longs châtains, ses pectoraux sous son tee-shirt branché, ses chaussures de l'armée vintage, ses lunettes de *geek* et, surtout, ses vingt-six ans et son mètre quatre-vingt-cinq lui auraient valu le droit de ne pas avoir à entendre les recommandations impossibles de sa mère. Mais la vérité était qu'il adorait ses parents et que pas une semaine ne passait sans qu'il parle à sa mère. Et aujourd'hui, elle avait trop regardé les infos.

— Oui, d'accord... Oui... Non, mais là où je suis, c'est pas dangereux. Mais si, mais si... Il n'y a pas des émeutes partout. Où veux-tu qu'ils se cachent, les terroristes, dans les pyramides ? Il n'y a pas plus pacifiques que les Égyptiens, tu le sais bien. Oui, je ferai attention… Maman, je te promets, il ne m'arrivera rien. Il faut que j'y aille, je t'embrasse… et embrasse Papa pour moi. Au revoir, Maman.

Max raccrocha, appuya sur la touche « rappel » et guetta la sonnerie. Il remarqua à l'horizon les nuées de poussière orange qui naissaient soudain au ras de la terre, se tortillaient et disparaissaient. C'était le khamsin, le vent du Sahara, avec ses airs de mauvais présage et son souffle chaud et sec qui rendait les hommes muets. Mais, comme il l'avait dit à sa mère, rien ne lui arriverait, à lui. Enfin, une femme décrocha.

— CSA, j'écoute.

— Bonjour madame, dit Max dans un arabe impeccable, d'une voix lasse et mécanique. Je m'appelle Max Hausmann, je suis étudiant en doctorat d'architecture de conservation à l'Architectural Association, à Londres. L'un de vos collègues m'a donné l'autorisation, suite à ma demande écrite, de venir faire une lecture RPS à Khéops aujourd'hui à dix-huit heures, je me suis pointé avec tout mon équipement, mais personne ici n'est au courant et on ne m'a pas laissé entrer. Je n'ai pas pris le nom de l'employé qui m'a appelé ce matin, ça fait trois fois que je raconte mon histoire à vos collègues, à chaque fois ils me passent un nouveau service et, lors de mon dernier appel, nous avons été coupés. Auriez-vous, s'il vous plaît, madame, l'amabilité de vérifier dans vos dossiers ? H-A-U-S-M-A-N-N.

— Je vous passe le responsable des archives, ne quittez pas.

Max soupira. Le responsable. C'était peine perdue. Depuis la révolution, plus personne n'était responsable, ni des antiquités, ni du pays, ni de quoi que ce soit. Ce qui le chagrinait par-dessus tout, c'était que, tout à son excitation de recevoir la permission tant convoitée du CSA, il n'avait pas demandé le nom de la personne qui l'avait donnée, oralement, par téléphone. Et bien sûr, il n'avait pas d'attestation écrite. Erreur de débutant.

Pourtant, Max n'en était pas à sa première visite du Caire. Cela faisait treize ans qu'il étudiait l'architecture interne de la grande pyramide. Il avait découvert, à peine sorti de l'enfance, les mystères égyptiens dans la BD *Blake et Mortimer*, puis avait étudié les dessins scotchés sur les murs de sa chambre d'adolescent, puis les piles de livres dans tous les coins, puis les photos prises sur le site avec ses parents, jusqu'aux innombrables pages de recherches pour son sujet de maîtrise dans son studio londonien. Il aurait dû demander le nom de l'homme qui l'avait appelé. Il avait foiré.

— CSA, j'écoute.

Cette fois, la voix — celle de son cinquième interlocuteur — était masculine. Max soupira et dit :

— Max Hausmann. Le nom vous dit quelque chose ?

Mais, au même moment, Max tourna la tête. Un dromadaire galopait droit vers l'entrée de la pyramide, et le policier armé qui le montait en descendit à la hâte avant de s'engouffrer dans l'édifice. Deux autres policiers se pressaient dans sa direction.

— Non, il n'y a personne de ce nom-là dans notre service, dit la voix au téléphone.

— Laissez tomber, dit Max en raccrochant, tout en scrutant les policiers qui couraient vers lui.

Avant qu'il puisse se demander s'il devait fuir, l'un des hommes l'empoigna et l'autre gesticulait en criant et en montrant les sacs autour de lui. Mais plutôt que de l'expulser du site, au grand étonnement de Max qui tentait de comprendre leur charabia excité, les policiers lui faisaient signe de les suivre... à l'intérieur de la pyramide.

Max attrapa tant bien que mal son équipement, qu'il avait des difficultés à porter malgré ses bras musclés, et pénétra dans le couloir menant à la chambre de la Reine. Il nota immédiatement que l'odeur n'était pas comme d'habitude. Et les policiers semblaient avoir peur. Il leur demanda en arabe ce qui se passait, mais tout ce qu'ils pouvaient dire était :

— Go, go !

Au bout du couloir étroit, il vit enfin le guide avec qui il s'était disputé plus tôt. Quelque chose n'allait pas.

— C'est des instruments d'archéologie ? demanda le guide, nerveux.

— Euh... oui, répondit Max.

— On pense qu'il y a quelqu'un ici, interrompit un homme debout dans la chambre de la Reine.

Max le reconnut comme le preneur de son qui attendait dehors tout à l'heure. Il remarqua aussi la fille aux cheveux roses. Elle était très pâle.

— Mais où, *ici* ? dit Max.

Du bout de son pied, le guide montra un trou, presque au ras du sol. Max s'agenouilla et soudain son cœur sembla exploser dans sa poitrine. Il fit un geste brusque pour signaler aux autres de s'écarter. Une seule chose importait, à présent. Ce qui comptait, c'était le bout du tunnel. C'était *l'autre côté*.

Il regarda l'agencement des blocs, tout en dépliant la perche reliée à son RPS. Il brancha un moniteur à une grosse batterie, il sortit un minuscule ordinateur portable. Il fit des calculs mentaux, et ce fut comme si son esprit se transformait en logiciel 3D. Il voyait toute la pyramide. En même temps qu'il démêlait des fils et réglait des niveaux, il pensait au vide, au plein, à la densité des pierres, à la pression des linteaux, aux mécaniques de construction, aux techniques de maçonnerie, aux motifs des dalles. Treize ans qu'il étudiait cette pyramide ; il la connaissait jusque dans ses fissures les plus secrètes.

Aujourd'hui, contre toute attente, on lui offrait l'opportunité de regarder dans les entrailles du bâtiment. Mieux, il était à quelques minutes seulement de prouver ce qu'il soupçonnait depuis quatre ans et trois cent dix pages de mémoire : il y avait des chambres inconnues derrière les parois du couloir horizontal.

L'écran du RPS faisait apparaître les premiers résultats. Des lignes fantomatiques que personne à part Max ne pouvait déchiffrer révélèrent ce qu'il savait déjà : il y avait une différence de densité au-delà de la pierre. Un vide. Sans dire un mot, Max avait déjà pris le moniteur du cameraman et y reliait un petit appareil aussi grand qu'une carte de crédit, serti d'une minuscule lampe LED. Il le présenta devant le trou. Les autres virent que c'était une caméra, mais l'image utilisait des couleurs différentes.

— Thermographie infrarouge ? demanda John, la bouche sèche.

— Oui. Je peux ? dit Max au preneur de son, montrant sa perche.

Robin, comme les autres, était hypnotisé par l'incroyable maîtrise de ce jeune homme, qui, alors que la situation était sordide, dégageait un calme étrange. Il hocha la tête. Immédiatement, Max saisit la perche et attacha l'appareil à son bout grâce à du gros scotch qu'il arracha avec ses dents. En un mouvement, il présenta la petite caméra devant l'ouverture.

Puis, pour la première fois depuis qu'il était arrivé, il hésita. L'angoisse sourde qui s'était emparée des autres le gagnait. Car au-delà de ces murs, il n'était plus dans le monde simple de *Blake et Mortimer*. N'avaient-ils pas dit qu'il y avait *quelqu'un* ici ? Il sentait sans le formuler qu'au-delà des pierres il y avait une réalité que sa vie heureuse ne l'avait pas préparé à affronter. Pour quelle raison, il n'aurait pas su le dire, mais il croisa à ce moment le regard de la journaliste aux cheveux roses. Enfin, Max poussa ses lunettes sur son nez et se pencha doucement. La perche pénétra dans le trou.

Tous les yeux étaient rivés sur le moniteur. D'abord, on ne vit rien d'autre qu'un conduit. Le bloc de calcaire qui constituait la paroi semblait interminable. Max dut rallonger la perche au fur et à mesure. Les images reflétaient un vortex infini. Puis enfin, le vide. Le jeune homme ne respirait plus. Il ouvrit la bouche. Sur le moniteur apparut un objet. L'un des policiers poussa Max pour regarder plus près et fut pris d'un petit rire fou. La fièvre se répandit parmi les autres et chacun se pressa vers le trou. Dans cette pièce dont les experts avaient nié l'existence se trouvait un trésor.

Oui, un trésor, comme un masque, avec les traits familiers d'un pharaon mythique. Les couleurs du moniteur n'étaient pas fidèles, mais chacun pensait à de l'or. John répétait « Oh, mon Dieu » et ses yeux brillaient, Robin avait la bouche ouverte. Mais Florence regardait le moniteur, les yeux froncés, et elle commença :

— On dirait...

Max regardait de plus près, l'objet était en effet familier, trop familier même, on aurait dit... *Toutankhamon ?* Mais il n'eut pas le loisir de continuer à l'étudier, car le guide, comme pris de folie, se mit à crier quelque chose aux policiers, qui s'emparèrent alors de

Max. L'un d'eux dégaina son fusil d'assaut et le pointa vers l'équipe de la BBC.

— Vous sortez tous ! hurla le guide.

Max essaya de se débattre, mais le boyau était trop étroit. Une onde de violence passa dans la pyramide alors que les cris des policiers se faisaient plus féroces. Dans la panique, le pied du guide heurta la perche et Florence poussa un cri. Tous se tournèrent vers la jeune femme. Elle avait la main sur sa bouche et ses yeux, exorbités, fixaient le moniteur, qui devint à nouveau le centre de l'attention.

Un corps humain. Qui bougeait lentement.

Ils se figèrent. Max se dégagea et reprit le contrôle de la perche et du moniteur.

De longs cheveux, un cou délicat. C'était une femme.

Max régla les couleurs du moniteur. La caméra thermique ne mentait pas. Elle enregistrait les niveaux de chaleur. Ce corps était orangé, rouge et jaune. Les nuances étaient pâles.

— Elle est vivante, lâcha-t-il. Il faut la sortir de...

Mais il avait vu autre chose. Un autre corps. D'autres formes. D'autres couleurs.

Ici gisait un homme mort.

5

RETOUR DES CENDRES (I)

Le Caire, hôtel Four Seasons, le 18 juin

Dans la salle de conférences, lorsque el-Shamy avait annoncé que la reine Néfertiti ne viendrait jamais en Égypte, quelques rares éclats de voix avaient jailli, mais s'étaient éteints aussitôt.

Le silence était pesant, les journalistes se tortillaient sur leur siège et les Égyptiens baissaient les yeux. Nasser était arrivé près de l'estrade et avait sorti un stylo de sa poche de chemise. D'une main tremblante, il griffonna un mot sur un communiqué de presse qu'il avait déchiré. Maintenant, que faire ? Ses mains froides et humides se refermèrent sur le message. Un grand maigre roux qui portait un badge BBC TV fit la grimace lorsque Nasser le bouscula légèrement pour se rapprocher de l'estrade.

— Selon nos recherches, continua el-Shamy sur un ton sentencieux, Néfertiti a probablement été découverte en 1931 sur le site d'Amarna dans une fouille dirigée par un archéologue allemand, Friedrich Dortius, et financée par un riche marchand de Berlin,

Adi Goldman. Même à cette époque, les règles concernant les travaux archéologiques étaient claires : tout devait être déclaré aux autorités et l'Égypte pouvait se réserver la moitié des artefacts. Seulement, il semblerait que la grande majorité des découvertes de Dortius, dont la momie de Néfertiti, soient arrivées dans la résidence berlinoise de Goldman sans passer par le Bureau des Antiquités du Caire. Elles y étaient toujours en 1937, mais à la fin de la guerre, Goldman était mort et Néfertiti avait disparu.

» Soixante-dix ans plus tard, Sophia Neumann, l'arrière-petite-fille d'Adi Goldman, a retrouvé la correspondance de Dortius et s'est mise à la recherche de Néfertiti. Cette investigation de plusieurs années l'a menée dans un hangar abandonné de la banlieue de Berlin. Ce qu'elle y a trouvé dépassait largement ses rêves les plus fous : elle est entrée dans un véritable musée d'antiquités égyptiennes contenant deux cent trois pièces, toutes d'une grande beauté. Parmi elles, le sarcophage de Néfertiti, avec sa momie. Pour Sophia Neumann, une découverte sensationnelle et la fortune assurée, jusqu'à ce qu'elle appelle les experts.

» Un par un, trois égyptologues de réputation internationale sont venus étudier les pièces de Goldman. Leur verdict fut unanime : tout était faux. Et le faussaire n'était même pas compétent — n'importe quel amateur aurait pu deviner la supercherie. La vente de tels objets étant illégale, ils conseillèrent à Sophia Neumann de tout détruire. Le propriétaire du hangar, lui, en profita pour lui réclamer plusieurs milliers d'euros en compensation des loyers impayés depuis la guerre.

» La déception de Sophia Neumann était d'autant plus grande que le verdict des experts mettait en doute la réputation de son ancêtre, qu'on disait pourtant d'une grande érudition. Elle n'arrivait pas à se résigner à détruire les objets et, quelques jours plus tard, elle rencontra Yohannes De Bok, aujourd'hui antiquaire prospère, mais *fake-buster* de formation, soit expert en faux. Il fut intrigué par les trésors de pacotille dans le hangar : autant de copies trouvées ensemble sont une précieuse mine d'informations pour quiconque s'intéresse à l'art du faux, permettant parfois d'identifier la « signature » d'un faussaire connu. De Bok passa trois nuits dans le hangar. Quand il en sortit, il annonça à Sophia Neumann qu'elle pouvait payer les cinq mille euros au propriétaire du hangar, et quelques loyers d'avance. Il estimait que sa pacotille valait entre trente et cinquante millions de dollars.

Un électrochoc sembla passer dans la salle.

— Pour protéger ses soixante-treize vraies antiquités égyptiennes, continua el-Shamy, Goldman les avait maquillées pour qu'elles aient l'air de copies, et placées parmi plus de cent trente véritables faux de qualité médiocre. Est-ce que les nazis ont trouvé le hangar et tourné les talons quand ils se sont aperçus que les pièces n'étaient pas authentiques ? Ou la cachette n'a-t-elle pas été découverte ? Nous ne le saurons sûrement jamais. Ce que nous savons en revanche, c'est que, sans l'intervention de Yohannes De Bok, Néfertiti et ses trésors seraient aujourd'hui réduits en cendres.

L'audience profita qu'el-Shamy boive un verre d'eau pour se répandre en un brouhaha exalté. N'était-ce pas le fantasme de tous, de trouver un trésor sans prix dans le grenier de sa grand-mère ? L'ambiance dans la salle était joviale à nouveau et personne ne sembla voir d'un mauvais œil qu'un homme à moustaches, dont le visage brillait de sueur, s'approche de Dr. el-Shamy pour lui glisser dans la main un morceau de papier — excepté el-Shamy lui-même.

— Un message très urgent, monsieur, murmura Nasser dans son oreille.

En quelques pas, Nasser s'était éloigné de l'estrade, sentant toujours dans son dos le regard courroucé d'el-Shamy. Quand enfin il se retourna, l'archéologue reprenait déjà la parole. Avait-il lu le papier ? Nasser en doutait. Le corps éreinté de l'assistant conservateur se décontracta si subitement qu'il crut s'écrouler. Il avait donné le message. Il ne pouvait plus rien faire à présent, à part attendre l'inévitable. Et écouter son supérieur révéler enfin la vraie raison de cette conférence de presse.

— Aujourd'hui, il serait impensable que Dortius rapporte chez lui, en toute impunité, des artefacts arrachés au sol égyptien. La loi UNESCO a reconnu il y a quarante ans la souveraineté des pays riches en patrimoine et affirme que les antiquités appartiennent de droit au pays dans lequel elles ont été trouvées, que ce soit lors d'un pillage ou d'une fouille archéologique. Cette loi a facilité le rapatriement de trésors acquis illégalement. Nous avons donc pu créer les musées qui contribuent à développer notre tourisme, mais, surtout, qui permettent aux Égyptiens de s'approprier leur histoire. Pourtant, le lobby des collectionneurs d'antiquités a fait pression pour que cette loi, d'entrée de jeu, soit tronquée, car elle ne s'applique qu'aux antiquités qui sont sorties du pays d'origine après 1970. Sophia Neumann détient des documents qui retracent la provenance de Néfertiti, prouvant sa présence en Europe depuis 1937. Cette demoiselle, qui n'a jamais visité notre pays, peut donc disposer de la momie de l'une des plus grandes reines d'Égypte comme elle le souhaite, c'est-à-dire la céder au meilleur acheteur. Cet acheteur peut être un des grands musées du monde. Mais il peut tout aussi bien être un collectionneur anonyme que la loi autorise à faire ce qu'il veut de Néfertiti ; s'il s'est inspiré des apothicaires d'autrefois, il peut même la réduire en poudre et l'assaisonner de graines de concombre pour la manger.

La salle frémit de murmures choqués. Nasser entendit le rouquin de la BBC murmurer à son cameraman, goguenard :

— Il paraît que c'est mieux que le Viagra. Mais plus dur à trouver, les pharmaciens ne font plus de poudre de momie depuis cent cinquante ans, dommage...

Le cameraman sourit poliment.

— L'Égypte n'a pas les moyens de participer à ces enchères, reprit el-Shamy, solennel. Comment expliquer à l'homme de la rue, qui a du mal à nourrir sa famille, que son pays doit payer aux riches étrangers des millions pour acheter des antiquités qui lui appartiennent de droit ? Mesdames et messieurs, en tant que secrétaire général du Conseil suprême des Antiquités et ministre du gouvernement égyptien, je demande ici officiellement le rapatriement de la dépouille de la reine Néfertiti, non pas en sa qualité de trésor archéologique, mais au nom du retour des cendres d'un des plus grands chefs d'État d'Égypte.

Les applaudissements fusèrent d'un coup et les flashes se mirent à grésiller. El-Shamy gardait l'expression intransigeante d'un maître d'école, les yeux baissés sur la télécommande du vidéoprojecteur. L'instant d'après, tous les journalistes avaient le regard rivé sur l'écran et découvraient les fabuleux trésors contenus dans la parure mortuaire de Néfertiti, cercueils, vases canopes, amulettes, mobilier, bijoux, objets divers, tous d'un grand raffinement. Oui, tous en convenaient, ils rivalisaient avec ceux de Toutankhamon — Toutankhamon, dont certains disaient qu'il était le fils de Néfertiti.

Personne ne vit el-Shamy déplier le message, le lire sans ciller et le fourrer dans la poche de son blazer beige. Personne sauf Nasser qui se dirigeait déjà vers la sortie. Et sauf un homme noir, avec une courte barbe blanche et une boucle d'oreille en or.

Moins d'une minute plus tard, on avait laissé à un membre du Conseil le soin de répondre aux questions des journalistes, et el-Shamy et Nasser se pressaient ensemble vers le 4x4 garé devant le hall de l'hôtel. El-Shamy marchait plus vite que son adjoint, d'un pas qui ne souffrait aucun obstacle. Si bien que, quand il bouscula un homme dans le lobby, l'archéologue ne lui adressa même pas un regard et se contenta de grogner.

L'autre en revanche suivit avec intérêt la course d'el-Shamy. Il attendit de voir la voiture démarrer en trombe pour ouvrir sa grande main noire. C'était le message rédigé par Nasser, ramolli par la sueur. L'encre avait un peu coulé, mais on pouvait toujours y lire :

BBC TV A TROUVÉ 2 CORPS DS CHAMBRE A55/FEMME VIVANTE/POLICE RE. PERMISSION DE PERCER URGENT.

L'homme sourit et sa boucle d'oreille en or scintilla de la lumière d'un chandelier de cristal noir.

6

NAISSANCE

Le Caire, plateau de Gizeh, le 19 juin

QUAND LES CARS DE TOURISTES ARRIVÈRENT À GIZEH LE lendemain matin, ce fut la cohue.

Le plateau grouillait de journalistes venus filmer la pyramide, mais c'étaient finalement les quelques touristes qui posaient le plus de problèmes. On râla beaucoup, certains crièrent, l'un d'eux jeta même par terre, de rage, un livre tout neuf sur les pyramides. C'était un comble, une honte, et il n'était pas étonnant que le tourisme soit en péril dans ce pays de malheur si les voyageurs étaient traités de la sorte. La police avait formé un cordon et des gardes dirigeaient les groupes vers Khéphren et Mykérinos, mais rien n'y faisait. Personne ne pouvait trouver d'excuse à ce crime de lèse-touriste : la grande pyramide de Khéops était fermée.

Crime Scene.

La nuit avait été longue. El-Shamy et Nasser avaient mis du temps à arriver. Ils s'étaient retrouvés coincés dans une rue bouchée par des manifestants qui avaient mis le feu à un fourgon de police. El-Shamy avait ordonné à Nasser d'appeler le commandant Mohammed Hassan, un des chefs de la police qu'il connaissait. Nasser dut vite le décevoir : Hassan était suspendu en attendant son procès suite à la mort de trois manifestants. Le policier en charge était le commandant Kamal Aqmool, un nouveau.

« Celui qui bégaie », avait ajouté Nasser.

El-Shamy serra les dents, mais garda son calme. Son portable sonna alors qu'il roulait en marche arrière, à toute vitesse sur les trottoirs défoncés, pour s'extirper du cul-de-sac enfumé. Il jeta le combiné à Nasser pour qu'il réponde. Celui-ci blêmit. C'était le rédacteur en chef de *Newsnight* de la BBC. Il voulait la confirmation qu'on avait trouvé deux corps et un trésor dans une nouvelle chambre de Khéops. El-Shamy explosa de rage et tapa de la main sur le volant. Au-dessus d'eux, un hélicoptère filait vers les pyramides.

Il fallut toute la nuit pour extraire les corps.

On avait d'abord utilisé un jet d'eau à haute pression robotisé, emprunté à l'équipe de diffuseurs de bombes de l'armée, pour découper le calcaire. L'opération avait commencé proprement, la pierre était poreuse, on avançait bien.

Les dommages portés au bâtiment seraient mineurs, avait promis Kamal Aqmool, le policier, à el-Shamy, qui trépignait d'impatience dans la chambre de la Reine. Mais le bloc était tellement épais que l'efficacité du jet avait diminué à vue d'œil.

Au fil de la nuit, les mesures étaient devenues plus désespérées, les instruments moins précis, et on avait fini par charcuter la pierre. El-Shamy rageait, réagissait à chaque saillie comme si on rongeait son propre corps. Mais malgré ses râleries, il ne s'était pas opposé à la percée. C'était comme si, malgré les dommages irréversibles que souffrait la seule Merveille du monde encore debout et dont il était le gardien, il n'était pas de taille à combattre l'envie viscérale de découvrir ce qu'il y avait de l'*autre côté*.

Le bloc dans lequel avait été creusé le petit tunnel pesait environ quatre tonnes et gisait à présent dans le couloir en bouts de calcaire inégaux, dont les plus gros morceaux avaient été placés dans la chambre de la Reine. Un peu avant l'aube, la paroi avait été éventrée, et ce qui se trouvait derrière était enfin devenu accessible. Et ni Nasser, ni el-Shamy, ni Aqmool, ni aucun témoin de cette nuit-là ne pourraient jamais oublier le spectacle que les ruines avaient révélé.

Là se trouvait une chambre, longue d'environ sept mètres, large d'un peu moins de deux. Les murs étaient nus, sans ornements, sans inscriptions. Le sol était entièrement couvert d'une poudre très fine de calcaire blanc, conséquence de la percée. Sous cette neige improbable, un homme était étendu sur le dos, dans le sens de la longueur. Il était nu, seulement habillé de poussière ; on voyait à peine qu'il se décomposait. Autour de son corps, des plantes pourrissaient. À côté de lui, une femme bougeait par d'imperceptibles soubresauts, inconsciente, mais comme prise de fièvre. Elle gémissait parfois. Son corps était nu lui aussi, d'une minceur extrême, enrobé d'un linceul de poudre blanche, cette pellicule fragile qui se prenait dans ses cheveux gris. Aqmool dirigeait déjà les ambulanciers qui essayaient de se frayer un passage dans le couloir étroit avec le brancard. L'un d'eux ouvrit l'œil de la femme : l'iris était vert émeraude.

Alors que les brancardiers essayaient de bouger le corps de la malheureuse, el-Shamy tenta de se frayer un chemin dans la chambre, les yeux rivés à un objet qui gisait dans un coin près de l'ouverture. La main de Aqmool agrippa le bras maigre de l'archéologue, qui se retourna et fusilla du regard le policier.

— Lâchez-moi.

— Je ne p-p-peux pas vous laisser entrer avant que l'é-é-équipe scientifique ait fait son travail, dit Aqmool.

La quarantaine à peine passée, le commandant était grand, fin, avec, dans sa posture, l'aisance de ceux qui ont bénéficié d'une éducation à l'occidentale. Son bras, qui tenait encore celui d'el-Shamy, était tendu de muscles discrets, mais solides. On aurait dit un acteur de série télé. Seul le bégaiement venait ternir ce vernis impeccable.

— Vous vous fichez de moi ? Vous savez qui je suis ? éructa el-Shamy.

— Avec le respect que je vous dois, d-d-docteur, commença Aqmool. (Il avait soudain vu ce qui brillait dans le coin de la chambre et faisait signe à l'un de ses collègues de s'en occuper.) Vous aurez tout le loisir d'inspecter, quand nous aurons fini.

— Et ça, ça va où ? demanda el-Shamy en pointant du doigt ce que les mains gantées des policiers avaient déjà placé dans un sac en plastique noir.

C'était le masque pharaonique.

— Pièce à conviction, répondit Aqmool.

El-Shamy serra les dents et il regarda le commandant droit dans les yeux.

— Combien de temps ça va prendre, votre cirque, là ?

— Une semaine. Ou plus.

— Et la pyramide devra être fermée ?

— Scellée, oui.

— Une semaine ? rugit el-Shamy. On va voir ça. Nasser, vous restez là pour veiller à ce que ces sagouins n'abîment pas le reste. Vous savez, Aqmool, que c'est votre propre histoire que vous avez saccagée ici ? Et vous savez ce qu'il reste à notre pays, sans son histoire ?

— Nous avons sauvé la vie d'une... bégaya le policier.

— D'*une* femme ? Des centaines sont mortes depuis que votre clique met le pays sens dessus dessous au nom de la révolution, alors épargnez-moi vos bons sentiments. L'Égypte est déjà en ruine. Ces pierres-là, c'est tout ce qu'il nous reste pour que le monde ne nous regarde pas de haut. C'est tout ce qu'il reste à notre fierté.

Aqmool, resté dans la chambre de la Reine, la tête résonnant encore de la colère d'el-Shamy, suivit du regard l'archéologue qui engouffrait son grand corps courbé dans le couloir. Les ambulanciers et le brancard où gisait la femme suivirent le même chemin. Dans le couloir débouchant sur la grande galerie, le policier vit el-Shamy s'immobiliser. Il se retourna et regarda derrière lui la femme qui gisait sur le brancard. Avant que Aqmool ait pu intervenir, el-Shamy avait descendu la fermeture éclair du sac qui la protégeait.

Aqmool se mit à courir dans le couloir. El-Shamy avait mis ses mains au cou de la victime. Elle gémit. Quand le policier arriva en vue de la victime, l'archéologue avait déjà enlevé ses mains. Il n'avait fait que dépoussiérer le cou et les épaules de la femme, jusque-là couverts de poussière blanche, dessinant un relief étrange.

Un immense collier en or et lapis-lazuli se reflétait dans les pupilles des deux hommes.

7

AXIS INTIME

Notre barque vogue sur l'onde émeraude, bordée de ciel couleur de caverne.

Des mille-pattes gigantesques glissent dans l'eau. Un grand chien noir au museau allongé, assis à l'arrière du bateau, me dit que leur dard est empli de poison. Parfois, des rayons de lumière frôlent ma peau nue. J'y vois d'étranges histoires écrites à l'encre bleue, qui changent à mesure que j'avance — je suis un livre vivant.

Mes sens ne distinguent rien, même pas l'absence d'air.

Nous avons dépassé des portes gardées par des étrangers qui ont testé ma peur. Mais la peur aussi m'a désertée. Je suis réduite au plus précieux de moi-même.

Nous voyageons depuis quelques éternités tissées dans la moitié d'un instant. Il n'y a plus d'avant, plus d'après, plus de mémoire et plus de moi, seulement la rivière verte qui coule comme elle a toujours coulé, depuis la nuit des temps.

Soudain, alors que notre embarcation est au milieu du fleuve qui file toujours vers l'horizon, le grand chien noir dit :

« Nous sommes arrivés. »

L'eau verte devient l'œil immense qui me jugera.

8

LE PHARAON

Le Caire, Musée égyptien, le 19 juin

L'homme à la boucle d'oreille en or marchait dans les couloirs du Musée égyptien du Caire.

Il ne se pressait pas, mais ne flânait pas non plus. Il monta les marches avec l'air imperturbable de celui qui sait où il va : salle 3, aile nord, la plus éloignée du hall d'entrée un étage plus bas. En passant, il fit un signe de main à l'un des gardiens qui s'assoupissait sur une chaise. Le gardien lui rendit son salut, le suivit des yeux quelques secondes, avant de retourner à sa passivité ensommeillée.

On ne voyait pas souvent de visiteurs comme lui, ici. Il déambulait dans le musée tel un habitué, toujours seul. Mais il n'était pas égyptien. Son teint était plus foncé que celui de la plupart des Cairotes, et ses yeux plus clairs, de la couleur de sable mouillé. Il aurait suffi qu'il ouvre la bouche pour que son accent assuré trahisse ses origines dans le sud des États-Unis — mais il parlait rarement. La cinquantaine avancée mais plutôt droite, il portait un complet léger, noir, qui autrefois avait dû coûter cher. Aujourd'hui, il était élimé aux poignets et était informe. Mais la boucle d'oreille en or, elle, rutilait sous les spots.

Enfin, il arriva à l'endroit où il aboutissait immanquablement. Deux statues grandeur nature gardaient l'entrée des galeries. Il y avait toujours un peu de monde, ici. Jadis, on pouvait à peine approcher de cette vitrine, volant un coup d'œil au-dessus des têtes d'autres touristes, mais ça, c'était avant. Ce temps-là, avant la révolution, l'homme ne l'avait pas connu. Il était arrivé au moment où tout le monde fuyait. Il attendit quelques minutes que la place en face de la vitrine soit libre. Il regarda les rainures de la pierre sur le sol. Il les connaissait par cœur, et là où le motif naturel formait un V, il plaça le bout de sa chaussure usée, dont le cuir était légèrement taché. Il cala son autre pied juste à côté, parfaitement parallèle au joint de la pierre. Puis il leva la tête et regarda droit devant lui, plantant son regard dans celui de l'adolescent le plus célèbre de toute l'histoire humaine : Toutankhamon.

L'amour du reste du monde pour l'Égypte ancienne commençait ici. Le trésor de tous les fantasmes, le pouvoir hypnotisant de l'or et du précieux, et l'Histoire à l'état pur. Le pharaon allait dans la mort avec autant de luxe qu'il était allé dans la vie, en étaient témoins les mille sept cents objets de sa parure funéraire qui remplissaient les galeries de son tombeau. Les rois de l'Égypte de la XVIIIe dynastie n'enterraient plus avec eux reines, concubines, contremaîtres et serviteurs comme leurs ancêtres l'avaient fait avant eux. Mais Toutankhamon emportait à la place quatre cent treize *oushebtis*, les figurines qui les représentaient. Dans sa tombe, on avait retrouvé également jeux, articles de chasse et mobilier. Puis son trône aux pattes de lion, les cercueils gigognes, l'un en bois doré serti de pierres semi-précieuses et l'autre en or massif. Et enfin, à présent figé dans une grande vitrine inviolable, son masque funéraire.

Le masque en or — avec son némès rayé de bandes de verre bleu imitant le lapis-lazuli, les yeux en obsidienne et quartz rehaussés de rouge et maquillés de bleu, la barbe en or serti de verre et le gorgerin strié de quartz, d'amazonite, de lapis-lazuli et de verre coloré — faisait partie du panthéon des images universelles depuis un été étouffant de 1922.

L'homme le regarda longtemps, immobile lui aussi, comme s'il voulait lui rendre hommage. Toutankhamon était plus encore qu'un trésor. Il était un pont vers ces jours reculés et éclatants où l'Égypte avait été au centre du monde.

Le visiteur à la boucle d'oreille ouvrit sa chemise sur son torse couleur café. Un petit appareil photo compact pendait à son cou. Le gardien ouvrit un œil éteint. Les photos étaient interdites. *Clic.* Le gardien ne bougea pas de son siège et regarda de l'autre côté. L'homme contourna la vitrine sur la gauche, plaça ses pieds sur une marque imaginaire. *Clic.* L'homme répéta l'opération derrière et sur le côté droit. *Clic clic.*

Puis il partit comme il était venu, saluant au passage le gardien qui se rongeait un ongle d'un air distrait.

9

DES DIEUX ET DES HOMMES

Le Caire, commissariat de police d'al-M., le 18 juin

— MONTREZ-MOI CETTE C-C-CARTE, DIT AQMOOL EN ANGLAIS, droit dans son uniforme blanc de commandant de police, son béret posé sur le bureau devant lui, entre les dossiers mous et les tasses à café sales.

— Ce n'est pas une carte, c'est un plan, et il est dans l'ordinateur que vous avez confisqué, dit Max, sur la défensive.

Il avait répondu en arabe. Max parlait l'allemand, l'anglais, le français et l'arabe couramment et, en dialoguant comme un natif, il espérait que le flic le prendrait au sérieux.

Aqmool ordonna à l'un de ses collègues d'aller chercher l'équipement de Max, qui se trouvait au bout du couloir, dans la pièce où étaient entreposées les pièces à conviction.

Max soupira. Il était onze heures du matin. Il n'avait pas dormi depuis vingt-huit heures et même s'il était clair que le policier en face de lui n'était pas plus frais, ce n'était pas une consolation.

Max Hausmann avait beau ressembler à un rebelle altermondialiste, en vérité, tout au long de sa jeune vie, il avait marché dans les clous. Il ne s'était jamais battu, jamais drogué, à peine avait-il pris quelques cuites, et ses copains le charriaient, car les filles ne semblaient lui faire ni chaud ni froid. Ce qui était faux, mais Max ne ressentait pas le besoin d'en parler. Tout ce qui comptait, c'était sa pyramide, et les seules fois où on pouvait deviner chez lui une détermination insoupçonnée, c'était lorsqu'il tenait tête à ses professeurs concernant telle ou telle théorie architecturale. Devant ce représentant des forces de l'ordre, Max était en terre inconnue. Ici, dans ce commissariat de police du Caire, avec ses murs dont la peinture couleur vert d'eau pelait dans les coins, qui sentait le renfermé malgré l'air chaud coulant entre les barreaux de fer, avec ses cadres dorés rutilants contenant les sourires des nouveaux hommes au pouvoir, avec ses ordinateurs lents et son personnel fiévreux, ici, son sentiment de vulnérabilité le paralysait. Il essayait de chasser les images de violence qu'il avait vues dans les journaux ou à la télévision, et de les remplacer par son expérience répétée au fil des années : les Égyptiens étaient le peuple le plus accueillant de la planète. Pourtant, ce matin, il avait peur.

L'un des subalternes arriva avec le matériel de Max. Il avait été confisqué lorsque la police était arrivée à Gizeh, quelques minutes après que le guide les eut tous expulsés. Florence, l'équipe de tournage et lui avaient passé une partie de la nuit dans la baraque des policiers de Gizeh et une autre sur les bancs du commissariat. Tous leurs appareils avaient été confisqués, mais Max savait que Florence avait eu le temps de prévenir son supérieur à la BBC et que le cameraman avait réussi à garder la clef USB avec toutes les images du couloir, dont celles prises par la caméra thermique. L'étudiant espérait que personne ne l'interrogerait. Le policier en face de lui n'avait pas l'air d'un tortionnaire. Qui avait déjà entendu parler d'un bourreau bégayant au physique de star de soap-opéra ?

Aqmool regarda Max et fit glisser l'ordinateur portable vers lui. Quelques clics plus tard, Max faisait apparaître sur l'écran deux plans en coupe du couloir horizontal menant à la chambre de la

Reine. Dans la moitié haute de la page se trouvait la construction existante, c'est-à-dire le couloir. Dans la moitié basse se dessinait l'*hypothèse*, un tout autre couloir, beaucoup plus large, qui desservait douze magasins de chaque côté. Chaque magasin faisait, au centimètre près, la taille de la chambre découverte, qu'on appelait à présent la chambre X. Le dessin suggérait que l'étroitesse du couloir, avec cette répartition des dalles qui avait toujours intrigué les égyptologues, était due à la présence de blocs qui bouchaient les ouvertures. Aqmool regarda longtemps l'écran. Max se tortillait sur sa chaise. Avant que le policier ne puisse parler, Max dit :

— C'est le résultat de quatre ans de boulot. Si vous voulez savoir comment j'en suis arrivé là, vous cliquez là-dessus, y a plus de trois cents pages...

Aqmool l'interrompit :

— Qui a vu v-v-votre dessin ?

Max ébouriffa ses cheveux couverts de poussière.

— Mes profs à la fac, mes amis... le CSA bien sûr, je leur ai envoyé les documents avec ma demande d'autorisation...

— Quand ?

— Il y a six ou sept mois. Ça doit être marqué quelque part, j'ai gardé toute la correspondance.

Max voulut récupérer son ordinateur portable, mais Aqmool le retint près de lui.

— Monsieur Hausmann, pourquoi étiez-vous à Gizeh aujourd'hui ?

— C'est ce que je répète à vos collègues. Quelqu'un du CSA, dont je n'ai pas pris le nom, m'a appelé sur mon portable pour m'autoriser à venir faire une lecture RPS... Écoutez, vous avez mon téléphone portable, vous pouvez vérifier les appels, ce matin, il était à peu près dix heures.

— On a vérifié. L'appel ne vient pas d-d-du CSA.

— De qui alors ? dit Max instinctivement.

— C'est vous qui pouvez me le dire.

— Non, c'est pas moi qui peux vous le dire, c'est vous les mecs avec les services qui tracent les appels, moi je suis le dindon de la farce dans cette histoire, dit Max dont la voix commençait à chavirer.

— Pas besoin de s'énerver. En fait, si je vous ai gardé i-i-i-ici, c'est que j'ai besoin de votre aide.

Aqmool soupira et regarda Max droit dans les yeux.

— J'ai deux victimes sur les bras. Je ne sais pas qui elles sont ou ce qu'on leur a fait ou qui les a amenées dans la pyramide. Ça, c'est pour plus tard. D'abord ce que j'aimerais savoir, c'est comment c'est possible. Il a fallu toute une nuit, de l'équipement de pointe et six hommes pour percer la paroi, qui est en miettes maintenant. Mes hommes viennent de m'appeler, ils ont testé les autres parois, elles sont toutes en calcaire et a priori toutes aussi épaisses que celle qui donne sur le couloir. Idem pour le sol et le plafond. Au premier coup d'œil, la dernière fois que ces blocs ont été bougés, c'est il y a trois mille ans.

Il fit une pause pour scruter le visage de Max.

— Deux victimes sont retrouvées dans une pièce entièrement close, sans issue à part un trou de souris. Comment est-ce possible, monsieur Hausmann ? Dans vos travaux, là, y a-t-il la solution ?

— Pas dans ce document, non, hésita Max.

Sa phrase était restée en suspens et Aqmool l'avait senti.

— Dans d'autres ?

Max sentit qu'il ne gagnerait rien à faire des cachotteries. À ce moment-là, tout ce qu'il souhaitait, c'était retourner chez lui, à Londres.

— Les anciens Égyptiens avaient mis en place des mécanismes avec blocs-bouchons, justement pour sceller les passages aux pilleurs. Imaginez un bloc énorme placé sur une glissière en pente, et retenu par des poutres maintenues par des cales fichées dans les mortaises ; c'est ce qu'on a trouvé dans la grande galerie. Vous enlevez la poutre, ce qui peut être fait assez facilement par plusieurs hommes sans équipement, le bloc glisse et scelle le passage. En revanche, il est pratiquement impossible de le retirer. Mais le problème avec cette idée…

Max s'arrêta, comme s'il était perdu dans ses pensées.

— Oui ? dit le policier avec impatience.

— Eh bien, le problème, c'est que ce bloc de calcaire ne tient tout simplement pas dans le couloir. C'est impossible.

— Donc il y a un passage ailleurs.

— Ou alors c'est le travail d'Houdini, plaisanta Max.

Aqmool ne rit pas.

— J'ai fait des travaux récents, concéda Max, redevenu sérieux. Ceux-là, je ne les ai pas communiqués au CSA. C'était pour ça que j'étais là aujourd'hui. Pas pour prouver la présence du vide derrière la paroi que vous avez détruite... mais pour prouver un autre vide. En dessous de la chambre de la Reine. La disposition du dallage est incohérente, certaines mordent sur les autres, il y a eu une retaille que seuls les constructeurs de la pyramide auraient pu faire. En 1986, EDF a fait une analyse de microgravimétrie...

Aqmool fit un mouvement de la main qui signifiait à Max de lui épargner la dissertation.

— Bref, continua Max, j'ai assez d'éléments pour penser que les dalles cachent une descente vers un passage *sous* la chambre de la Reine.

— Ces dalles au sol, dans la chambre de la Reine, c'est facile de les bouger ?

— Non. Elles doivent faire plusieurs centaines de kilos.

— Donc, mettons que les victimes aient emprunté le passage souterrain et qu'on les ait emmurées de la façon que vous décrivez. Il nous faudrait quand même, pour soulever les dalles du sol de la chambre de la Reine tout autant d'hommes et d'équipement que pour la percée de la chambre X ?

— Oui, dit Max en se tordant les mains. Oui, tout à fait... et leur déplacement aurait forcément laissé des traces. Si je pouvais retourner sur place...

Le regard que lui lança le policier l'arrêta net. Max réalisa à cet instant que Aqmool n'avait pas bégayé lors de leur échange. Ou ne l'avait-il juste pas remarqué ? Sans cette anomalie qui le rendait humain, son interlocuteur devenait plus inquiétant. Max déglutit et une vague d'angoisse le traversa à nouveau.

Le policier tapotait le dossier du bout des doigts. Il en sortit le passeport de Max, qu'on avait trouvé dans ses affaires confisquées. Il le posa sur le bureau et le couvrit de sa main fine. Aqmool regarda Max droit dans les yeux.

— Dernière question : les plus grands experts se penchent sur l'hypothèse de chambres secrètes depuis au moins deux cents ans et ne trouvent rien. Et vous, un étudiant, même pas égyptologue, vous trouvez. Pourquoi ?

Dans un effort, Max soutint son regard. Il fallait être convaincant.

— Peut-être parce que, justement, je ne m'intéresse pas à l'histoire. Je ne vois pas dans la pyramide le travail de surhommes exaltés, inspirés par la vie après la mort, les dieux, l'astrologie, l'énergie tellurique ou je ne sais quoi encore. Je ne vois ni trésor, ni éternité, ni symboles cachés. Je vois juste des artisans qui essayaient de bâtir une structure ambitieuse, de telle façon qu'elle tienne debout. Je vois la compétence de maçons, de constructeurs, d'architectes. Je vois aussi leurs erreurs et leurs conséquences désastreuses, et la façon dont ils ont rectifié le tir. Je vois les hommes. C'est beaucoup plus intéressant que de voir les dieux. Et apparemment, beaucoup plus productif.

Aqmool sourit et resta silencieux pendant quelques secondes. Il semblait hésiter.

— Je vais vous de-de-de-demander de rester en Égypte encore quelque temps. Vous c-c-c-comprenez ?

— J'étais au mauvais endroit au mauvais moment, soupira Max, la gorge serrée.

— Officiellement, oui. Mais vous êtes aussi l'une des rares personnes qui puissent m-m-m-m'aider — ça, c'est entre nous. Je vais faire de mon mieux pour que votre passeport vous soit rendu le plus vite possible.

À ce moment-là, une jeune femme voilée passa la tête par l'encadrement de la porte du bureau. Elle s'excusa et, du bout des doigts, déposa sur le bureau de Aqmool une chemise en plastique opaque d'où dépassait un Post-it, avant de s'éclipser.

Le policier se levait déjà. L'entretien était fini. Max demanda comment allait la fille de la pyramide. Aqmool lui répondit que son état était stable, mais il n'en dit pas plus. Quelques minutes plus tard, Max récupérait son matériel et se dirigeait vers la sortie. Libre, mais pas tout à fait. Il fut aveuglé par la lumière du Caire. Il était sale et avait faim. Un taxi noir et blanc, d'apparence bringuebalante, se présenta devant lui. La vitre arrière fut baissée :

— Je te ramène à ton hôtel ?

C'était Florence. Max accepta et balança son barda dans le coffre défoncé. Quand il prit place à côté d'elle sur le siège en Skaï, elle le dévisagea. Ils avaient passé la nuit à parler, parce qu'il n'y avait rien d'autre à faire. Ils ne se connaissaient que de la veille et pourtant on aurait dit de vieux amis.

— Alors ? Ils t'ont rendu ton passeport ?

— Nan.

— Parfait, dit Florence en souriant.

— Parfait ? Tu rigoles ?

— Oui, j'avais peur que tu te casses et que tu me laisses ici, toute seule sans toi... dit Florence avec un clin d'œil.

— Pas drôle, dit Max sans répondre au flirt de Florence.

— Tu vas rester ici, aux frais de la princesse.

Max la dévisagea.

— La BBC, idiot, dit Florence en riant. Et toi et moi, on va faire équipe. Je viens de recevoir un tuyau, dit-elle, soudain sérieuse. Que les flics n'ont pas. Si c'est vrai, le truc est juste explosif.

— Il vient d'où, ce tuyau ?

— D'un type qu'on va aller voir maintenant tous les deux. Ça te dérange pas de faire un petit détour, hein ?

Le taxi s'enfonça dans les rues chaotiques du Caire.

Au même moment, Aqmool ouvrait le dossier que la secrétaire lui avait glissé. Le document avait l'air très officiel vu de l'extérieur, mais à l'intérieur se trouvait un numéro tout usé de l'édition américaine de People, le magazine des célébrités.

Aqmool fronça les sourcils et ouvrit la page marquée d'un Post-it. On voyait les photos d'un mariage, un cliché officiel des mariés. L'homme, de la même carrure que le mort. La femme, avec le somptueux collier d'or et de lapis-lazuli. Le mariage de l'année.

Seth et Jessica Pryce.

10

EXIT LE FANTÔME

Le Caire, Hôpital américain, le 19 juin

DANS LE BUREAU DES INFIRMIÈRES DE L'HÔPITAL AMÉRICAIN DU Caire, l'excitation était à son comble.

Tout le monde parlait en même temps de l'arrivée de la nouvelle patiente de la chambre 12. L'infirmière en chef, Joannie, cinquante-deux ans, une matrone épaisse que tout le personnel respectait, prétendait être au-dessus des ragots. Elle se contentait d'écrire sur un nouveau dossier en lettres soignées le nom de la patiente dont elle avait la responsabilité. La police avait confirmé son identité un quart d'heure plus tôt : Jessica Pryce. Mais le triple menton de l'infirmière ne pouvait cacher un sourire satisfait. La nouvelle avait fait le tour de l'établissement. Elle s'occupait d'une célébrité.

Chacun connaissait l'histoire, on ne se lassait pas d'entrer son nom dans Google. Joannie aurait presque pu réciter de mémoire l'article de People :

JESSICA ET SETH PRYCE PORTÉS DISPARUS LORS DE LEUR LUNE DE MIEL

Un hélicoptère transportant Jessica Pryce, 22 ans, actrice, et Seth Pryce, 35 ans, businessman dans l'industrie minière, a été déclaré disparu le 26 mai près de Mexico City. Jessica et Seth Pryce, jeunes mariés (voir notre article), étaient en lune de miel au Mexique.

L'hélicoptère, un Hughes MD500 de la compagnie TourMexVIP, a décollé de l'héliport privé du O Hotel à Mexico. Il a disparu des radars après 10 miles nautiques, à 8 h 53 le 26 mai et n'est jamais arrivé à destination, confirme le ministre de l'Intérieur et de la Justice du Mexique.

À bord se trouvaient les époux Pryce ainsi que le pilote.

« La famille Pryce et le président du Conseil ont été informés par le consulat du Mexique que Seth Pryce, CEO et président de PryceOreInc, ainsi que son épouse, sont portés disparus, mais nous ne possédons aucune information supplémentaire », a annoncé vendredi un porte-parole de PryceOreInc. au Wall Street Journal.

Seth Pryce, un self-made-man dont la fortune personnelle a été estimée par le magazine Forbes à 1,2 milliard de dollars, est connu pour avoir transformé PryceOreInc., une exploitation de platine en Afrique du Sud, son pays d'origine avant sa nationalisation américaine, en l'une des multinationales les plus puissantes du monde. Amateur d'art et d'antiquités, Seth Pryce est aussi un philanthrope notoire, qui a récemment annoncé que, à sa mort, il léguerait la majorité de sa fortune à des bonnes œuvres dans le domaine de l'art et de la conservation. Il a récemment fait don à la Fondation HUMANITAS d'un vaste site au Vietnam pour l'implantation d'un musée d'art asiatique.

Alors que les équipes de secours continuaient à chercher les restes de l'hélicoptère pendant le week-end, Gigi Desroches, la tante de Jessica Pryce, était citée dans le journal Guardian : « J'ai espoir que Jessica est toujours en vie. Même si les circonstances semblent désespérées, il est important que nous gardions espoir. »

Joannie entra dans la chambre 12 pour placer le dossier au pied du lit en métal. Elle regarda sa patiente. Joannie n'avait jamais vu de milliardaire avant. Elle se demanda ce que cela pouvait faire, de ne jamais avoir à se soucier du salaire à la fin du mois, des factures qui s'empilent, du sale, du vieux, du cassé. D'avoir tout ce que l'on voulait et de pouvoir en distribuer aux gens qui n'en avaient pas, aussi. Oui, cela aurait plu à Joannie. De pouvoir donner de l'argent aux pauvres, de sauver les petits des rues, de régler tous les problèmes. De cueillir les regards de gratitude. De se sentir utile à travers leurs « mercis », car aux riches, on disait merci — mais pas aux infirmières. Elle se paierait aussi les cures miracles qui faisaient maigrir, et elle serait belle, et elle trouverait un homme, pas un qui boit, un bien, cette fois. Oui, comme elle aimerait être milliardaire ! Mais elle n'arrivait pas à se réjouir de cette vie imaginaire. Parce que, finalement, cette fille devant elle, si elle n'avait pas été riche... serait-elle devenue ce fantôme ?

Jessica Pryce était étendue dans le lit, son corps émacié sous les draps blancs. Joannie devait faire des efforts pour se souvenir que cette patiente avait été la superbe blonde toute en courbes des magazines. Ses cheveux avaient entièrement viré au gris et gisaient sur l'oreiller en mèches sales. Sa poitrine était creuse, son cou marqué de petits bleus, ses lèvres fendues de sécheresse, ses ongles cassés. Tout son corps était couvert de coupures. Ses doigts, surtout, étaient profondément écorchés ; on disait qu'elle avait voulu creuser la pierre pour s'échapper. Joannie respira, comme si elle manquait d'air.

Elle vérifia les machines et les tubes qui reliaient Jessica à la vie. Elle effectua sa routine, en gestes précis, répétés depuis trente ans. Elle en avait vu, des gens dans le coma. Elle s'en occupait bien, tout le monde ici le savait. Mais ce qu'on ne savait pas, c'est qu'à force, l'infirmière avait acquis des certitudes. Dès qu'on amenait les patients dans le coma, Joannie n'avait qu'à passer quelques minutes seule dans leur chambre à les regarder, et elle savait s'ils avaient une chance de se réveiller ou pas. Elle s'était trompée au début, mais elle avait aiguisé son regard, et ces dernières années, l'impression s'était mue en une foi solide. Elle devinait juste à chaque fois. Elle regardait ses patients avec un grand calme, elle oubliait sa propre mortalité, et elle savait.

Pour Jessica, aussi, elle savait. La petite ne s'en tirerait pas. Cette conviction n'avait rien à voir avec le dossier au bout du lit.

Les médecins, dont le neurochirurgien, avaient constaté que le néocortex, siège de la conscience, des pensées et des émotions, était virtuellement mort. L'encéphalogramme était quasi plat. Aucun d'ailleurs ne s'expliquait précisément ce déclin fulgurant — même les séjours prolongés dans des profondeurs sans air, comme les accidents que connaissent les mineurs par exemple, n'ont, d'ordinaire, ces conséquences physiologiques. Les médecins théorisaient sur la possibilité d'une bactérie contractée suite à la proximité d'un corps en décomposition et qui aurait causé une méningite agressive. Mais personne n'était très sûr. Joannie ouvrit la porte, s'apprêtant à sortir.

À ce moment-là, elle entendit un grincement. Le lit. L'infirmière se retourna. Jessica avait les yeux ouverts. Joannie s'empressa de tâter son pouls et de regarder le moniteur de l'électrocardiogramme. Son cœur battait toujours, mais elle était inconsciente. Joannie attendit quelques secondes. Des soubresauts étaient fréquents chez ces patients-là. Elle avança sa main potelée et douce devant le visage de la jeune femme, pour refermer ses paupières. Ses yeux étaient verts. La question traversa son esprit : n'étaient-ils pas bleus dans le magazine ?

Joannie se pressa pour sortir de la chambre. Elle avait passé trop de temps ici, les autres patients avaient besoin d'elle. Surtout ces derniers temps, avec tous ces jeunes qui tombaient comme des mouches. Elle referma la porte. C'est alors qu'elle se trouva nez à nez avec un homme bedonnant.

— La chambre 12... Les visites sont permises ? dit-il avec un accent étrange.

Joannie répondit d'un ton autoritaire :

— Absolument pas, ne vous l'a-t-on pas dit à l'accueil ? Vous êtes de la famille ?

— Pardon, excusez-moi, dit l'homme en tournant les talons.

Joannie le regarda s'éloigner. Un homme gros, habillé trop chaudement pour la saison, avec une barbe châtaine, un crâne chauve que cachaient à peine les rares cheveux en couronne, un chapeau mou à la main, de larges lunettes noires passées de mode. Et des mains de fille. Joannie éprouva une répulsion immédiate pour cet homme gras qui laissait dans son sillage une odeur non pas humaine, mais minérale. Qu'est-ce qu'il lui voulait, à la petite ?

Elle ne pouvait pas demander un garde à la police, ce serait plus dangereux que de ne rien avoir. Elle demanderait aux collègues de jeter un œil. C'est à ce moment que Joannie, trente ans de métier et une carapace si lourde qu'elle avait du mal à la traîner, ressentit une émotion qu'elle n'attendait plus : elle ne voulait pas que la petite meure.

II

I'M EX-SAINT (I)

Quarante-deux tentations.

Quarante-deux crimes.

Quarante-deux jurés qui m'écoutent promettre que je suis quarante-deux fois innocente. Ils sont assis, muets, impassibles, leur visage illisible. Je suis debout au centre d'une immense grotte au milieu de laquelle coule le regard du juge vert. Le grand chien noir écoute quarante-deux fois. Soudain, mon nez est éveillé par une odeur infernale et pourtant familière : la paroi de la grotte s'est ouverte sur une bête à la fois crocodile, hippopotame et lion, trois fois féroce et quarante-deux fois vengeresse.

— Elle te dévorera si tu ne dis pas la vérité, me dit le chien.

— Je dis la vérité.

— Nous verrons lorsque nous aurons mis ton cœur dans la balance.

Alors il s'approche de moi et ses griffes plongent dans ma poitrine.

12

LÀ OÙ COULE L'EAU ROUGE

Le Caire, quartier du Caire islamique — 19 juin

FLORENCE REGARDAIT SA MONTRE EN SERRANT LES DENTS. LE trafic du Caire était infernal. Ils étaient en retard au rendez-vous. Combien de temps son contact attendrait-il ? Ils roulaient dans le labyrinthe des rues encombrées, passaient devant des mosquées plusieurs fois centenaires, essayaient de contourner la foule qui se pressait vers le Khan el-Khalili, le bazar le plus vieux du monde. Pour Florence qui résidait dans un hôtel de luxe de Garden City, c'était ça le vrai Caire, avec son chaos, ses couleurs, sa vitalité si joyeuse malgré la révolution qui grondait.

Max somnolait à côté d'elle ; la chaleur, les embouteillages et la voix envoûtante d'Oum Kalsoum diffusée par l'autoradio avaient eu raison de lui. Florence le dévisagea : il était beau, Max. Elle ne l'avait pas vu immédiatement, mais après une nuit avec lui, à parler, à se connaître et à vivre ces montées d'adrénaline ensemble, quelque chose avait germé. Une curiosité d'abord, une complicité inattendue, puis à présent, perçant timidement le corps de

Florence, le désir. Mais elle ne voulait pas se l'avouer encore, alors elle s'efforça de penser à autre chose parmi toutes les pensées qui bouillonnaient dans sa tête.

D'abord, la grande pyramide de Khéops contenait une chambre secrète, elle en possédait les images exclusives. Même si tout ce qu'on voyait à l'écran était un trou dans une paroi de calcaire, et malgré l'image de mauvaise qualité prise sur le moniteur branché à la caméra thermique, ses *rushes* avaient déjà été vendus par la BBC aux grands médias et étaient devenus viraux sur YouTube. Une heure avant, la police du Caire avait révélé à la presse la présence de deux victimes, l'une décédée et l'autre dans le coma. Elle avait aussi confirmé ce que Florence avait soupçonné à la vue du moniteur : le « trésor » de la pyramide n'était qu'une reproduction du célèbre masque qui trônait en ce moment même dans le Musée égyptien, celui de Toutankhamon. El-Shamy en personne avait publié un communiqué.

Puis il y avait eu ce message reçu dans sa boîte mail personnelle par un certain Franklin G. Hunter, un Américain habitant au Caire. Elle s'était d'abord demandé comment il avait obtenu son adresse, puis elle avait vite oublié ce détail, car il était clair qu'il possédait une connaissance particulière du dossier. Était-il égyptologue ? Il ne l'avait pas dit, mais le flair journalistique de Florence l'avait poussée à proposer qu'ils se rencontrent le plus vite possible. Le jour même. Pourvu qu'il ne soit pas déjà trop tard.

Le taxi mordit un trottoir avec violence et fit signe à la passagère qu'ils étaient arrivés, en montrant le fond sombre d'une ruelle piétonne. Déjà, les klaxons couvraient le brouhaha de la rue et les hommes attablés devant le premier café avaient interrompu leur conversation pour la dévisager. Florence secoua Max et se dit que, la prochaine fois qu'elle viendrait en Égypte, elle penserait à se teindre les cheveux en noir.

Quelques instants plus tard, Max et Florence pénétraient dans un café aux murs encombrés de cadres dorés ; un ventilateur poussiéreux et bringuebalant pendait du plafond. Florence avait scruté la rue et la terrasse et passait à présent en revue le faciès des clients à l'intérieur, qui regardaient un match de foot à la télévision ou fumaient la chicha tranquillement. Les plus vieux portaient la galabieh traditionnelle, mais beaucoup étaient habillés à l'occidentale. Une chose était certaine : aucun des clients du café ne ressemblait à l'idée que Florence se faisait de Franklin Hunter.

Florence et Max se dirigeaient vers une table libre quand ils entendirent une voix profonde qui les fit sursauter.

— Je n'imaginais pas une correspondante de la British Broadcasting Corporation avec des cheveux roses. Franklin Hunter.

L'homme avait semblé se matérialiser dans le café comme un spectre. Max tout comme Florence se sentirent pris au dépourvu. Devant eux se tenait un grand Noir américain vieillissant avec un complet sombre et une boucle d'oreille en or.

Florence prit son air le plus assuré, tendit la main et rétorqua avec un sourire en coin :

— Je pourrais dire que vous non plus, vous n'avez pas le physique de l'emploi… si je savais de quel emploi on parle.

— Ah, droit au but, sourit Franklin. Mais dites-moi, avant que les masques tombent… À qui ai-je l'honneur ? dit-il en se tournant vers Max.

Florence acheva les présentations et Franklin fit signe au patron de venir prendre la commande.

— Avez-vous déjà goûté au *karkadé* glacé ? Une boisson à la feuille d'hibiscus, très rafraîchissante.

— Pas pour moi, interrompit Max.

Le jeune architecte parla au patron en arabe et Florence fut reconnaissante de ce petit bras de fer que son ami venait de gagner. Franklin avait beau être un habitué, on ne la faisait pas à Max.

— Je suis détective privé, dit Franklin en regardant Florence droit dans les yeux.

— Les victimes de la pyramide… commença Florence.

— Non, je n'ai rien à vous dire sur elles. Ce que je chasse, c'est tout à fait autre chose. Je suis spécialisé dans l'art et les antiquités. Et ceux qui en font le trafic. Mes clients sont des musées, des galeries, des collectionneurs privés.

— Ah ouais, dit Florence, comme dans *L'Affaire Thomas Crown*.

Franklin ricana.

— Faites confiance à Hollywood pour rendre glamour ce qui est sordide. Croyez-moi, on est loin du trafic à papa où quelques gentilshommes-cambrioleurs se font plaisir avec deux ou trois trésors. Le marché illégal des antiquités, dans l'économie qu'il représente et dans son mode opératoire, a la triste particularité de faire partie du même club que le trafic d'armes, de drogues et d'humains. Les biens culturels sont une monnaie d'échange qui influe sur la géopolitique internationale, entre autres en finançant le terrorisme.

Franklin regarda Florence et Max tour à tour, comme pour s'assurer de l'effet que ses révélations avaient sur ses deux interlocuteurs, et, les voyant suffisamment intrigués, continua :

— Quand, pendant la guerre en Irak, l'armée américaine saisissait des convois d'armes, à chaque fois ils trouvaient, entre les missiles et les grenades, des tablettes millénaires ou des statues. Et on sait que le conflit en Syrie aujourd'hui, par exemple, est alimenté en partie par les antiquités. Les rebelles ont créé une association de pilleurs qui troquent ce qu'ils trouvent contre des armes — l'autre côté, lui, les vend pour engager des mercenaires. Les collectionneurs en Europe et aux États-Unis sont demandeurs, et certains suivent le conflit avec intérêt. Ils choisissent les pièces qu'ils veulent et passent leur commande. On a vu des bulldozers sur des sites archéologiques, des technologies assez avancées que personne n'aurait utilisées s'il n'y avait pas déjà eu un acheteur. La guerre est bonne pour le business.

Il marqua une pause et soupira.

— Mais la vente des antiquités fait durer le conflit et, dans le même temps, la destruction des sites et le pillage des musées privent le pays des revenus futurs du tourisme, l'appauvrissant encore. Un cercle vicieux infernal...

Franklin laissa le silence finir sa phrase. Le patron apporta les *karkadés* et un citron pressé pour Max. Le détective porta à ses lèvres son breuvage, une décoction couleur sang. Il parut quelques instants oublier le monde. Enfin, Max demanda :

— Quel rapport avec l'histoire de la pyramide ?

— On dit souvent qu'une antiquité qui se trouve dans un musée n'a pas de prix, dit Franklin. Mais en réalité, les trésors ont tous une étiquette de prix, invisible. Je ne parle pas de ce qu'elles pourraient valoir sur le marché noir, mais de leur valeur officielle. Ce sont les compagnies d'assurances qui exigent qu'on la détermine. Savez-vous, par exemple, quelle est celle du masque funéraire de Toutankhamon ?

Florence et Max secouèrent la tête.

— Neuf cent vingt-six millions de dollars, dit Franklin.

Max ne put s'empêcher de s'étouffer avec son citron pressé. Il s'excusa tout en essuyant son menton et murmura :

— Quand on pense que la moitié de la population de l'Égypte survit avec moins de deux dollars par jour...

— Mais le calcul est absurde, Toutankhamon est invendable, intervint Florence en se tournant vers Franklin. Et quel rapport avec l'affaire de la pyramide ?

— Vous m'avez dit que vous aviez vu ce qui était à l'intérieur de la chambre X.

— Oui, la reproduction du masque funéraire de Toutankhamon, dit Florence.

Franklin la regarda droit dans les yeux.

— Qui vous dit que c'était une reproduction ?

— Déjà, le fait qu'il n'y en a qu'un et qu'il se trouve au Musée égyptien, dit Max.

— Et s'il avait été volé, renchérit Florence, le musée aurait déclaré le vol et empoché presque un milliard, merci beaucoup. Et il ne l'a pas fait, je me trompe ?

— Non, il ne l'a pas fait, dit Franklin, en souriant. Et effectivement, à vue d'œil, je dirais aussi que le masque trouvé hier est un faux.

Franklin sortit alors une planche-contact qui semblait provenir des services de police. On voyait le masque sous des angles divers, à côté d'un double décimètre. Même sans le tampon *made in the People's Republic of China* apposé à l'intérieur, n'importe qui aurait pu reconnaître qu'il s'agissait d'une reproduction bon marché qui aurait difficilement trompé le touriste le plus naïf. Mais ce qui intriguait Florence était ailleurs :

— Comment avez-vous obtenu cette planche-contact ?

— Vous qui êtes journaliste, révélez-vous vos sources au premier venu ? demanda Franklin, dont l'œil brillait.

Touché ! Florence secoua la tête et scruta à nouveau le cliché.

— Je ne suis pas sûr de comprendre, intervint Max. Vous n'êtes quand même pas en train de suggérer que ce machin *made in China*, ce serait en fait... le vrai Toutankhamon ?

— Si.

— Et que celui du musée, ce serait un faux ?

— Exact.

— Et bien sûr, vous avez les preuves.

— Disons que j'ai assez d'éléments pour en être personnellement persuadé.

— Complètement marteau, dit Florence.

— Qui est votre client ? Le Musée égyptien ? C'est lui qui vous a demandé de retrouver le vrai ? demanda Max.

— Non.

— Alors qui ?

— Disons que c'est un homme pour qui les enjeux dans cette affaire sont suffisamment importants pour qu'il ait investi dans cette mission toute sa fortune, et davantage encore.

Des cris éclatèrent dans la salle : un but avait dû être marqué. Les échanges joyeux prirent le café d'assaut pendant un instant. Florence essayait de réfléchir, mais rien n'avait de sens. Tout s'emballait sans qu'elle ait le temps de démêler le vrai du faux, le probable de l'improbable. Et pourtant, il y avait dans ce méli-mélo des opportunités, des choses excitantes qui allaient faire la différence et dont la seule promesse l'enivrait. Finalement, elle dit :

— Pourquoi est-ce que vous m'avez contactée, moi ?

— Pour mon client, l'issue n'est pas financière. Il veut juste que la vérité soit connue du grand public. Un documentaire de la BBC...

— Wowowo, minute papillon. Pour qu'une caméra vous suive dans vos délires, il va falloir montrer un peu plus de cartes que ça. Dans mon bureau, on fait dix-huit films par an pour plus de cinq cents sujets présentés. Il nous faut du solide.

Franklin plongea à nouveau les yeux dans sa boisson cramoisie, attendit que les fans de foot se calment et commença :

— Il y a un peu plus d'un an, le Musée égyptien a été pillé par une vingtaine de manifestants qui ont enfoncé ses portes. L'armée a dû intervenir avec des tanks, mais c'était trop tard, le mal avait déjà été fait. Des dizaines d'antiquités ont été volées, des momies décapitées, les vitrines éventrées. On dit qu'on a retrouvé le directeur, el-Shamy, en pleurs au milieu des débris de sculptures millénaires. Le musée est resté fermé pendant plusieurs semaines. Aucun journaliste n'a été autorisé à photographier le désastre. La police a retrouvé certaines pièces, mais beaucoup sont toujours dans la nature. Heureusement, quand le musée a été rouvert au public, les touristes ont pu admirer l'attraction numéro un du musée, le masque funéraire de Toutankhamon, et tout le monde s'est félicité des systèmes de sécurité qui ont permis de l'épargner. Sauf qu'au moment même où les visiteurs admiraient ledit masque au Caire, on l'offrait à la vente à mon client dans un restaurant de Miami.

— En vrai ?

— On ne lui a montré que des photos, prises dans une cuisine misérable. Le trafiquant lui a dit que le masque était toujours au Caire, mais qu'une fois la caution payée, il avait un réseau qui pouvait l'acheminer à Miami sans encombre.

— Il en demandait combien ?

— Le prix à l'entrée était de soixante-cinq millions, mais au dessert il était négocié à douze, avec une caution de deux millions.

— Attendez, attendez, dit Florence. Qu'est-ce qui m'empêche, moi, d'acheter une repro de la *Joconde* dans un magasin de souvenirs des Champs-Élysées, de la photographier dans ma cuisine et de vous dire que j'ai la vraie, que celle du Louvre c'est du pipeau, et de vous envoyer mon RIB pour le virement des deux bâtons ?

Franklin sourit.

— Distinguer le vrai du faux dans le domaine des antiquités est un jeu de roulette russe auquel personne n'a envie de s'essayer, mais chacun est contraint d'y jouer. Même les conservateurs des plus grands musées du monde, à un moment ou à un autre, ont été trompés par des faux. Les techniques scientifiques sont efficaces dans le sens où elles peuvent dire très précisément tout et son contraire. La technologie avance, mais est toujours un pas derrière l'imagination des faussaires. Rien ne vaut l'œil de l'expert, qui n'est pas immunisé non plus, car il ressent toujours une émotion. Finalement, ceux, comme mon client, qui sont aguerris à ce petit jeu vous diront qu'il n'y a qu'une seule chose qui soit infaillible.

— Quoi ?

— La rumeur.

Florence s'affaissa contre le dossier de la banquette.

— Parce que ce qu'on n'ose pas dire tout haut, on le dit quand même tout bas, et qu'il n'y a pas d'honneur chez les voleurs, ajouta Franklin.

— Qu'est-ce que vous dit la rumeur ? dit Max, soupçonneux.

— La rumeur, du Caire à New York en passant par Paris et Miami, me dit que le masque de Toutankhamon a été volé lors du pillage du musée. Et qu'il a été mis en vente par des hommes désespérés.

— Et le Musée égyptien, dans votre scénario ? Ils ont mis un faux, ils sont complices, ils font l'enquête eux-mêmes ? demanda Florence.

— Je ne sais pas. Ce que je sais, c'est que si le pillage n'est pas juste le dommage collatéral d'une émeute spontanée comme on veut bien nous le faire croire... alors c'est un cambriolage particulièrement sophistiqué.

Alors que Max semblait perdu dans ses pensées, Florence observait Franklin G. Hunter. Pouvait-elle lui faire confiance ? La vibration de son portable la tira de son dilemme.

— Tiens, dit-elle. On vient d'annoncer le nom des victimes. Seth et Jessica Pryce.

— Pryce, de PryceOreInc. ? dit Franklin.

Florence tapota sur son smartphone, fit défiler quelques pages et répondit :

— C'est ça. Ça vous dit quelque chose ?

— Oui, que Pryce était très riche.

Franklin était à nouveau absorbé par son eau rouge. Florence saisit en un instant la façon dont il tourna ses yeux vers elle puis les rabaissa. Elle comprit alors que son air détendu était feint. Il était désespéré. Il n'hésiterait pas à faire le tour des grands médias jusqu'à ce que quelqu'un s'intéresse à son histoire.

— D'accord, s'entendit-elle dire. Ça m'intéresse.

Franklin sourit, comme s'il n'avait jamais douté de sa réponse.

— J'imagine que nous aurons des papiers à signer ensemble ? dit Franklin.

Florence savait qu'elle n'avait aucun pouvoir de décision et qu'il lui faudrait l'accord de quelques dizaines de personnes pour lancer ne serait-ce que l'idée d'en faire une production. Mais, ça, ce serait pour plus tard. Il fallait verrouiller ce contact d'abord.

— Tout à fait, dit Florence en tendant sa carte à Franklin. Un contrat d'exclusivité, entre autres. J'ai votre garantie que d'ici là, vous n'en parlerez à personne ?

Franklin acquiesça.

— Accessoirement, dit Florence, vous n'auriez pas des informations sur Néfertiti ? Nous sommes en plein tournage, à ce sujet. Peut-être pourrions-nous vous interviewer...

Contre toute attente, Franklin secoua la tête.

— Non, non, je n'interviendrai qu'au sujet de Toutankhamon, rien d'autre. Mais oui, si vous voulez, j'ai quand même une info sur Néfertiti que vous n'avez sûrement pas. Vous direz que vous l'avez eue d'une source anonyme, bien sûr. Je compte sur votre discrétion.

Florence nota que Franklin ne cherchait pas la gloire de passer à la télévision, et le vit sortir une enveloppe de la poche de son veston qu'il lui tendit. Florence vit la photo prise au téléobjectif d'un homme d'une soixantaine d'années, aux traits fins et avec un catogan de cheveux gris qui lui donnait un air de dandy d'un autre âge. Elle lut au dos une adresse et un numéro de téléphone au Caire, mais aucun nom.

— Qui est-ce ? demanda Max qui observait le cliché.

— Je présume que vous avez entendu parler de Yohannes De Bok ? demanda Franklin.

— Bien sûr, c'est l'antiquaire qui a identifié Néfertiti à Berlin et qui refuse toute interview, dit Florence.

— C'est aussi l'un des rares à avoir toujours gagné à la roulette russe, le plus grand chasseur de faux du siècle. Ce talent demande un certain anonymat. C'est l'adresse de sa boutique au Caire.

Florence se retint de dire qu'elle avait passé deux mois à chercher un portrait de De Bok sans succès et qu'elle avait découvert l'adresse de ses boutiques à New York, Paris, Mexico et Hong Kong, mais jamais elle n'avait entendu parler d'une adresse au Caire. Elle commençait à croire que le vieux détective était un formidable atout dans sa manche. Elle le remercia en lui tendant la main.

Alors que Florence et Max allaient prendre congé de Franklin Hunter, il interpella le jeune architecte :

— Monsieur Hausmann, vous qui êtes un as des pyramides, je peux vous poser une question ?

Max acquiesça.

— Entre experts, quand vous parlez des différentes chambres de Khéops, ses couloirs, ses conduits... utilisez-vous des numéros ? Comme par exemple A55.

— Non, répondit Max, on les appelle par des noms, d'ailleurs souvent erronés. Il n'y a jamais eu de reine dans la « chambre de la Reine », et a priori les « conduits d'aération » n'ont jamais aéré quoi que ce soit. Je n'ai jamais vu la mention de numéros, même sur des plans d'architecte.

Le détective les remercia et, à la grande surprise de Florence et Max, se faufila derrière le bar pour y ouvrir une porte cachée par des cadres dorés. Il se retourna et leur lança, l'œil brillant :

— Si vous avez besoin de moi, venez ici. J'habite au-dessus.

Il les salua avant de disparaître.

Franklin arriva dans son petit appartement, baigné par le soleil de l'après-midi. Quelques mouches tournoyaient autour du plafonnier, au-dessus d'une table où se trouvaient les derniers clichés du masque de Toutankhamon. Ils avaient été pris le matin même. Franklin sortit de sa poche la planche-contact de la police, saisit les photos sur la table et punaisa le tout sur un des murs. Du sol au plafond, ceux-ci étaient couverts de plusieurs centaines de photos de Toutankhamon, si bien qu'on ne voyait plus le papier peint sale aux motifs des années 70. Les clichés avaient tous été pris sous le même angle et la date était écrite au marqueur. Il y avait aussi les articles sur l'attaque du musée, un portrait d'el-Shamy et de plusieurs employés, et des centaines de notes éparpillées.

Il s'assit à sa table et sortit de sa poche le message trouvé dans la poche d'el-Shamy.

BBC TV A TROUVÉ 2 CORPS DS CHAMBRE A55/FEMME VIVANTE/POLICE RE. PERMISSION DE PERCER URGENT.

A55. Ce que l'architecte avait affirmé ne le surprenait pas, lui non plus n'avait jamais entendu parler d'une quelconque numérotation des parties de la pyramide. En revanche, une image revenait sans cesse dans l'esprit de Franklin : celle d'Akhenaton. Akhenaton, le pharaon hérétique, père de Toutankhamon, époux de Néfertiti, sans pourtant aucune connexion avec la pyramide de Khéops. Mais ce qui intriguait Franklin était le nom que les égyptologues avaient donné à sa tombe, découverte cent ans auparavant dans la vallée des Rois : KV55.

Que voulait dire « chambre A55 » ? Ce chiffre tourbillonnait dans sa tête jusqu'à lui donner le vertige. Il se leva et ouvrit son vieux frigo. Des bols de mezzés et des feuilles de vigne farcies à moitié mangées gisaient sur les étagères poisseuses. La porte du frigo était surchargée, pleine de bocaux contenant du liquide rouge sang. Franklin se versa du *karkadé* dans un verre et regarda par sa fenêtre la petite ruelle animée.

Puis il sortit du tiroir de sa table de cuisine un pendentif aussi grand qu'une main représentant l'œil *Oudjat*, la représentation de l'œil d'Horus dans l'Égypte antique, considéré comme un symbole protecteur. Il ouvrit la fenêtre et plaça le pendentif sur un petit crochet à l'extérieur.

L'œil continua de se balancer doucement sur la façade. Puis il devint immobile, jusqu'à ce que le *khamsin* vienne le chatouiller de ses doigts orange. Et jusqu'à ce qu'il capte l'attention de la silhouette qu'il attendait.

13

DEUX HOMMES POUR UNE PYRAMIDE

Le Caire, quartier de Garden City — le 20 juin

Max patientait devant l'ambassade des États-Unis, plus que jamais ivre de son audace. Mais encore fallait-il qu'elle paie.

Il s'était présenté au bureau du CSA, pour élucider le mystère de l'appel de l'inconnu qui lui avait donné cette autorisation tant attendue. Il avait trouvé le bâtiment pris d'assaut par des journalistes, qui tous braillaient le nom d'el-Shamy — chacun voulait une interview ou un briefing, ou n'importe quoi pour alimenter la soif d'informations que la découverte dans la pyramide de Khéops avait fait naître. Les réceptionnistes et divers employés du CSA essayaient tant bien que mal de contenir la horde, et Max avait été repoussé dans un coin de la salle. Là s'était aussi réfugiée une jeune femme très menue, qui serrait de ses doigts diaphanes un grand livre en cuir bleu nuit. Retranchés derrière une plante verte, ils regardaient tous les deux trois photographes qui semblaient se battre dans une mêlée qui se rapprochait d'eux. La jeune femme apeurée recula et buta contre un banc, perdant momentanément l'équilibre. Elle lâcha son cahier qui vint s'ouvrir à l'endroit où se trouvait coincé un crayon de papier. Max s'empressa de le ramasser et découvrit que c'était un grand agenda. Devant lui se trouvait la page du jour même, avec des notes en arabe écrites au crayon.

15 h el-Shamy : Kerrington @ ambassade US

Il tendit le cahier à sa propriétaire qui rougit en remerciant Max, puis se sauva en direction des bureaux, se faufilant à travers la foule.

À présent, il était quinze heures sonnantes et Max se tenait devant la maison de Hilary Kerrington, ambassadrice en Égypte des États-Unis d'Amérique, et il avait toutes les raisons d'être nerveux. El-Shamy était réputé pour son intransigeance et son mauvais caractère — pas le genre d'homme à supporter qu'on ne respecte pas les règles.

L'ambassade des États-Unis ressemblait à un grand bunker couleur sable surplombant les rues raffinées et bordées d'arbres de Garden City. Son architecture typique des années 80 reflétait parfaitement la rigidité, la lourdeur et l'arrogance de la présence américaine sous George Bush Senior et représentait, pour le taureau qu'était la désespérance égyptienne, une *muleta* de dix étages.

Le bâtiment avait l'avantage d'avoir été construit juste après les attentats contre l'ambassade américaine de Beyrouth en 1983, et la sécurité avait été la priorité des architectes, jusqu'à la paranoïa. Les murs avaient été conçus pour résister aux explosions de bombes et l'escalier à une prise d'assaut. Le seul point faible de l'édifice, Max le savait, c'étaient les courts de tennis à l'arrière, une exigence du personnel de l'ambassade. Avec les deux terrains en terre battue, le bâtiment n'était plus imprenable, mais au moins le quotidien était supportable.

Max regarda sa montre. Soit el-Shamy était en retard, soit il avait mal lu l'agenda. Son regard cibla une silhouette seule qui avançait dans sa direction. El-Shamy. D'un pas déterminé, l'architecte lui barra la route.

— Docteur el-Shamy, je suis Max Hausmann, c'est moi qui ai découvert la chambre X.

El-Shamy resta impassible derrière ses lunettes fumées et ignora la main que lui tendait Max. Il continua son chemin en lui lançant :

— Félicitations, vous êtes à l'origine du plus grand dommage fait à la pyramide depuis deux siècles.

Max, pris au dépourvu, ne trouva pas comment répliquer à cette attaque et suivit l'archéologue en bafouillant :

— Écoutez, quelqu'un qui prétendait être du CSA m'a appelé pour que je sois à Khéops ce jour-là précisément, et je n'arrive pas à identifier...

— J'ai vérifié avec mon personnel, interrompit calmement el-Shamy. Votre dossier était dans la pile à traiter, avec quelques centaines d'autres. Nous donnons priorité aux chercheurs en histoire égyptienne et aux archéologues professionnels, et rien qu'avec eux nos ressources atteignent leur limite. Vous comprenez bien que les théories d'un étudiant en architecture ne sont pas en haut de la pile. Je peux vous assurer que ni moi ni mes employés n'avions jamais fait attention à vous avant que vous ne vous trouviez *par miracle* à Khéops. Maintenant, laissez-moi, j'ai un rendez-vous important.

— Docteur el-Shamy, sauf votre respect, si le CSA n'a jamais émis cet appel, alors il n'y a qu'une autre possibilité, c'est que celui qui m'a appelé m'a envoyé là-bas parce qu'il voulait qu'on découvre la chambre X, et si ce n'est pas le CSA...

— Vous oubliez une troisième possibilité.

Max observa avec attention le profil d'el-Shamy, qui regardait droit devant lui et marchait à une cadence que l'étudiant avait du mal à suivre.

— *Mort sur le Nil*, Agatha Christie, 1937, dit l'archéologue. Je suis sûr que comme tout bon égyptophile européen, il doit être sur votre table de chevet, n'est-ce pas ?

— Je ne l'ai jamais lu, mentit Max.

El-Shamy sourit, comme s'il avait reconnu un mensonge souvent entendu.

— Vous devriez. L'histoire d'une riche héritière assassinée. Son époux — qui, avant le mariage, était sans le sou — est retrouvé gravement blessé, donc insoupçonnable.

— Jessica Pryce est dans un coma profond, dit Max en plissant les yeux. Il n'est pas sûr qu'elle s'en sorte, si c'est ce que vous insinuez. Et le passage, ne me dites pas que vous croyez qu'ils sont passés par le couloir de la Reine, c'est impossible, il doit y avoir une entrée ailleurs !

— Finalement, le mari sera désigné coupable, continua el-Shamy comme s'il n'avait pas entendu les paroles de Max. Sa maîtresse l'a aidé. Un triangle amoureux. Voyez, troisième possibilité, vous êtes complice et vous avez imaginé cet appel de toutes pièces. Car finalement, si elle s'en sort, la petite, ce sera grâce à vous. Il suffirait qu'on trouve qu'elle n'était pas amoureuse de son mari, et le scénario devient très séduisant. Surtout pour les journaux… ou pour un jury.

El-Shamy tourna ses lunettes fumées vers lui et lui adressa un rictus satisfait. Max soutint son regard et rétorqua :

— Et le public ne se demanderait-il pas pourquoi un vulgaire étudiant allemand connaissait des endroits secrets de la pyramide de Khéops, alors que le plus grand archéologue égyptien, dirigeant du CSA, n'en soupçonnait même pas l'existence ?

La grimace d'el-Shamy se mua en quelque chose de plus malveillant, que sa voix traînante souligna encore.

— Oh, les *soupçons*, monsieur Hausmann, les bureaux du CSA en sont pleins, ne vous méprenez pas. Quant à moi, il y a dix ans, j'ai initié une étude de RPS dans le couloir de la Reine, et cette étude était assez conclusive pour que je décide de percer une ouverture dans le mur à trois mètres environ de la chambre X. Il fallait que je sois convaincu au plus profond de moi-même pour m'autoriser à endommager le bâtiment dont je suis le gardien. Tout ce que nous avons trouvé…

— Du sable fin, dit Max, j'ai lu toutes vos publications.

— Un bon point pour l'élève Hausmann. Mais ce que vous ne savez pas, c'est que les leçons apprises grâce à cette entreprise m'ont amené à jurer devant Dieu que jamais, tant que je vivrais, on ne toucherait à un centimètre de *ma* pyramide. À cause de vous, cette promesse a été brisée, et ma conscience devra en souffrir les conséquences.

Il ralentit son pas et ôta ses lunettes pour les essuyer avec le revers de sa chemise. Il fixa Max avec ses yeux noirs, entourés de rides, et continua de sa voix lancinante :

— La police du Caire a reçu les conclusions d'une enquête interne concernant cette affaire et je n'ai plus rien à vous dire, si ce n'est que j'ai donné l'ordre au personnel du CSA de refuser systématiquement et jusqu'à nouvel ordre toute étude de Khéops *in situ* par quiconque n'est pas égyptien de naissance. Les gardes du plateau de Gizeh ont reçu votre signalement. Si jamais vous pénétrez à nouveau sur le site, vous serez immédiatement arrêté et incarcéré. Alors je m'assurerai personnellement, quoi qu'il en coûte à ma réputation, que le magistrat qui vous jugera a le même genre de cellules grises qu'une certaine petite dame anglaise. Bonne soirée.

Il remit ses lunettes et il tourna le dos à Max pour partir vers l'ambassade américaine. Les mains de Max tremblaient et ses tempes étaient gonflées de colère. Il regarda le grand corps dégingandé s'éloigner de lui et soudain quelque chose explosa dans sa tête. Il dit assez fort pour que l'autre puisse l'entendre :

— Les pyramides ne sont pas juste un instrument pour servir votre nationalisme, elles sont l'héritage de l'humanité tout entière ! Et si vous en fermez l'accès à la communauté scientifique internationale, vous n'en êtes pas le digne gardien !

El-Shamy continua sa route, ne daignant pas se retourner. Quelques-uns des hommes au bord du chemin regardaient le jeune architecte, seul au milieu du trottoir, mais Max ne les voyait pas. Il sentit l'humiliation verser son amertume partout dans son corps et alors qu'il allait tourner les talons, il prononça ces derniers mots :

— S'il n'y avait pas eu l'intervention de ces Européens que vous méprisez, il y a deux siècles, la pyramide de Khéops aurait été détruite brique par brique pour en faire un barrage, sur les ordres de votre *pacha*. Et votre musée...

Mais il ne finit pas sa phrase, car il vit el-Shamy s'arrêter net. D'un coup, l'archéologue se retourna et fonça sur Max.

— Soyez heureux, Hausmann, de n'avoir jamais eu à faire ce choix, d'être pauvre et pourtant d'avoir de l'or à portée de main. Vous savez combien les collectionneurs sont prêts à donner pour le plus petit morceau d'histoire pharaonique ? Nous n'avons pas les moyens de mettre une mitraillette derrière chaque antiquité. Alors, c'est à chaque Égyptien de choisir, tous les jours, entre vendre son âme pour des lendemains meilleurs et préserver son passé, parce que cet excité d'el-Shamy a dit que c'était tout ce qu'il nous restait. Si cette terre a encore des trésors, c'est parce qu'il y a des hommes et des femmes à travers l'Égypte qui gardent leur héritage avec des bâtons et des pierres contre les pilleurs armés de fusils d'assaut. Vous condamnez mes élans nationalistes, mais si les Égyptiens ne s'approprient pas leur passé, ici et maintenant, alors ce patrimoine universel, comme vous dites, vous le pleurerez parce qu'il aura été vendu au kilo sur les marchés occidentaux.

El-Shamy déglutit avec difficulté et cessa de regarder Max. Comme s'il s'adressait à un interlocuteur invisible, il dit :

— Si je dois me battre contre mes propres frères pour que le pays ne devienne pas exsangue, c'est ma croix et je l'accepte. Mais le pire, le pire... ce sont ceux qui ont tant que plus aucun trésor sur terre ne peut calmer leur cupidité, ceux qui empoisonnent nos richesses pour assouvir je ne sais quelle soif de mystique ou de romanesque, ceux qui réécrivent notre histoire pour justifier leur folie...

Alors que l'excitation de son monologue illuminé le privait momentanément de son souffle, ses yeux retrouvèrent ceux de Max. Son grand index tordu appuya sur la poitrine du jeune architecte. L'archéologue referma ses doigts poisseux de poussière sur son tee-shirt et les deux hommes étaient si proches que Max sentit son haleine acide tandis qu'il lui murmurait :

— Hausmann, si jamais vous trouviez ce passage dans la pyramide, vous ne l'emprunteriez que dans un sens. Vous me comprenez ?

14

L'ARGENT DES GANTS

Le Caire, morgue de Z., le 20 juin

L'odeur abjecte des produits chimiques mêlée à celle de la chair en décomposition, la chaleur oppressante, les complaintes incessantes de mères désespérées : au fil des visites, Aqmool avait appris à les ignorer. Mais aujourd'hui, les pieds dans les mégots de cigarettes imbibés de sang, devant la rangée de vieux frigos ronronnants et les microscopes obsolètes, le soleil filtrant à travers les fenêtres cassées, le policier ressentait ce délabrement comme une humiliation personnelle. L'Égypte s'enorgueillissait jadis de ses sciences médico-légales. Mais la crise du budget depuis la révolution avait précipité la déchéance des institutions et, même dans la mort, les citoyens ne regagnaient pas leur dignité. C'était ici qu'Aqmool venait chercher Seth Pryce, dans l'une des morgues les plus importantes du Caire. Il entendait déjà les pas de ceux qu'il attendait, et leur présence ici décuplait sa honte.

Le Bureau fédéral d'investigation américain (FBI) du Caire avait pour mission première d'apporter le soutien à son allié égyptien dans la lutte contre le terrorisme et le crime organisé. « Legat Cairo », selon le jargon du FBI, employait une douzaine de personnes servant sous la responsabilité du Département d'État et de l'ambassade des États-Unis. Le personnel coordonnait l'action d'investigation en collaboration avec ses homologues égyptiens et travaillait à la prévention des attaques contre les intérêts américains en Égypte, mais aussi au Tchad, en Libye et au Soudan. Dans l'éventualité d'un conflit, le FBI aidait au rapatriement de ressortissants américains. Le FBI offrait également à ses alliés son savoir-faire en matière d'investigation criminelle, particulièrement au niveau des sciences médico-légales. Si les victimes étaient américaines, comme dans l'affaire du meurtre de Seth Pryce dont le corps devait être réclamé par l'ambassade des États-Unis, la participation du FBI à l'enquête qui incombait à la police égyptienne avait d'autant plus de sens. C'était en tout cas la version officielle, où les limites de l'autorité de chacun étaient limpides, où les collaborations se faisaient dans le respect des cultures et où, à la fin, les policiers égyptiens et les agents américains souriaient sur la photo pour la newsletter de printemps.

En réalité, la cohabitation avait toujours été, au mieux, inconfortable et, ce jour-là, la présence de l'agent spécial Rust et de son second Aaron Rodriguez aux côtés du commandant Kamal Aqmool dans les couloirs de cette morgue du Caire signifiait à tout le personnel égyptien que les choses allaient devenir compliquées. Et c'était compter sans le murmure inévitable des ragots qui sortait des portes entrouvertes, car l'agent spécial Aziza Rust était une femme.

Aqmool serra la main de Rust et de son second. Rodriguez fit une moue révoltée lorsqu'il vit l'état de la morgue, mais Aqmool fut reconnaissant qu'Aziza Rust n'y prête aucune attention. En attendant le médecin en charge, Aqmool ne put s'empêcher de la dévisager du coin de l'œil. Il était bel homme, il le savait, et malgré son bégaiement occasionnel, les femmes étaient généralement sensibles à son charme. Mais Aziza Rust ne semblait être sensible à rien. À quarante ans, elle était petite et mince. Elle avait la peau mate et maîtrisait parfaitement l'arabe égyptien. Elle avait des sourcils fournis, mais bien dessinés, de longs cheveux noirs attachés en une queue-de-cheval dont aucune mèche ne dépassait, et portait des chemises discrètes qui révélaient néanmoins le dessin de ses bras musclés. Aziza Rust était belle, mais on ne le remarquait qu'après coup ; pour être séduisante, il lui aurait fallu un peu de douceur et la possibilité de l'abandon, ce qui aurait fait injure à tout son être. D'elle, on ne se souvenait que de sa sévérité chronique, son respect inflexible de la procédure, son intransigeance envers les autres. Peu savaient qu'elle était encore plus intransigeante envers elle-même.

Le médecin les rejoignit et leur fit signe de le suivre devant une table où se trouvait un corps dans un sac en plastique. D'une voix douce, il s'excusa de son retard, enfila une paire de gants. Comme pour lui-même, il se plaignit que son service avait tellement peu d'argent que les membres de son personnel devaient acheter avec leur propre salaire les produits chimiques et l'équipement, dont les gants. Puis, d'une voix sentencieuse, il commença :

— Seth Pryce est mort suite à un coup unique, fatal, dans le cœur. L'arme du crime est tranchante, mais pas tout à fait lisse, de type couteau à crans, par exemple. Il y a des traces de résistance, il a des hématomes sur les poignets et autour du cou.

— Il a été tué avant d'être mis dans la pyramide ? demanda Rust.

— Sans aucun doute. Pas de traces particulières sur les genoux ou les mains qui pourraient suggérer des tentatives de fuite.

— Estimation de la date de la m-mort ?

— Difficile à dire, du fait que le corps est resté dans un endroit si pauvre en air, mais je dirais trois semaines environ. Soit aux alentours du 1er juin.

— Des indices sur une autre personne ?

— Il y avait beaucoup de choses sur le corps de la victime. Sang, urine, excréments, cheveux blonds, gris, bruns, mais a priori tout cela appartient aux deux victimes. On est toujours en train d'analyser ces éléments, cela va prendre du temps. Et la poussière ne nous facilite pas la tâche... Dernière chose.

Il descendit un peu plus la fermeture éclair et montra sur la victime un tatouage de la grandeur d'une main, qui couvrait le ventre autour du nombril. Le motif semblait représenter une croix chrétienne ornée, dont la barre horizontale était finie par des petits embouts verticaux.

— J'ai remarqué ce tatouage parce que c'est le seul et il semble très récent, quelques semaines au maximum.

— Post-mortem ? demanda Rust.

— Non, il devait être en vie quand ça a été fait, mais il est mort peu après. Je suis désolé, je ne peux rien vous dire de plus sur ce monsieur.

Quelques instants plus tard, Aqmool, Rust et Rodriguez traversaient la cour de la morgue. Rust s'arrêta près de deux colonnes en marbre sur lesquelles étaient collées des photocopies fanées montrant les photos et les noms de personnes disparues.

— Un m-m-milliardaire, un enlèvement à Mexico, une mise en scène sordide, ça a tout l'air d'un règlement de comptes.

— Combien de masques funéraires de Toutankhamon trouve-t-on au Caire ? interrompit Rust.

— Des dizaines de milliers. À New York, on aurait pu r-r-remonter du fabricant jusqu'à la boutique et peut-être même jusqu'au client. Mais au Caire, si nous devons fouiller chaque bazar...

Aqmool jeta un coup d'œil à Rust. Son visage était fermé, sévère.

— Quand pensez-vous pouvoir l'analyser ? demanda-t-elle au commandant.

Aqmool soupira et se frotta les tempes.

— Nous faisons le maximum, agent spécial Rust.

— Toujours pas de système de vidéosurveillance sur le site de Gizeh ?

— Malheureusement, non. Je vous raccompagne.

Il se garda de dire que, depuis la révolution, les pyramides étaient à peine gardées. Rodriguez lui remit un petit dossier qui contenait les informations relatives à la situation de Jessica Pryce, particulièrement à l'héritage qu'elle touchait à la mort de Seth. Cent millions, plus les capitaux.

Rust serra la main de Aqmool en lui disant :

— Si vous avez besoin de quoi que ce soit, je suis bien sûr à votre disposition. Le dossier est une priorité pour le Bureau, nous y travaillons activement.

Ils échangèrent les formules de politesse d'usage et Aqmool vit Rust et son assistant monter dans un véhicule flambant neuf et démarrer en trombe.

Quand le policier, pensif, revint au commissariat, un de ses collègues l'informa que quelqu'un voulait le voir et attendait sans un mot depuis une heure. Dans le hall défraîchi, Aqmool découvrit une jeune femme timide aux mains blanches, qui se présenta comme une secrétaire du Musée égyptien. Elle tendit à Aqmool une enveloppe lourde en papier kraft : un colis urgent de la part d'el-Shamy.

— Confidentiel, dit-elle en rougissant.

Quand Aqmool s'en empara, la messagère se volatilisa. Le policier se demanda pourquoi, si le colis était tellement important, el-Shamy n'avait pas envoyé Nasser, son bras droit.

Quand il ouvrit l'enveloppe, il en sortit un document imprimé épais de près de deux cents pages. La première de ces pages indiquait :

Musée égyptien du Caire

CONFIDENTIEL

Rapport d'enquête interne sur le vol des antiquités du 28 janvier 2011

Lorsque le policier et le FBI furent partis, le médecin à la voix douce installa le corps dans un des tiroirs frigorifiés et jeta sa paire de gants dans une poubelle qui débordait. Il mit le dossier préliminaire intitulé SETH PRYCE dans un cartable en cuir. En accrochant sa blouse, il soupira. Il n'aimait pas s'absenter de cette façon au milieu de la journée, surtout avec tout le travail qui l'attendait. Il y avait eu d'autres émeutes, les corps arrivaient à un rythme effréné. Mais c'était nécessaire, absolument nécessaire, se dit-il. Il sortit.

Une heure après, il était de retour. Son cartable était vide. Il avait des gants neufs. Il distribua des paires à son personnel, et ils se mirent au travail sur le corps d'un jeune manifestant qui venait d'arriver, une balle entre les deux yeux.

15

AMEN, IS IT ?

Je suis le témoin.

Devant moi, un homme au bec long et courbé écrit à l'encre bleue. Il regarde une balance à fléau suspendue à l'infini du ciel sombre. Dans un plateau, une plume, douce comme la peau d'une mère. Dans l'autre, le grand chien noir y pose mon cœur qui bat encore. À chaque battement, il semble se métamorphoser. Il devient bleu, brillant, des pattes poussent sur ses flancs et son dos se divise en deux ailes : mon cœur est devenu scarabée.

Le grand chien, l'homme-oiseau et l'œil vert du juge observent les deux plateaux qui montent et qui descendent tour à tour. Je sens le souffle de la bête, son parfum vil me glace. Je n'ai plus de souvenirs et pourtant il me semble reconnaître cette odeur. Et que signifie cet examen ? Un babouin vient soudain se balancer à la chaîne qui suspend la balance, retardant encore le moment de la pesée. Il rit et il crie :

— Si ta voix est juste, ma sœur à la peau d'encre, ton cœur-scarabée sera aussi léger que la plume du Bien et du Mal et tu entreras, bienheureuse, dans la maison de l'éternité. Mais si ta voix est fausse, ton cœur-scarabée sera lourd et ton âme puante sera dévorée par la bête. As-tu dit la vérité ?

Le singe hurle et saute sur mon épaule. Nous regardons le mouvement des plateaux ralentir, ralentir, ralentir encore. *Le scarabée bleu descend un instant plus bas que la plume, puis remonte, puis descend encore, un peu moins cette fois.*

Le balancier grince imperceptiblement et sa chanson se mêle au son lointain de la rivière verte. Puis les plateaux s'immobilisent et l'on n'entend plus rien.

La balance est parfaitement droite. Le cœur-scarabée est aussi léger que la plume.

La bête grogne. La voix sentencieuse de l'homme au long bec résonne dans mes veines :

— Tu es juste de voix.

Alors un faucon, le soleil tout entier dans un œil et la lune tout entière dans l'autre, apparaît devant moi. Il me sourit et me prend par le bras. Il guide mes pas heureux vers un rayon vert dont la bienveillance infinie emplit ma poitrine vide. Quelques pas encore, et je peux toucher la lumière émeraude de mes doigts.

Mais à ce moment, le singe hurle au grand chien noir :

— Le cœur !

La balance s'est remise à grincer. Un brouhaha emplit la grande caverne, les jurés se lèvent pour observer les plateaux qui bougent. L'œil du juge devient vert sombre. Et le grand scarabée bleu, mon propre cœur, se met à prononcer des mots que je ne comprends pas.

— Il manque le chapitre 30 du Livre des morts ! gronde l'homme au bec allongé.

Le singe se mit alors à ricaner, et son rire emplit ma poitrine vide.

— Le cœur... le cœur va trahir !

16

ORDRES (II)

Le Caire, quartier d'Héliopolis, le 20 juin

Pendant ce temps-là, Florence allait et venait sur le trottoir d'une rue chic du Caire, en criant dans son smartphone. Les dames qui faisaient leurs emplettes dans les boutiques de luxe la dévisageaient avec mépris, car elles devaient contourner cette harpie débraillée aux cheveux roses, et faire quelques mètres de plus sur leurs talons aiguilles qui torturaient leurs pieds. De l'autre côté de la rue se trouvait l'adresse donnée par Franklin Hunter, la vitrine d'un antiquaire.

Gayle, la productrice exécutive et rédactrice en chef de la série documentaire sur laquelle Florence travaillait, était furieuse.

— Les preuves que ce mec t'a données sont complètement foireuses. Andrew a vérifié, il n'y a pas de détective privé à Philadelphie nommé Franklin Hunter. Il est hors de question que tu fasses signer quoi que ce soit à ce mec, tu m'entends ? Florence, je te rappelle que tu es assistante-réalisatrice sur une série BBC de documentaires scientifiques, et toi tu te conduis comme si tu étais un grand reporter ! Emma vous a réservé un vol pour demain après-midi. Dès que tu arrives à Londres, passe au bureau. Et tu sais, Florence, si j'avais reçu un *penny* pour tous les mecs qui ont une histoire sensationnelle sur Toutankhamon et les pyramides...

Gayle continua son monologue sur ses trente ans de carrière, mais Florence ne l'écoutait qu'à moitié. Une grosse limousine noire s'était arrêtée devant la boutique d'antiquités. Deux hommes en sortirent. L'un, la soixantaine, ressemblait à un businessman ou un politicien, avec un costume deux-pièces sombre et une cravate discrète. Il était assez trapu, avait un visage plutôt jovial et de petites lunettes de vue rondes en écaille. L'autre devait avoir le même âge, grand, mince au teint pâle, une veste de velours magenta et, sous son borsalino, un catogan gris. C'était De Bok. Les deux hommes s'engouffrèrent dans la boutique, et Florence vit qu'une femme blonde fermait à clef derrière eux.

Elle interrompit Gayle pour lui jurer qu'elle laisserait tomber l'affaire du meurtre, Toutankhamon et tout le toutim, et que dorénavant seule Néfertiti occuperait ses pensées, et que d'ailleurs, elle était sur le point de signer avec De Bok. Elle raccrocha et courut de l'autre côté de la rue vers la boutique.

La vitrine ne contenait qu'une pièce : une minuscule momie sur un piédestal. Elle faisait environ vingt-cinq centimètres de long et seulement quelques centimètres de large.

Beaucoup trop petite pour être un enfant, Dieu merci, pensa Florence. Ses bandages noircis rétrécissaient d'un côté pour finir comme l'embout d'une cigarette roulée. Il n'y avait ni ornement ni inscription sur les bandes de lin, juste cette étrange forme oblongue.

Le reste de la vitrine était obscurci par de la peinture couleur prune, si bien que la petite momie apparaissait tel un bijou dans l'écrin d'un joaillier. La boutique étant très obscure, on pouvait à peine voir à l'intérieur. Florence frappa quelques coups à la porte. Personne ne vint. Elle mit ses mains contre la vitre pour ne pas être gênée par le soleil et pour mieux distinguer ce qu'il y avait à l'intérieur, au-delà d'un rideau de velours prune. Les murs étaient blancs et l'endroit avait tout d'un intérieur minimaliste. Cela ressemblait davantage à une galerie d'art contemporain qu'à un magasin d'antiquités. Soudain, elle aperçut une ombre, le rideau bougea et la femme blonde ouvrit la porte, à peine plus âgée qu'elle. Elle était d'une élégance raffinée, à peine rehaussée par quelques bijoux discrets ; mais la froideur dans la voix menaçait de faner son visage.

— Je suis désolée, la boutique est fermée, dit-elle.

Pendant une fraction de seconde, le temps d'un regard, il sembla à Florence qu'elles se connaissaient. Elle sonda sa mémoire, mais n'y trouva ni nom ni souvenir quelconque.

— À quelle heure ouvrez-vous ?

Florence essayait de gagner du temps, pour pouvoir regarder vers le fond de la boutique. Des caisses de différentes tailles étaient rangées contre le mur.

— Nous avons fermé pour de bon avant-hier. Je suis désolée.

Mais Florence avait glissé le pied dans l'entrebâillement de la porte.

— Je suis Florence Mornay, je travaille pour la BBC, et j'aurais aimé parler à monsieur De Bok, je l'ai vu passer...

— Si vous êtes de la BBC, vous savez que monsieur De Bok ne souhaite pas donner d'interviews.

— Nos programmes sont regardés par trois millions de téléspectateurs...

— Bonne soirée.

— ... ils sont respectés par la critique et toute la communauté scientifique...

— Votre pied bloque la porte, lança la femme d'un ton autoritaire.

Elle fit signe au chauffeur qui attendait auprès de la limousine noire, et le type marcha lentement dans leur direction.

— Attendez ! supplia Florence. Cette momie, là, elle est toujours à vendre ?

— Oui, dit la femme froidement.

— Combien ?

La femme hésita.

— C'est une momie de la XXVIIe dynastie provenant originellement d'Akhmim près de Thèbes, d'une grande rareté. Nous allions l'empaqueter ce soir.

— Combien ? répéta Florence.

— Neuf mille dollars.

— OK, je la prends.

La femme resta interdite quelques secondes, battit des cils et puis afficha un sourire forcé.

— Très bien, mademoiselle.

Florence pensa que ces petits instants délicieux où elle voyait les gens changer d'attitude et rougir de leurs préjugés étaient finalement le seul plaisir qu'elle tirait d'être riche. La femme lui ouvrit la porte et l'invita à entrer.

— J'espère qu'à ce prix j'aurai le plaisir de pouvoir m'entretenir avec monsieur De Bok personnellement, dit Florence en sortant sa carte Platinum d'un porte-monnaie en plastique Hello Kitty.

La femme prit sa carte et se dirigea vers le fond de la boutique. Quelques instants plus tard en émergea Yohannes De Bok. Il l'accueillit avec une aisance si naturelle et un sourire si chaleureux qu'elle fut prise au dépourvu. Yohannes De Bok avait un charme fou.

— Mademoiselle Mornay-Devereux, s'exclama l'antiquaire en regardant la carte de crédit. Joli nom. Alors comme ça, vous aimez les musaraignes ?

— Mu... Je vous demande pardon ? dit Florence, interloquée.

— La momie, que vous venez d'acquérir. *Crocidura balsamifera,* de l'ordre des insectivores. Une musaraigne. Deux mille quatre cents ans, une espèce disparue aujourd'hui. Les Égyptiens momifiaient toutes sortes d'animaux, les ibis, les crocodiles, les lions, les chats, beaucoup de chats. Les serpents aussi, même, j'ai eu un cobra cracheur une fois, il est parti chez un chef d'orchestre croate. Mais je suis comme vous, mademoiselle. Un faible pour les musaraignes. Inexplicable, n'est-ce pas ?

— Oui, j'aime les musaraignes, dit Florence, qui se balançait d'un pied sur l'autre. C'est peut-être parce que ma grand-mère avait un hamster, enfin, ce n'est pas pareil, et puis ce n'est pas très égyptien, les hamsters, c'est plutôt péruvien, précolombien, n'est-ce pas ? Enfin, je ne sais pas s'ils les momifiaient, ils les mangeaient sûrement, enfin, je dis ça, je n'en ai jamais mangé, c'est un peu, genre, berk. La momification, c'est pas non plus hyper ragoûtant, mais enfin, c'est mieux, je veux dire, l'idée de l'au-delà tout ça, alors que bon, finir mangé dans un bouiboui de Lima, je veux dire, ce n'est pas mon idée du paradis, mais allez savoir ce qu'en pensent les hamsters. Enfin bon, là, en l'occurrence, c'est une musaraigne. Voilà. Je suis ravie, monsieur De Bok.

De Bok semblait beaucoup s'amuser.

— Si vous êtes ravie, moi aussi.

Il y eut un moment d'embarras alors que De Bok regardait Florence de son œil pétillant pendant que sa collègue empaquetait la momie-musaraigne.

— Monsieur De Bok, euh, comme je disais à votre... à la dame, je travaille à la BBC...

— Je vous félicite. Très grande qualité de programmes.

— Oui, merci, nous faisons de notre mieux. Justement, nous préparons un documentaire sur Néfertiti...

— ... et naturellement, vous aimeriez m'interviewer, car je suis un personnage central de l'histoire, mmh ? Sans moi, notre chère vieille Néfertiti serait aujourd'hui dans une décharge de Berlin.

Et il adressa un sourire appuyé à la blonde.

— Vous avez tout compris, dit Florence qui souriait déjà.

— Mais malheureusement, vous perdez votre temps. Je ne donnerai pas d'interviews, ni à vous ni à vos confrères. Je ne vise aucunement la gloire. Au contraire, j'ai tout à gagner à rester dans l'obscurité. Comment m'avez-vous trouvé ?

— Nous avons tous nos petits secrets. Mais pourquoi un tel besoin d'obscurité ? demanda Florence.

— Un grand thème de philosophie, la nécessité de l'ombre. Mais je vais prendre votre question au pied de la lettre : mon travail sur la science du faux dans les antiquités me conduit à côtoyer des gens, de grands artistes parfois, dont l'identité ne peut pas être révélée. Il est impératif que moi aussi, je sois anonyme, pour évoluer dans leur monde.

— Et si je vous propose une interview où votre visage serait caché ?

De Bok sourit.

— Je ne suis pas un meurtrier en cavale, Florence — vous permettez que je vous appelle Florence ? Je ne veux pas être célèbre, c'est tout. Tenez, les papiers sont en règle, votre momie est toute à vous.

Florence soupira.

— Vous ne feriez pas une petite exception pour moi ? Allons, Yohannes, au nom de notre amour pour les musaraignes ?

De Bok éclata de rire.

— Votre musaraigne aussi aime l'obscurité, prenez-y garde. Les anciens Égyptiens considéraient que les oiseaux, comme les faucons ou les martinets, représentaient la lumière, mais les serpents, les scarabées et les musaraignes étaient des créatures des ténèbres.

Il tendit à Florence la petite caisse et elle ne put s'empêcher de la prendre du bout des doigts. De Bok la dévisagea.

— Mornay-Devereux, dit-il en articulant chaque syllabe, un éclat étrange animant ses yeux. Un nom qui doit vous ouvrir des portes, n'est-ce pas ?

— Pas autant qu'on le pense.

— Oui, je veux bien croire qu'un tel héritage puisse parfois être un fardeau.

L'antiquaire semblait perdu dans ses pensées. Puis il fixa soudain Florence, et afficha un sourire malicieux.

— Attendez.

Il se dirigea vers le fond de la boutique, pour revenir avec un petit carton d'invitation qu'il lui tendit.

— La vente du trésor de Néfertiti aura lieu à Sotheby's Paris le 29 octobre. La veille, un de mes amis organise un cocktail. Je serais très honoré de vous y revoir, Mademoiselle Mornay-Devereux. Une famille fascinante que la vôtre.

Florence le remercia et lui serra la main. Celle-ci était glacée, en totale opposition avec la personnalité du *fake-buster*.

Lorsqu'elle sortit de la boutique avec la petite caisse sous le bras, le crépuscule tombait déjà. Elle se dirigea vers son hôtel à quelques rues de là. En tournant l'angle en face de la boutique de De Bok, elle faillit entrer en collision avec un homme gras, portant des petites lunettes, une barbe et un chapeau mou. Ses sens enregistrèrent qu'il sentait la pierre ou la terre, quelque chose de minéral. Et qu'il était trop couvert par cette chaleur. Mais elle n'y prêta pas attention et disparut dans le coucher de soleil, avec sa musaraigne. Le temps d'un instant, Le Caire retrouva son calme.

Puis le vent orange se mit à siffler les lamentations du désert.

17

L'ŒIL

L*e Caire, quartier d'el-Arafa, le 20 juin*

À QUELQUES KILOMÈTRES DE LÀ, FRANKLIN MARCHAIT VERS SON rendez-vous, le pendentif *Oudjat* dans sa poche.

Il parcourait les allées ocre du quartier d'el-Arafa, les mosquées médiévales, les maisons étranges et les minuscules boutiques colorées. Au crépuscule, cette partie du Caire ignorée des touristes devenait encore plus magique, voire fantasmagorique. Son atmosphère particulière, la formidable hospitalité des résidents qu'il connaissait si bien, le sourire des enfants, son histoire — Franklin aurait presque pu dire qu'il se sentait chez lui, malgré les piles de détritus et l'immonde pauvreté qui collait à ces murs.

Son contact lui avait fait passer ce message : NC 6209. C'est tout ce qu'il avait fallu au détective pour comprendre que le rendez-vous était à vingt et une heures ce soir-là, à leur point de rencontre habituel. En anglais, ils l'appelaient NC — ou Northern Cemetery. Car malgré son demi-million d'habitants bien vivants, ce quartier n'était autre qu'un immense cimetière.

Northern Cemetery, ou La Ville des Morts. La crise du logement, endémique au Caire depuis le grand tremblement de terre de 1992, avait poussé des familles à se joindre à celles des gardiens du cimetière déjà installées là depuis des générations et à coloniser les mausolées plusieurs fois centenaires. Les allées de la grande cité funéraire avaient vu la vie pousser au milieu de ses murs, les commerces se développer autour des cénotaphes et le linge se tendre entre ses pierres tombales. Dans ce quartier que des mauvaises langues qualifiaient de bidonville, les morts invitaient les vivants à festoyer avec eux, continuant ainsi une tradition commencée par des ancêtres plus fortunés : les pharaons eux-mêmes.

Franklin passa devant la sublime mosquée de Qaitbey et se dirigea vers un minuscule magasin de luminaires qui se trouvait juste derrière. Devant l'entrée, le propriétaire le salua chaleureusement. Il lui expliqua qu'aujourd'hui avait lieu le mariage de sa nièce et que son ami américain était bien entendu invité aux festivités ; la famille était rassemblée quelques mausolées plus loin, chez son frère. Franklin promit qu'il viendrait.

Laissé seul, le détective pénétra dans la tombe qui servait d'échoppe. Il s'approcha d'une table encombrée. Il reconnaissait la silhouette dans l'obscurité près du mur.

— Le FBI lâche l'affaire, dit la voix de l'autre côté de la table.

Franklin tira un tabouret en bois coincé parmi les lampes et s'assit en face de l'ombre.

— S'il était mort n'importe où ailleurs, Pryce, continua la voix, le Bureau aurait pu faire quelque chose. Mais là, la pyramide de Khéops, c'est pile où il fallait pas.

— Mais avec toute la presse qu'il y a autour du meurtre, de la découverte de la chambre et tout le toutim, le FBI ne peut quand même s'en laver les mains ?

— Tu ne comprends pas. Officiellement, on est toujours dessus. Mais entre toi et moi, on n'y touche plus. Il faut choisir ses batailles. Les batailles du Bureau, c'est la révolution ici, la guerre civile en Syrie, le bordel au Darfour, l'intégrisme qui recrute, les rapatriements de tous les côtés. À l'heure où je te parle, trois volontaires d'une ONG dorment dans l'Ambassade parce qu'ils sont allés emmerder l'armée égyptienne. On doit se faire tout petits, Hunter, c'est pas à toi que je dois le rappeler. Alors quand el-Shamy est venu demander à l'ambassadrice qu'on interrompe les recherches dans la pyramide, elle a dit oui.

— Donc vous avez refilé le bébé à la police du Caire, soupira Franklin.

— Oui… On peut argumenter que le bébé n'a jamais été à nous, parce qu'il n'a de liens ni avec le trafic de came ni avec Al-Qaeda, donc il n'est pas du ressort officiel du *Legat*. Disons qu'on a renoncé à nos responsabilités de baby-sitters.

— Pas du ressort du *Legat*, c'est encore à prouver, dit Franklin. Je parie qu'en creusant un peu, on trouverait un réseau de crime organisé. Et çà, c'est pile dans le *brief* du Bureau.

— Hmm, grommela la voix.

— L'un des hommes les plus riches du monde disparaît au Mexique et est retrouvé mort en Égypte sans qu'on arrive à suivre la moindre trace de ses mouvements. Il est découvert dans une partie de la pyramide inconnue des égyptologues et même, soi-disant, du CSA. Tu ne vas pas me dire que pour réussir un coup comme ça, il ne faut pas un max d'argent, de l'influence et des informations ?

— Tiens, dit la voix, plus légère. Ce que je peux te donner si ça t'amuse, c'est le rapport de la police mexicaine concernant la disparition des Pryce, on l'a reçu ce matin. Il fait cent pages et je n'ai jamais lu autant de vide. Mon radar de pipeau me dit que quelqu'un a dû payer cher pour qu'il en dise aussi peu.

— C'est bien ce que je dis. Autre qu'un réseau, je ne vois pas. Une secte, peut-être…

— Je ne te cache pas que j'y ai pensé aussi, dit la voix. Ils ont analysé les plantes qui étaient dans la chambre X, c'étaient des fleurs de lotus. La pyramide, les fleurs de lotus, tous des symboles de l'Égypte…

Franklin se tut un instant. Il regarda par l'ouverture de la porte la nuit qui tombait sur des enfants joyeux. Des chants s'étaient mis à résonner dans les rues.

— Et bien sûr, il y a le problème de Toutankhamon, dit enfin le détective, comme s'il avait été embarrassé de cet aveu.

La voix émit un petit rire et dit :

— Je ne te demande pas pourquoi tu voulais me voir ? Décidément, il te colle aux fesses, ce pharaon, Hunter.

L'œil de Franklin brilla.

— Aux tiennes aussi, rétorqua-t-il.

La voix gloussa.

— Je sais. Ça doit être la fameuse malédiction de Toutankhamon.

Franklin ne sourit pas, et il savait que l'idée ne faisait pas rire son contact non plus. Dehors, les cris se rapprochèrent. De mauvaises enceintes se mirent à diffuser de la musique Sha'abi qui enflamma la foule excitée avec ses accents de rap et d'électro et ses paroles vulgaires. La rue se mit à danser. À l'intérieur de la tombe, Franklin entendit la voix dire enfin :

— Malheureusement, je ne peux rien te dire dessus. Encore une fois, on est sur le territoire d'el-Shamy…

— … qui est ami-ami avec le gouvernement, et donc avec la police… interrompit Franklin.

— … et je n'ai pas besoin de t'expliquer ce qui va se passer si les Égyptiens apprennent que le FBI fait de la contre-intelligence. On est pieds et poings liés là-dessus aussi.

À ce moment-là, un groupe agglutiné traversa l'encadrement de la porte : les mariés passaient, portés par la foule. Franklin vit la jeune épouse, une femme au sourire éclatant, maquillée comme une princesse malgré sa robe bon marché, enivrée par le bonheur de cette soirée dont elle devait rêver depuis son enfance. Il pensa un instant à Jessica Pryce. Des jeunes allumèrent alors des feux de Bengale qui colorèrent la rue en rouge. La voix continua, en haussant le ton pour couvrir la musique qui hurlait dehors :

— Écoute, tout n'est pas perdu. Il y a un nouveau mec sur le dossier, Kamal Aqmool. Il nous a l'air réglo et il a pris l'affaire en main sérieusement. Ça ne m'étonnerait pas qu'il arrive à de bons résultats... si les autres le laissent travailler.

— Si les autres le laissent travailler, répéta Franklin, sceptique.

Le groupe était passé, laissant derrière lui un peu de fumée rouge. Le détective se pencha pour allumer l'une des lampes, mais la main de son contact l'en empêcha. Franklin se rassit sur son tabouret et laissa l'obscurité engloutir la maison-tombe.

— Au fait, ils ont blanchi ce connard de Mohammed Hassan, dit la voix. Ça va péter. Les manifestants ont appelé à des émeutes sur le web, c'est devenu viral. On a chopé des infos qui confirment qu'ils vont frapper fort.

— Des cibles en particulier ? demanda Franklin.

— Le commissariat d'al-M.

— Dans quel commissariat se trouve ton nouveau flic de choc ?

— Le même.

Ni la voix ni Franklin ne parlèrent plus. Ce que chacun pressentait, ils savaient tous les deux que l'autre le pressentait aussi. La silhouette se leva enfin et serra la main du détective :

— Quelques poignées de mômes excités avec des cocktails Molotov, comme d'habitude. Avec un peu de chance, ça ne va pas aller bien loin. À bientôt, Hunter.

Franklin vit la silhouette sortir de la tombe comme un spectre rougeâtre, puis disparaître parmi les ombres des mausolées en ruine. Il resta un long moment seul, observant la lune énorme qui s'avançait sur ce mariage de rue. Il se sentit fatigué, comme s'il avait perdu une bataille avant même de la livrer. Alors la solitude s'immisça dans son cœur et le pressa jusqu'à en faire sortir le goût des regrets des choses d'avant, le passé tout cassé, sa malédiction de Toutankhamon. Sa gorge devint sèche et ses paumes humides, et il eut l'impression que les lumières de la boutique jamais plus ne se rallumeraient. Les morts enterrés ici semblaient reprendre possession des ténèbres, et Franklin se leva d'un bond, l'angoisse au ventre. Il sortit précipitamment dans la rue. Il fit plusieurs pas. Des enfants coururent vers lui pour l'entraîner dans la fête. Du bout de l'allée, le propriétaire lui fit signe de se joindre à eux.

Bientôt, Franklin célébrait le mariage d'étrangers qui devenaient des amis, et la lumière pâle de la lune faisait briller sa boucle en or. Il se mêlait à la joie ambiante, buvait, mangeait et riait avec ses hôtes. Il ne pensait plus à cette mariée qui avait été enterrée vivante, à ce masque funéraire qui hantait sa vie. Et il oubliait aussi que, ce soir, après avoir conversé avec une ombre, il dansait dans un cimetière.

18

LE ROYAUME EST PERDU

Le Caire, quartier de Sayeda Zeinab, 21 juin, solstice d'été. Le soleil se lève sur le jour le plus long de l'année.

DANS LA PETITE CHAMBRE DE SON APPARTEMENT ENCOMBRÉ, Nasser Moswen rêvait.

Dans son rêve, il était enfermé dans la chambre X de la pyramide de Khéops et il martelait la paroi de ses poings pour qu'on vienne le délivrer, mais il ne produisait aucun son, parce que des coups assourdissants emplissaient tout le monument. Mais ce n'était pas de la pierre que l'on frappait, plutôt du bois et du métal. Et l'on entendait des cris aussi, des cris horribles sous les coups métalliques. Dans sa chambre hermétique, Nasser commençait à manquer d'air et l'angoisse montait, et il frappait et il frappait, mais c'était peine perdue, et les coups et les cris continuaient, de plus en plus terrifiants. Soudain, il trouva un trou dans la paroi. Il y jeta un œil. Ce qu'il vit lui glaça le sang : il y avait des dizaines de rangées de chambres semblables à la sienne où des prisonniers nus et ensanglantés frappaient des portes en or massif. Chaque chambre enfermait un homme et une femme qui s'étaient griffés, mangés, éventrés, poignardés, et les survivants se battaient entre eux ou s'acharnaient contre la porte qui ne cédait pas.

Ces images d'horreur toujours en tête, Nasser se réveilla et serra dans ses bras son fils de sept ans, qui dormait entre lui et sa femme. Le contact de son enfant le rassura un instant jusqu'à ce qu'il comprenne que les coups et les cris du cauchemar étaient réels. On cognait avec violence contre la porte de son appartement. Il eut à peine le temps de jeter un œil au réveille-matin (05:07) et de secouer sa femme qu'un grand fracas le remplit d'angoisse : on venait de défoncer la porte.

Nasser se leva d'un bond, prit le petit et courut, habillé de sa seule chemise de nuit, vers la pièce où dormaient ses deux autres fils plus âgés.

Il entendit sa femme crier :

— Vous n'avez pas le droit ! Vous n'avez pas le droit !

Mais avant qu'il puisse réagir, deux policiers se tenaient devant la chambre des garçons et faisaient signe à un autre collègue de les rejoindre. C'était le commandant Hassan.

Malgré sa soixantaine bien tassée, Hassan possédait une allure athlétique et un maintien qui impressionnaient toujours, ce qu'accentuait son uniforme kaki. Il avait les cheveux blancs, mais d'épais sourcils noirs. Tout cela faisait qu'on pouvait difficilement deviner son âge. Il avait aussi un sourire séduisant et une voix curieusement aiguë, qui suggéraient une sensibilité et une empathie dont pourtant il ne possédait pas la moindre trace. Beaucoup s'y faisaient d'ailleurs prendre. Mais Nasser le connaissait depuis assez longtemps pour savoir qu'il valait mieux faire ce qu'il voulait — c'était une question de vie ou de mort.

— Qu'est-ce que... enfin, comment... bégaya Nasser.

Il sursauta lorsqu'un bruit énorme fit vibrer tout l'appartement. Le vaisselier avait explosé sur le sol et les pleurs de sa femme se perdaient dans les éclats de verre que les policiers écrasaient en commençant la fouille.

— Nasser, dit Hassan. On se connaît depuis longtemps, toi et moi. Tu ne vas pas me faire perdre mon temps.

Un autre bruit de meuble qui craque. Le plus petit des fils de

Nasser se mit à pleurer, les autres à trembler. Nasser essaya de parler, rien ne sortit correctement.

— Non, non, non, ce n'est pas ce que tu crois, je n'ai rien...

Un des policiers arriva dans la chambre avec une enveloppe, qu'il passa à Hassan. Le commandant plongea la main dedans et en sortit une liasse de billets verts tout neufs. Il devait y avoir cinq mille dollars US.

— Et ça, c'est quoi ? dit Hassan.

— Qu'est-ce que c'est que ça ? objecta Nasser avec une vigueur nouvelle, teintée de peur. Ce n'est pas à moi, je le jure, je n'ai jamais eu cet argent, qu'est-ce que ça veut dire ?

— Moi je dis que ça pourrait venir d'un type nommé Seth Pryce. Qu'est-ce que t'en penses ? On n'a retrouvé ni ses fringues ni son portefeuille dans la pyramide.

— Non, Hassan, je te jure, je n'ai jamais vu ce type !

— El-Shamy et moi, on le sait depuis longtemps, que tu aimes bien faire visiter les pyramides, la nuit, à des amis haut placés, hein ? Enfin, ce ne sont pas vraiment tes amis, mais s'ils arrondissent les fins de mois, on s'entend bien avec eux, n'est-ce pas ? On a toujours laissé couler, parce qu'el-Shamy, ça lui arrive aussi, allez. Mais là, Nasser, un meurtre...

— Non !

— C'était ton filon, la chambre secrète. Ça doit rapporter plus que la bonne vieille chambre du Roi, non ? Ça sonne plus « VIP », tout de suite ! Tu appelles ça comment sur tes brochures ? La chambre de Nasser ? Comment ça s'est passé, hein, dis-moi ? Tu as vu que le milliardaire, il en avait un paquet sur lui au moment de payer ? Tu t'es dit : « Allez, hop, personne ne le saura. » Et la fille, tu l'as laissée là parce que tu ne voulais pas te salir les mains plus qu'il ne le fallait ? Je comprends.

— Non, c'est pas vrai ! Je n'ai jamais touché qui que ce soit ! Pryce, c'était pas un des clients. Hassan, tu sais bien que je ne suis pas capable de faire une chose pareille !

Hassan joua quelques instants avec la liasse de billets. Les enfants, terrorisés, regardaient leur père, puis Hassan, puis leur père à nouveau. On n'entendait plus rien dans l'appartement, à part des pas et des débris qui craquaient sous les bottes. Un policier arriva et murmura quelque chose à l'oreille de Hassan. Le vieux commandant resta silencieux un instant. Puis il alla s'asseoir sur le petit lit d'enfant et mit son bras autour des épaules du plus grand. Nasser sentit l'angoisse le paralyser.

— Nasser. Cette liasse de billets, elle appartient à Seth Pryce, n'est-ce pas ?

— Non, je te dis, je ne l'ai jamais vue avant, s'étrangla Nasser.

— Je vais reformuler ma question, je veux être sûr que tu me comprends bien. Cette liasse de billets, elle appartient à Seth Pryce, si tu ne me dis pas où tu as caché ce qui nous intéresse.

La chambre d'enfants sembla tournoyer au moment où Nasser comprit ce que Hassan suggérait. Il n'y avait plus de choix entre la vérité ou le mensonge. Il n'y avait plus de choix du tout. La somme des décisions prises ces dernières années le rattrapait et son poids l'anéantissait. À cet instant, il savait que sa vie ne lui appartenait plus. Il vit que son aîné tremblait sous le bras du commandant. Il entendit les sanglots de sa femme dans l'autre pièce. Il sentit sous ses doigts la petite main de son plus jeune garçon, son pouls qui battait si fort, si plein de vie à vivre encore, et finalement, plus rien n'eut d'importance. Il fallait affronter la fin.

Il murmura :

— Dans les toilettes. Derrière le miroir.

Hassan se leva immédiatement, laissant Nasser et ses enfants sous la bouche du canon du fusil d'assaut d'un des policiers. Nasser baissa les yeux, regarda sa main tenant celle de son fils, et essaya de graver l'instant au plus profond de son cœur.

Il entendit les pas des policiers aller vers le bout du couloir, leurs efforts pour détacher le miroir, ouvrir la trappe et en sortir les sept petites caisses en bois. Puis il entendit leur joie — quelle étrangeté qu'il y ait encore dans cette maison de la place pour la joie. Ils avaient trouvé.

Les antiquités volées au Musée égyptien.

Les policiers ordonnèrent à Nasser de les suivre. Il lâcha la main de son fils, qui pourtant tentait de l'agripper.

Ensuite, plus rien n'eut d'importance.

Aqmool marchait vers le commissariat en regardant ses chaussures. Il avait mal dormi — la faute de la grosse lune qui se levait, probablement. Il avait lu jusque tard dans la nuit le rapport interne du Musée égyptien remis par el-Shamy. Il impliquait Nasser et le dépeignait comme un employé prêt à tout pour une poignée de dollars. Le cas concernant le vol des antiquités était solide, les preuves étaient suffisantes pour ouvrir une enquête. Ses visites privées, payantes et illégales, de la pyramide l'étaient aussi. En revanche, le rapport suggérait de façon assez vague qu'il connaissait la chambre secrète, mais ne donnait pas plus d'informations sur l'accès à cette chambre, ce qui intriguait Aqmool depuis le début. En conclusion, il faudrait commencer l'enquête et les procédures dès le matin.

Il s'était endormi juste avant l'aube. En conséquence, il arriva tard au commissariat, et remarqua à peine la présence des journalistes devant le bâtiment. Quand il ouvrit la porte de son bureau, quelqu'un y était déjà.

Hassan.

— Commandant Aqmool, bonjour, dit Hassan en regardant sa montre.

— Je-je-je ne savais pas que vous seriez déjà au bureau, si tôt après le procès, dit Aqmool, sur la défensive.

— Je suis en fonction depuis cinq heures ce matin, dit Hassan gaiement. C'est ça, l'amour du travail ! Je donne une conférence de presse dans quelques minutes, vous vous joindrez à nous ?

Il sortit du bureau, et Aqmool resta interdit un instant, puis se pressa vers la salle de réunion où étaient déjà rassemblés les journalistes. Il repéra la fille aux cheveux roses et eut le désagréable sentiment que les choses lui échappaient.

Aqmool entendit les mots de Hassan, mais ils se perdirent dans d'autres, ceux qui tourbillonnaient dans son esprit en manque de sommeil jusqu'à lui donner mal à la tête.

Nasser avait été arrêté suite à une perquisition à son domicile où l'on avait retrouvé les antiquités volées au Musée égyptien dix-huit mois auparavant. Le suspect avait avoué faire partie d'un réseau qui s'occupait du trafic de ces œuvres, et s'être enrichi grâce à l'organisation de visites illégales sur le site de Gizeh. D'autre part, les interrogatoires des gardes de Khéops avaient révélé qu'ils avaient vu Nasser, un soir qui correspondrait à la date du meurtre, escorter les époux Pryce à l'intérieur de Khéops. L'arme du crime n'avait pas été retrouvée, mais des dollars américains appartenant selon toute probabilité aux victimes avaient été cachés dans l'appartement du suspect. La police retenait le scénario du meurtre avec préméditation dans le but de détrousser les victimes. Puis Hassan fit un speech concernant le vol des antiquités en général et proféra une menace pour les pilleurs de tombes et trafiquants d'art qui détruisaient l'héritage de tous les Égyptiens.

À la fin de la conférence de presse, les journalistes lancèrent tous leurs questions en même temps et Aqmool entendit la fille aux cheveux roses hurler :

— Comment expliquez-vous la disparition à Mexico ?

Mais Hassan, d'un geste de la main, refusa de répondre aux questions. La fille de la BBC s'époumonait toujours.

— Où est le passage secret ? Comment êtes-vous sûr que l'argent appartient à Pryce ?

Enfin, elle vit que c'était peine perdue et se concentra à la place sur son smartphone sur lequel ses pouces s'activaient à une vitesse considérable.

Aqmool retourna dans son bureau et ferma la porte derrière lui. Il mit sa tête dans ses mains. Son front était lourd, comme un ciel bas qui apporte de mauvaises nouvelles. Il regarda un instant les fils électriques qui s'entrecroisaient au-dessus des toits du Caire. Ils dansaient. Le vent orange soufflait comme s'il avait été enragé.

La secrétaire frappa à la porte. Aqmool, toujours à sa fenêtre, l'entendit dire derrière son dos :

— Commandant, à propos de Jessica Pryce. Sa tante est arrivée à l'hôpital. Les médecins lui ont demandé la permission de la débrancher.

Aqmool continua de regarder dehors. Il sentit en lui cette petite goutte amère si familière. Encore un mort. *Floc. Floc.* Tous les jours, il voyait le pays plonger dans le sordide, le désespéré, l'inhumain. Il voyait la guerre civile, le terrorisme, le viol organisé, les mômes camés au Tramadol, la place Tahrir devenir le centre du crime, la justice corrompue. Les exactions de la police, aussi. Il avait une boule dans le ventre depuis qu'il avait vu Hassan, comme un mauvais pressentiment. Et puis maintenant la fille de la pyramide. *Floc floc.* Un jour, son cœur serait plein et il refuserait de battre. Peut-être.

— Il y a aussi un visiteur pour vous. Il dit que c'est urgent.

— Tout est urgent aujourd'hui. C'est qui ? dit Aqmool en se retournant.

— Max Hausmann.

19

THADDEUS PRINCEPS

Le Caire, Hôpital américain, 21 juin.

— Ils ont trouvé le coupable. Au moins maintenant, elle peut partir en paix.

Joannie avait éteint la télévision dans la chambre de Jessica. Gigi se tenait bien droite sur une chaise, ses mains posées sur sa jupe, une broche en brillants colorés représentant un oiseau épinglé sur son cardigan. Elle fixait toujours l'écran noir de ses yeux blancs derrière ses lunettes sombres. Elle entendit l'infirmière qui lui disait de ne pas hésiter, si elle avait besoin de quoi que ce soit, qu'elle devait la sonner. Mais Gigi était ailleurs. Gigi s'était retranchée dans ce tout petit coin de son être où elle pouvait encore pardonner aux hommes.

Gigi, la vieille femme aveugle, croyait en l'infinie bonté des gens et l'humanité le lui rendait bien. Malgré son grand âge et ses jambes qui la soutenaient à peine, elle était venue en Égypte depuis son petit village en France. Ce voyage avait été possible grâce à la générosité des étrangers, sur laquelle elle comptait et qui venait toujours. Alors que ses voisines avaient trop peur de traverser la rue devant chez elles, Gigi prenait un taxi au Caire en pleine révolution. Et elle avait fait le tour de la ville avec le jeune chauffeur qui avait partagé en riant quelques mots de français et mis une musique qu'il pensait pouvoir plaire à cette dame, et il lui avait fait oublier sa tristesse le temps d'une balade. Elle était arrivée à bon port un peu plus riche. Elle avait peut-être donné trop d'argent au chauffeur, mais elle repartait avec une histoire à raconter et, pour une fois, pas au passé. Gigi allait dans ce qui lui restait de la vie avec ce qui manquait à la jeunesse : de l'espérance.

Pourtant Gigi avait vu l'homme dans toute sa palette de nuances, jusqu'aux plus obscures. Ses souvenirs d'enfant remontaient à la fin de la Seconde Guerre mondiale. La Libération avait apporté son cortège de drapeaux, de célébrations et de haine. Les feux d'artifice couvraient les bruits des coups au fond des bois. Les arbres donnaient des fruits étranges en cet été 1945, qui se balançaient dans le vent sur les routes de campagne. On punissait parfois les coupables sur les places de marché, des images en étaient montrées aux actualités, mais Gigi se souvenait surtout d'une fois, au fond d'une impasse, un jour entre chien et loup. Les frères de Gigi avaient participé à cette orgie de vengeance et emmené leur petite sœur. Il avait bien fallu les aimer quand même, ces hommes-là, ensuite.

Elle avait perdu la vue peu après, on avait dit que c'était dû à une maladie. Elle ne s'en était jamais plainte. Elle commençait sa vie de femme avec des yeux vides et le souvenir de cette sauvagerie qui vivait tapie au fond des hommes bons. Si elle avait choisi de croire en la lumière du cœur, c'était simplement parce que c'était une question de vie ou de mort. Et les jours où elle doutait, où la Libération venait resserrer sa gorge… comme d'entendre parler de ce Nasser qui avait enterré vive sa nièce, sa petite fille… alors elle se retranchait dans un endroit d'elle-même qui ne pensait plus, n'expliquait plus, ne jugeait plus. C'était l'endroit où elle invoquait le fil invisible qui reliait les choses, toutes les choses. C'était l'endroit des prières.

Les médecins lui avaient parlé longuement, expliqué qu'il n'y avait plus d'espoir pour Jessica. La dégradation de son corps, particulièrement de son cerveau, était arrivée au point de non-retour. Il n'y avait plus de Jessica, juste une enveloppe corporelle qui tournait à vide. À présent, il fallait se décider. Gigi glissa sa main sur le drap immobile et ses doigts trouvèrent celle de Jessica. Sa peau était tiède, pourtant.

Gigi fit une prière. Une prière d'amour, de joie. C'était la dernière, alors autant qu'elle soit belle. « Mon Dieu », avait-elle dit, et pour un si grand nom elle avait à peine bougé les lèvres. Pour un instant, elle fit semblant de croire que Jessica pourrait vivre encore.

Jessica — ce nom ne lui était pas familier ; depuis sa naissance, elle l'avait toujours appelée par ses petits noms.

Elle invita une pensée improbable et chaude, la possibilité de la foi contre le néant. Puis dans l'obscurité de sa tête, apparut la vision d'une plage près de chez elle, en France. De longues dunes. Elle vit Jessica, la petite fille blonde avec tant de vie, tant de vigueur, qui parlait à Jessica l'adulte. Jessica telle qu'elle était sur ce lit, Jessica si maigre aux lèvres gercées, rêches sous les doigts de Gigi, Jessica qui pourtant souriait. Les deux Jessica se parlaient, jouaient, riaient, apprenaient l'une de l'autre. Cette image, c'était l'espoir qui revenait. Elle sentit une caresse de plume sur son âme.

La vieille dame s'accrocha à cette vision, essaya de sentir le vent dans ses cheveux épars, l'odeur des immortelles, le piquant du soleil, du sel et du sable. Elle s'attachait à ce bout d'espoir et elle ne savait même plus qu'elle priait. Puis elle comprit qu'elle était revenue dans la pièce, son cœur doucement déchiré de sentir sur sa peau la main sans vie de Jessica.

Le moment était passé.

Elle attendit, peut-être pour voir si un miracle se produirait, mais rien ne bougeait, rien ne changeait. Jessica était partie, et elle ne reviendrait plus.

Restait la décision que Gigi devait prendre et qui avait anéanti l'endroit des prières.

Soudain, Gigi perçut un courant d'air au parfum de lys. Puis une énergie différente dont son corps aveugle détecta des vibrations muettes. Il y avait quelqu'un dans la pièce.

— Bonjour. Vous devez être Gigi, dit une voix masculine, en français.

Gigi connaissait cette voix. Harmonieuse dans les graves avec une légère cassure à la fin des phrases. Une intonation austère malgré sa jeunesse, comme si l'homme voulait partager un secret. Un accent chaud mais avec des nuances anguleuses. Et ces mots enrobés d'un parfum raffiné de fleurs orientales, soulignés de terre et d'une note toxique... de l'essence ?

— Je me souviens de vous, à l'église, dit Gigi doucement. Vous étiez aux côtés de Seth. Vous êtes Thaddeus, n'est-ce pas ?

— Thaddeus di Blumagia. Je suis heureux de vous revoir.

Thaddeus restait parfaitement immobile et cela intriguait Gigi. D'habitude, confrontés à une infirmité et à la proximité de la mort, les jeunes gens emplissaient l'espace de paroles, de gestes et de toutes les déclinaisons du bruit et de la hâte, peut-être pour se prouver que cette réalité-là n'était pas pour eux, qu'ils étaient invincibles. Mais il y avait chez Thaddeus une maîtrise de soi inhabituelle. Peut-être que lui aussi avait vécu une Libération.

— Cela ne vous dérange pas, si je reste un peu ? demanda Thaddeus.

— Non, restez, je vous en prie, répondit Gigi.

— Merci.

Gigi entendit des choses qui bougeaient, un papier qui se froissait et sentit le parfum de lys qui allait et venait. Il avait dû apporter un bouquet et le poser sur la table. Elle se souvenait des piaillements des demoiselles d'honneur qui répétaient que Thaddeus était beau. Mais Gigi, ainsi que la plupart des aveugles, voyait en général la beauté comme inerte, car rien ne palpitait. Thaddeus, lui, possédait autre chose, qui se propageait à travers l'espace. Sa présence était à vrai dire hypnotisante. Malgré elle, la vieille dame étudiait chaque odeur, chaque mouvement de l'air, chaque son qui pourrait lui parler de Thaddeus. Elle le dévisageait de ses quatre sens. Elle savait qu'il était près du lit, mais il n'avait rien touché. Il était juste immobile. Elle se souvint alors que Jessica avait dit que Thaddeus et Seth étaient comme des frères.

— Je suis désolée pour votre ami, murmura Gigi.

— J'espère qu'il est en paix, là où il est, dit Thaddeus après un silence.

— Vous avez entendu, ils ont arrêté un homme.

Elle entendit les pas de Thaddeus qui s'approchaient du lit. Elle pouvait sentir sa respiration. Elle reconnut alors la note toxique, inflammable, qui émanait de ses mouvements : c'était de la térébenthine. Thaddeus était artiste, Gigi s'en souvenait à présent. Il contourna le lit et passa devant la fenêtre. Dans le silence, la vieille dame entendit un minuscule frôlement de draps. Les doigts de Jessica, dans les siens, bougèrent à peine. Gigi déchiffrait l'invisible : elle savait que le jeune homme avait pris la main de sa nièce dans la sienne.

— Êtes-vous contente de votre hôtel ? dit soudain Thaddeus, comme s'il savait qu'il avait été pris en faute.

— Oui, merci.

— Je vous laisse ma carte sur la table. Demandez à quelqu'un de m'appeler si vous avez besoin de quelque chose. Je serais offensé si vous ne m'appeliez pas. Je sais que Seth n'aurait pas voulu que vous manquiez de quoi que ce soit. Et s'il vous plaît, dit-il dans un murmure, informez-moi de la santé de Jessica.

— Vous savez, je suis sa seule famille. Et les médecins attendent mon accord pour...

Gigi s'étrangla. Le mot n'avait pas été prononcé, mais il prenait possession de tout. Débrancher. Débrancher la vie. Débrancher l'espoir, débrancher la jeunesse et les jours d'après. Débrancher le monde tout entier en ne laissant que la solitude. Elle sentit les larmes laver les traces qu'avait déposées ce mot à l'intérieur d'elle et elle perçut les doigts de Thaddeus se poser sur son bras.

— Elle doit vivre, murmura-t-il. Laissez-lui encore une chance. Encore un jour. Pour moi.

Sa voix s'était brisée, juste à la fin, juste sur le *moi*. Gigi l'entendit quitter la pièce précipitamment et, quand la porte se referma, c'était comme s'il manquait tout à coup des atomes à l'univers. Elle écouta encore. Il ne restait plus que les bruits lointains de l'hôpital, le murmure des machines, et en dessous, plus en imagination qu'en réalité, le souffle minuscule de Jessica.

Elle doit vivre.

Comme s'il intimait ses désirs aux dieux, ce prince qui doutait de n'être qu'un homme. Dans son sillage, ces mots, l'odeur de lys et de térébenthine et cette absence de peur, cette intensité, et la plus infime des supplications dans cet ordre au divin... Qui était Thaddeus di Blumagia ?

20

SIMIAN EXIT

Je suis le témoin de la trahison de mon cœur-scarabée.

Il a parlé une langue étrangère à mon tribunal étrange. La lumière verte a filé entre mes doigts et l'immense caverne est redevenue sombre. À présent, les parois tremblent des voix des jurés et des ricanements du babouin amusé.

— Tss-tss-tss, ma sœur, me souffle-t-il. N'as-tu pas écouté ce que disait le Livre des morts, chapitre 30 ? Avant la pesée, les voyageurs doivent toujours faire taire leur cœur, ce grand traître... Le tribunal n'a jamais vu de cœur volubile. Quel sort te réserve-t-il ?

À mesure que le cœur-scarabée continue de parler avec le juge, le parfum immonde de la bête s'insinue dans mes veines. Je reconnais enfin cette odeur ; elle appartient au monde que j'ai quitté il y a une éternité : c'est celle de l'angoisse.

Enfin, l'œil vert immense se met à parler :

— Tu es juste de voix. Mais ton cœur-scarabée refuse la lumière verte.

Je ne comprends pas. Le singe sur mon épaule a cessé de siffler. Chaque chose dans l'univers retient son souffle, même la bête.

— Tu dois repartir, intime l'œil-juge.

Le grand chien noir est déjà à mes côtés, me tirant vers la rivière verte. Je me débats, mais mon corps n'est qu'éther.

— La rivière verte ne coule que dans un sens... commence l'homme au long bec de sa voix morne.

Mais l'œil devient couleur de colère et le silence revient.

— Le singe sera ton geôlier jusqu'à ton retour, m'annonce le juge.

L'œil gigantesque se dissout alors en vagues violentes et verdâtres que notre barque attaque à contre-courant. Le singe enfonce ses griffes dans mon épaule pour ne pas être emporté par le fleuve déchaîné. La tempête est monstrueuse et le grand chien noir plante les rames dans les flancs verts et mousseux pour nous garder à flot. La douleur envahit peu à peu tous mes membres, en même temps qu'un sentiment familier : je suis une à nouveau, séparée des autres. Je suis moi, mais qui suis-je et pourquoi ai-je si mal ? J'ouvre des yeux immenses pour appréhender ce vers quoi nous nous dirigeons : un gigantesque maelström.

Je me tourne vers le grand chien noir pour le supplier, mais son regard est ailleurs, empli d'horreur. Nous ne sommes pas seuls dans la barque. Tapie dans l'ombre de la petite cabine, il y a une femme, un rictus satisfait sur son visage aux traits sublimes. Elle n'a pas d'yeux.

Avant de sombrer dans le vortex, j'entends le singe qui râle, terrorisé :

— Néfertiti !

21

FLAMMES (I)

Le Caire, commissariat de police d'al-M., le 21 juin

— J'AI ENTENDU QUE VOUS AVIEZ BOUCLÉ LE TYPE, LÀ, NASSER. Je suis venu pour mon passeport, dit Max, défiant.

— Ça n'explique toujours pas ce q-q-que vous faisiez à Gizeh à ce moment-là.

— J'ai déjà répondu à vos questions. Mon passeport, s'il vous plaît.

Max tendit la main sans oser regarder Aqmool. La mâchoire du policier était serrée depuis le début de l'entretien, ses yeux cerclés d'ombre. Il y avait comme une urgence dans sa voix. Il avait sorti le dossier, avec le passeport de Max. Il avait la main dessus, comme pour le cacher. Et il ne bougeait pas.

— C'est vous q-q-qui avez percé le trou ?

— Non. Non ! Je n'étais pas allé à Gizeh depuis des mois !

— Et l'homme qui vous a appelé ?

— Je vous l'ai dit. Je pensais qu'il était du CSA.

— Décrivez-moi la voix. Il vous a parlé en anglais ou en arabe ?

— En anglais. Il n'avait pas un accent égyptien. Plutôt d'Europe de l'Est.

— Et Jessica Pryce, vous la c-c-c-connaissiez ?

— Jamais entendu parler d'elle.

— Pourtant elle était dans les journaux.

— Je ne lis pas ces journaux-là. Attendez, vous l'avez chopé, le mec, ou pas ?

— La chambre X, dit Aqmool. Par où est-il passé ?

— Qu'est-ce qu'il vous dit, votre suspect ?

— Lui, il dit rien. Les gardes disent qu'il est p-p-passé par l'entrée principale, avec les victimes. Quelqu'un ment. Et je crois que vous mentez aussi.

Max vit Aqmool refermer ses longs doigts sur son passeport, mais n'eut pas le temps de se demander ce qu'il allait en faire. Des cris et des coups de feu résonnèrent à l'extérieur. Aqmool se dirigea vers la fenêtre, en hâte, mais sans panique. Dehors, les détonations continuaient. Des policiers couraient dans le couloir avec leurs armes. Un collègue ouvrit la porte pour les avertir : des manifestants attaquaient le commissariat.

Aqmool revint s'asseoir tranquillement.

— Qu'est-ce qu'il se passe ? demanda Max, cloué à sa chaise.

— Des émeutes. On s'y attendait. Le bâtiment en a vu d'autres, ne vous en f-f-faites pas. Mais l'entretien est terminé. Vous allez sortir par-derrière, ça vaut mieux. Un policier va vous raccompagner.

— Et mon passeport ?

— Je n'en ai pas fini avec vous. Le procès de Nasser va s'ouvrir bientôt, on verra à ce moment-là.

Max avait commencé à protester et à se lever, puis tout sembla se dérouler au ralenti. Des cris d'abord. Puis une énorme déflagration qui envoya Max à terre avant même qu'il ait constaté l'explosion, comme si son esprit se détachait de son corps. Quand ils ne formèrent plus qu'un à nouveau, ses membres prirent des décisions sans lui. Il se vit ramper sur les débris. Le monde n'était soudain que fumée, détonations et urgence.

D'un coup d'œil, il avait vu Aqmool saisir son arme et se précipiter hors de la pièce. Il rampa jusqu'au couloir. D'un côté, vers l'entrée, il vit le personnel avec les extincteurs, des explosions encore, un corps ensanglanté qui s'agenouillait. Tout le monde courait. Il vit deux jeunes, trop jeunes pour être des policiers. Que faisaient-ils là ? Qui étaient les attaquants, qui étaient les défenseurs ? Un casier en acier gris bourré de papiers s'enflamma d'un coup et s'écrasa sur le sol dans un bruit assourdissant. Max était toujours à terre. Aqmool le tira et cria :

— On ne peut pas sortir devant, il faut passer par-derrière. Il y a une issue tout au bout du couloir à gauche. T'as compris ? Au bout à gauche. Vas-y, grouille-toi !

Aqmool disparut, un Glock semi-automatique au poing, un torchon sale sur le visage.

Max parvint à se relever. Il allait s'engouffrer dans le couloir enfumé lorsqu'il se retourna. Son passeport était là, sur le bureau. Il le saisit, le fourra dans la poche de son jean et se mit à courir dans le couloir. Il dut suivre les murs des mains, la fumée obscurcissait tout. Soudain, il entendit une voix masculine étranglée de pleurs :

— La porte est coincée, aidez-moi, je vous en supplie, aidez-moi !

Max reconnut tout de suite cette voix. Les yeux révulsés, toussant dans l'entrebâillement d'une porte, c'était Nasser. Une armoire en fer bloquait le battant. Max essaya de tirer le meuble, mais le métal lui brûlait les mains. Il le poussa avec les pieds : rien ne bougeait. Il sentit le feu venir plus près de lui et à chaque effort pour bouger le meuble gigantesque, ses poumons étouffaient. C'était désespéré. S'il continuait, ils allaient mourir tous les deux.

Soudain, une pensée jaillit dans l'esprit de Max : allait-il mourir pour sauver un assassin ? Et à ce moment-là, il sentit que cet homme aux yeux rouges, derrière la porte, cet homme qui commençait à vaciller dans la fumée, c'était celui qui avait mis la fille dans la pyramide. C'était lui, l'horreur au bout du trou, les râles et l'odeur de chair décomposée. Alors Max s'éloigna de lui et ses pas l'emmenèrent vers le fond du couloir. Derrière lui, l'autre hurlait.

— Revenez, je vous en supplie !

Puis il hurla plus fort encore. Max ne comprit pas les mots qui sortaient de sa bouche déformée, mais les syllabes se gravèrent dans son esprit.

— Oxan Aslanian ! Oxan Aslanian !

Mais bien vite Max n'y pensa plus, car il allait mourir lui aussi. Le couloir était à présent en flammes. Ses yeux n'étaient que des orbites brûlantes. À travers le flou des larmes, il vit le faux plafond s'embraser et dégouliner en plastique fondu et gerbes orange, bloquant l'accès qui devait prendre à gauche. Il ne restait plus qu'une porte, celle de droite. Il la défonça en priant pour qu'il y ait une fenêtre. Il y en avait une. Seulement, cette fenêtre donnait derrière, sur le vide. Trois étages plus bas, c'était du béton. S'il sautait, il se fracasserait tous les os du corps. Mais dans l'enfer du commissariat, dans les cris et le feu qui déjà gagnait son abri, il calcula les risques. Il pensa à l'autre, ce Nasser, à quelques mètres de lui derrière une cloison en feu, qui était sûrement déjà mort. Il revit sa vie, la simplicité éclatante des bonheurs passés. Il fallait sauter, juste pour savoir si tout cela avait valu le coup. Il entendit le craquement terrible du bois, prit une dernière bouffée d'oxygène qui le transperça de mille aiguilles, il pensa à la promesse qu'il avait faite à sa mère. « Rien ne m'arrivera. »

Et il sauta.

22

RETOUR DES CENDRES (II)

Le Caire, Hôpital américain, le 21 juin

JOANNIE REGARDAIT LES INFORMATIONS À LA TÉLÉ DANS LE bureau des infirmières.

Un commissariat du Caire était attaqué par des manifestants. Des pneus brûlaient, trois voitures de flics aussi. Ils parlaient de représailles contre la justice qui avait blanchi Hassan. Les images ne manquaient pas, on venait juste d'avoir une conférence de presse, beaucoup de journalistes étaient encore sur les lieux. Peut-être qu'ils allaient sauver des gens, ces journalistes, plutôt que de rester là à les voir mourir.

À ce moment-là, son bip résonna. C'était la chambre 12. Jessica. Elle marcha aussi vite que son gros corps pouvait le lui permettre. La tante de la petite avait-elle décidé de la débrancher ?

Elle ouvrit la porte pour découvrir Gigi, encore plus pâle que le matin. La vieille femme dit tout bas :

— Je ne sais pas ce qu'il se passe, madame. Mais sa main, elle est différente.

Joannie l'avait senti aussi. Elle eut à peine besoin de regarder l'encéphalogramme. Elle appela les médecins.

Jessica revenait.

23

FLAMMES (II)

Le Caire, commissariat de police d'al-M., le 21 juin

AQMOOL GISAIT DANS L'AMBULANCE. PENDANT QU'UN DE SES assistants lui faisait un compte rendu, il essayait de ne pas perdre connaissance.

L'assaut du commissariat était fini. Le bâtiment était éventré, dégoulinant d'eau noire. Les pompiers avaient eu du mal à l'atteindre, toutes les rues y menant étaient bloquées. L'armée était toujours aux trousses des manifestants, le champ de bataille s'était déplacé vers la place Tahrir. C'est là que les reporters s'étaient rendus aussi.

Plus de vingt blessés. Deux morts. Un policier. Et Nasser.

— L'Allem-m-m-and... dit Aqmool dans un souffle atroce.

— Qui ? dit le policier qui l'accompagnait.

— Hausmann... commença Aqmool, mais les mots étaient déformés.

— Pas trouvé.

— Dites-lui de ne pas parler, ordonna l'ambulancier.

La douleur était tellement intense que Aqmool était corps et âme englouti par elle. La partie gauche de son visage était ravagée. Son œil gauche, son nez, ses lèvres, tout n'était qu'une masse de chair désordonnée. Sur son épaule et le haut de son bras, la plaie béante se mêlait à un tissu noirci. Il râla avant de perdre connaissance.

FRANKLIN SE PRESSAIT VERS LES RUINES DU COMMISSARIAT, LA peur au ventre. Pourquoi n'y avait-il pas pensé plus tôt ? Toutes les rues étaient bloquées, il avait dû marcher, fendre les foules excitées. Il ne reconnaissait plus le Caire qu'il aimait, avec ses habitants si chaleureux, si pacifiques. Ces violences égyptiennes semblaient profondément contre-nature et ne faisaient qu'attiser ce pressentiment mauvais qui pressait son pas. Il arriva devant le commissariat et perdit son souffle pendant quelques instants. Ce bâtiment vivant seulement une heure plus tôt était à présent en ruines.

Il se faufila parmi les restes fumants. Il mit son bras devant son nez pour bloquer l'odeur immonde et enjamba les meubles cassés, les téléphones carbonisés, les milliers de feuilles de papier qui flottaient dans l'eau sale, une chaussure qui gisait au milieu de formes noires et indéfinies. Puis, parmi les décombres, il vit une silhouette qu'il connaissait : Aaron Rodriguez, l'agent du FBI. Il l'interpella. Quand il vit Franklin, Rodriguez secoua la tête et lui fit un signe que le détective ne comprit pas. Enfin, il vit Aziza Rust.

Elle lui adressa un regard plein de mépris, puis l'ignora pour de bon. Elle arrêta l'un des policiers égyptiens et lui dit :

— Cet individu n'est pas autorisé à se trouver sur ici. Pouvez-vous l'escorter ailleurs, s'il vous plaît ?

Le policier acquiesça et fit signe à Franklin de le suivre. Mais le détective ne bougea pas et lança :

— La salle des pièces à conviction a été touchée ? Rust, répondez-moi.

Alors que le policier lui empoignait le bras, Franklin se débattit. Rodriguez accourut pour calmer la situation et en profiter pour lui murmurer dans l'oreille :

— Qu'est-ce que tu fous là ? Fais pas l'idiot.

— Aaron, siffla Franklin tout bas, tu sais aussi bien que moi ce qu'il y a dans ce commissariat. Dis-moi juste s'il y est toujours.

— Un mot de plus, et c'est l'arrestation, intima Rust.

Rodriguez fit mine de repousser Franklin et le policier le tira vers l'extérieur. Il obtempéra. Soudain, un autre policier déboula vers Aziza Rust et dit :

— Madame, vous aviez raison. Impossible de mettre la main sur le masque de Toutankhamon...

— Merci, l'interrompit brusquement Aziza Rust. Continuez vos recherches, je vous en prie.

Les jambes de Franklin semblèrent se dérober. Pourtant, il sentit une vague de détermination se saisir de lui, une énergie nouvelle renforcer toutes ses émotions. Il se laissa accompagner par le policier, mais il ne put s'empêcher de jeter un regard vers Rust, insensible et austère au milieu des ruines. Il allait lancer une dernière provocation, mais à ce moment-là, tous les visages se tournèrent vers un cri venu de l'autre côté du bâtiment, vers la rue. Une femme appelait à l'aide.

Franklin se défit de l'étreinte du policier et courut vers la source du cri. Il vit d'abord la chevelure qui détonait dans le décor incolore de poussière et de cendres noires. Florence était penchée au-dessus d'un pantin désarticulé auréolé de sang. C'était le jeune Max.

Florence agenouillée avait pris la tête inerte de Max dans ses bras. Ses doigts hésitaient au-dessus de son visage sale. Elle suppliait qu'on vienne l'aider sans le quitter des yeux. Une Pietà aux cheveux roses et aux bras tatoués. Les secours arrivaient déjà et s'affairaient autour d'eux. Ses lèvres qui tremblaient déposèrent un baiser sur le front de Max et Franklin aurait juré que c'était une déclaration d'amour.

Celles qui ont peur d'arriver trop tard sont toujours les plus belles.

24

AM I IN "EXIST"

De l'autre côté du maelström, il y a une ville en flammes.

Le grand chien noir est parti, mais le singe et moi avons tout vu. La vérité noyée dans l'eau noire, mon cadavre moqué par les juges d'en bas, les innocents qui parlent comme des coupables, les coupables grimés de la poussière de ma ruine.

J'ai vu ceux qui ont voulu sauver mon fantôme. L'homme au triangle et ses os en mille pièces, l'homme aux cercles d'or qui se frotte les mains, la princesse aux tatouages qui sème des mensonges, la femme droite au masque friable qui a peur d'aimer, et toutes les ombres au goût de terre.

Ils font partie de moi parce qu'ils m'ont imaginée. Je ressens leurs peines, leurs doutes, leur souffrance et leur foi en l'amour. Je deviens la somme de ces étrangers de passage qui ont mis mon nom dans leur quête. Je leur pardonne leur aveuglement, car ils m'ont donné le diapason des battements de mon cœur. Mais à présent il faut condamner. Pour condamner, il faut voir. Pour voir, il faut être.

Au-dessus des flammes de la ville, j'aperçois soudain une lumière immense, non plus verte, mais blanche, comme un rayon au plus profond d'une eau pure. Elle est si belle qu'elle semble briller du fond de l'idée même de la beauté. Elle me dit des mots qui ne sont pas des mots et pourtant je les comprends. Elle me dit de me penser. De penser à cette chose qui jadis était moi et qu'ensuite je serai.

C'est à moi de trouver les mots. « Il faut me penser pour être », a dit la lumière. Mais j'ai oublié qui je suis et mon épitaphe est un malentendu. Alors le singe enfonce son museau dans mes poumons et me donne le souffle. Avec le souffle viennent les mots.

NEX exists, NEX, NEX, amen, I am sane ? Time, sex, axis. The main exit is...

I am the main exit, ex-saint, inmate, east, east, east... Main exit, main exit, main exit... is me !

A MIS EXIT XMIII I SIX IT NAME EAST I AM ST SIN MEATS XIII I AM I AM SIXTINE...

I am Sixtine.

PARTIE II

25

I AM SIXTINE

New York, Manhattan, quatre mois plus tard, le 17 octobre

SIXTINE GISAIT AU FOND DE LA PISCINE INTÉRIEURE DU DERNIER étage de son immense penthouse en surplomb de Central Park.

La surface lisse de l'eau turquoise vibrait des basses d'un *sound system* qui crachait le rap de Jay Z et Kanye West, *No Church in the Wild*. La tête de Sixtine bougeait à peine, ses membres se mouvant au ralenti, tels ceux d'une naïade endormie caressée par un courant minimal. Ses yeux verts étaient ouverts, mais ne regardaient rien. Ses cheveux gris flottaient dans l'eau bleue comme des anémones fragiles. Elle n'était vêtue que de son tatouage en croix sur son nombril. Au-dessus d'elle ondulait le reflet d'un vieil homme aux traits asiatiques qui se demandait si elle était morte.

4 minutes 12 secondes. 4 minutes 13 secondes. 4 minutes 14 secondes.

Sixtine n'était pas morte. Pas plus que quand elle s'était réveillée d'un coma profond quatre mois auparavant. Au Caire, les jours de la vie de Sixtine s'étaient remis à s'écouler comme avant, même s'il manquait des pièces. Beaucoup. Elle était la fille aux pièces manquantes.

4 minutes 15 secondes. 4 minutes 16 secondes.

Sixtine était toujours dans l'eau.

Manquait le passé. Sa mémoire était intacte jusqu'au moment où elle avait hésité devant l'autel, durant son mariage. Ensuite, il n'y avait plus rien que le souvenir de visions étranges sans temps, sans espace, sans conscience. Puis le réveil au Caire et cette conviction que Jessica n'était plus, et que son nom était Sixtine. Sixtine, le surnom que lui avait donné sa mère. Dans l'existence de Sixtine, il n'y avait pas de Mexique, pas de pyramide, pas même de fête au Louvre. Pas de meurtre. Rien que les récits que les autres lui racontaient et la connaissance, au plus profond d'elle, de choses qui n'avaient pas de sens dans ce monde.

4 minutes 17 secondes. 4 minutes 18 secondes.

Le vieil homme serrait les dents et scrutait son chronomètre.

Manquaient les nuits. La nuit après son réveil, Joannie l'infirmière avait sonné l'alarme. Sixtine avait disparu. On l'avait retrouvée, tremblant sous le néon près de la sortie de secours, gémissant : « N'éteignez pas la lumière… » On avait diagnostiqué des problèmes psychiatriques profonds, comme cette phobie extrême et paralysante de l'obscurité. En vérité, ce n'était pas du noir dont Sixtine avait peur, c'était des images qui le peuplaient : tout l'escadron illuminé du singe sacré qui mange les viscères, de la rivière verte et de cette Néfertiti sans yeux — ce qu'elle avait vu dans cet ailleurs que les médecins disaient ne pas exister. Alors depuis, Sixtine dormait le jour, sous le soleil ou les néons, car elle ne pouvait pas laisser la noirceur de la nuit la surprendre. Le seul moment où elle ne pensait plus, où elle n'essayait pas de retrouver les pièces manquantes, c'était dans l'eau. Elle y entrait toutes les nuits. Et elle y restait.

4 minutes 20 secondes. 4 minutes 23 secondes.

Une goutte de sueur coula sur le front du vieil homme, alors que Jay Z jurait contre les dieux.

Manquaient aussi les autres, aussi. Sixtine était une recluse. Elle ne sortait pas pour éviter les paparazzis qui campaient devant son immeuble. Elle avait évité les amis, remercié les trente-deux membres du personnel qui s'étaient occupés du quotidien de Seth dans son penthouse new-yorkais de vingt et une pièces. Gigi était repartie chez elle en France, dans sa maison remplie de cages à oiseaux donnant sur la mer. Le seul qui restait, c'était Han, soixante-seize ans, le portier de nuit de l'immeuble qui allait être licencié parce qu'il était trop vieux.

À présent, c'était lui, Han, qui criait à Sixtine de sortir de l'eau.

Han connaissait l'itinéraire des sorties nocturnes de la jeune femme, qui, sous son gilet noir à capuche, allait boire la lumière des lampadaires et des vitrines des magasins dans les avenues désertes. Elle avait la dégaine de ces tagueurs qui hantent le métro parisien et qu'elle avait fréquentés, adolescente. À présent, l'unique témoin de la solitude de Sixtine, de sa mélancolie, du deuil de ce mari à peine connu, c'était ce vieillard qui s'enfonçait dans l'eau tout habillé de son uniforme sombre pour la repêcher.

5 minutes 1 seconde.

Sixtine était morte.

Manquait la vie. Sixtine était dans les limbes. La vraie Sixtine, celle qui vivait, celle qui avait encore les rêves de son âge, celle qui croyait aux lendemains, c'était Jessica aux yeux bleus, perdue dans un passé invisible, inconnu, non répertorié. Sixtine aux yeux verts n'était qu'une revenante de passage, et Han qui la tirait de l'eau savait bien qu'elle pourrait partir, demander à son cœur de ne plus battre.

La tête de Sixtine était hors de l'eau et Han la prit sous les bras comme une poupée désarticulée pour la balancer par-dessus son épaule. Sa tête ballotta ; ses yeux étaient toujours ouverts et elle ne respirait pas, son corps nu dans les bras de ce vieil homme avec son costume sombre gonflé d'eau. Soudain, elle inspira tout l'air de la pièce. Elle sembla alors voir à nouveau. Ses muscles se tendirent et elle regarda le visage de Han.

Elle sourit.

— La prochaine fois, Han, vous devriez vous vêtir encore un peu plus pour nager.

— Plus de cinq minutes. Ce n'est pas raisonnable.

— Cinq minutes seulement ? dit Sixtine qui nageait déjà vers le bord. Ça m'a pourtant semblé être une éternité.

— C'est bien ce qui m'inquiète, mademoiselle.

— Je croyais que l'inquiétude était une perte de temps, c'est vous qui me l'avez appris. Tournez-vous.

Le vieil homme, dont le costume trois-pièces flottait à la surface de la piscine, fit mine de râler et tourna le dos à Sixtine. La jeune femme monta l'escalier de marbre. Sur la grande baie vitrée qui donnait sur Central Park se dessinait le reflet de son corps mince, sa silhouette magnifique sculptée par de longues nages nocturnes, ses cheveux gris coupés à la garçonne, coiffés en arrière et dégoulinants sur sa peau ivoire. Elle aurait pu ressembler à ces femmes fatales des films allemands des années 20, mais il y avait ce voile amer sur son regard émeraude, un scintillement froid dans ses yeux qui n'attendaient plus le retour des illusions égarées en route.

Et ce tatouage en forme de croix sur son ventre.

Elle passa le peignoir gris foncé gisant à côté du chronomètre qui courait toujours. Elle sourit et secoua la tête. Elle s'approcha de la baie vitrée. À ses pieds se tenait le Metropolitan Museum of Art et son ombre l'englobait tout entier.

— Vous pouvez sortir, maintenant, Han, dit Sixtine.

— Merci, mademoiselle.

Le vieil Asiatique sortit de la piscine avec grâce, ses pieds faisant *floc-floc* sur le marbre et ses poches gonflées d'eau se déversant à chaque pas.

— Tout est prêt pour demain ?

— Oui, mademoiselle. Un chauffeur viendra prendre les bagages à dix-sept heures. J'ai parlé au pilote, ce sera donc un vol de nuit, comme vous l'aviez souhaité.

— Merci, Han. Faites-moi plaisir, allez vous changer, vous allez prendre froid. Et j'ai peur de ne bientôt plus avoir pied si vous restez près de moi.

Le vieux portier se retira. Sixtine saisit la télécommande et augmenta encore le volume du *sound system*. Elle se remit à observer la nuit new-yorkaise à ses pieds, l'obscurité de Central Park au milieu des millions de lumières, le ventre noir de la ville. La musique assourdissante, les basses comme des coups, les invectives des rappeurs, les cris des chœurs, tout résonnait dans son cœur à le faire exploser. Un frisson parcourut son corps, elle ferma le peignoir sur sa poitrine et releva la capuche. Son visage disparut dans son ombre. Elle ressemblait à une boxeuse triste.

Pendant cent vingt-deux nuits blanches, elle y avait pensé.

Pendant quatre-vingt-douze nuits blanches, elle avait douté.

Elle avait entendu Gigi qui lui disait qu'elle ne devrait pas, qu'elle devrait avancer dans la lumière, profiter du jour présent, oublier le passé.

Elle avait nagé à contre-courant, pour préparer son corps, cette machine étrange, à cette idée.

Puis elle avait douté encore.

Mais à cet instant, elle était prête. Prête à arracher la vérité des ténèbres où on l'avait cachée.

Elle partait demain. À Mexico. Marcher sur ses propres pas perdus. Mais avant, il lui fallait faire un détour.

Elle sourit.

Ce n'était pas à une boxeuse qu'elle ressemblait dans le reflet au-dessus du Met.

C'était à la Mort elle-même.

26

L'OFFRANDE DES STATUES NOIRES

Londres, le British Museum, le 19 octobre

FLORENCE DÉPOSA UN BAISER SUR LA JOUE DE MAX. IL AURAIT suffi que le visage du jeune architecte se tourne en un minuscule mouvement pour que ses lèvres touchent les siennes.

Mais il ne bougea pas.

Il sourit à son amie et il fit rouler son fauteuil sur les pavés de la cour du British Museum.

— Tu veux que je vienne te chercher plus tard ? demanda Florence, qui le regardait s'éloigner.

— Ne t'inquiète pas, je prendrai un taxi.

— Bon. On se voit plus tard, alors. Je t'appelle. Tu diras bonjour aux marbres d'Elgin de ma part, dit-elle maladroitement.

Puis elle remonta dans sa voiture et démarra en trombe.

Max se mordit les lèvres et soupira. La situation avec Florence était délicate. Ils venaient de passer un long week-end à Falmouth Manor, l'immense domaine des Mornay-Devereux dans les Cornouailles. Elle lui avait fait visiter la propriété familiale, avec ses pierres froides, ses pièces qui n'en finissaient plus, ses lits à baldaquin, ses portraits ancestraux. Florence avait installé la musaraigne achetée au Caire sur la cheminée du Petit Salon, qui comptait déjà une remarquable collection d'antiquités. Elle avait expliqué à Max, un peu honteusement, que la chasse au trésor antique était un des hobbies des gentlemen de la famille depuis le XVIIIe siècle. Mais la tradition s'était arrêtée deux générations auparavant, le père de Florence n'ayant aucun goût pour les « vieilleries exotiques ». Max fut présenté à Charles Mornay, un cinquantenaire décontracté et drôle avec qui il s'était immédiatement trouvé des affinités. Florence l'avait régalé de ses souvenirs d'enfance. Le week-end avait été charmant et suivait parfaitement la progression naturelle d'une amitié qui fleurissait depuis quatre mois.

Et pourtant, sur le chemin du retour, quelque chose clochait. Comme si ce qui aurait dû arriver n'était pas arrivé.

Max soupçonnait que Florence était amoureuse, mais sait-on jamais avec les filles aux cheveux roses ? Il sentait que tout ce qu'il avait à faire était de cueillir une romance splendide, offerte par cette fille qui l'avait secouru en Égypte. Intelligente, courageuse, drôle, complice, une amie dès le premier regard – Florence représentait tout ce qu'il avait toujours convoité pour compléter un bonheur imaginé. Malgré tout, il hésitait.

Il finit par se dire que, peut-être, il attendait une meilleure opportunité, et entra dans le British Museum. Des grappes de visiteurs se pressaient vers l'aile gauche, où étaient exposés les « marbres d'Elgin », sculptures tristement célèbres pour avoir été arrachées au Parthénon à Athènes deux cents ans plus tôt et pour empoisonner les relations diplomatiques entre l'Angleterre et la Grèce depuis un demi-siècle.

Florence lui avait raconté qu'un de ses aïeux se trouvait à Athènes à la même époque qu'Elgin. L'ancêtre en question, comte de Falmouth, avait joué un rôle déterminant dans le fameux saucissonnage du Parthénon et dans l'envoi de ces chefs-d'œuvre en Angleterre. Mais grâce à un heureux coup du sort, l'histoire n'avait retenu comme coupable que le nom de Thomas Bruce, septième comte d'Elgin, mort sans le sou, et sans son nez mangé par la syphilis. Le complice, Vivant Mornay, avait, lui, gardé son anonymat aussi bien que son nez, qu'il avait fier, comme en témoignait l'imposant portrait au-dessus de la cheminée du hall principal. Et encore une fois, ses pensées le ramenaient à Florence.

Il pénétra sous le dôme immense de la *Reading Room* en se jurant de se concentrer sur autre chose que le week-end qui venait de s'écouler. La vue rassurante des dizaines de milliers de volumes sur les rayons en acajou l'aida à se plonger dans ses recherches. Il salua le conservateur de la bibliothèque, qui l'aida à faire naviguer son fauteuil roulant vers l'un des pupitres. Max Hausmann était un habitué. Il était venu tous les jours de la semaine précédente. Et de celle d'avant encore. Depuis plus d'un mois, il cherchait dans ces volumes ancestraux le passage secret de la pyramide de Khéops.

Il savait que les archives avaient été passées au peigne fin maintes fois par de plus éminents spécialistes que lui. Mais il savait aussi que les chercheurs pouvaient être fainéants et utilisaient souvent les mêmes sources. Alors Max reprenait tous les récits des voyageurs en Égypte, tous les journaux tenus par les gentlemen du Grand Tour, tous les textes nouvellement indexés, nouvellement traduits, nouvellement numérisés. Il cherchait la mention d'une entrée, d'une suggestion, d'une rumeur, n'importe quoi. On lui avait dit que c'était vain. Mais Max refusait d'abandonner et une trouvaille le confortait dans sa détermination. C'était à propos de la découverte de Toutankhamon par Howard Carter, en 1922. Les livres d'histoire avaient retenu qu'en bon archéologue, il avait attendu, pour rentrer dans le tombeau, d'avoir les outils adéquats, de pouvoir faire une analyse systématique, de rassembler les meilleurs experts, d'appeler le photographe. Mais c'était faux. Il avait suffi à Max de regarder d'un peu plus près les archives du Metropolitan Museum of Art pour savoir que Carter avait succombé à la tentation et s'était engouffré dans le tombeau comme un vulgaire et avide chasseur de trésors. Plusieurs témoignages enfouis dans des journaux dont la lecture était laborieuse révélaient qu'il avait maquillé sa visite en déplaçant des paniers d'osier devant le trou qu'il avait dû creuser pour accéder au tombeau. L'appât du trésor avait été irrésistible, naturellement. Armé de la conviction que les voix du passé n'avaient pas toutes été entendues, Max cherchait. Mais pour l'instant, il n'avait rien trouvé qu'il ne connaissait déjà.

La journée passa vite, mais petit à petit sa jambe gauche devint douloureuse et lui signifia qu'il était temps de rentrer. Il s'acharna malgré tout. Bientôt, sa jambe et son bras droits seraient remis, et il n'aurait plus d'excuses pour ne pas aller à l'université. Sa jambe gauche, elle, cassée en plusieurs endroits, ne serait jamais complètement guérie. Il devrait utiliser des béquilles pendant plusieurs mois encore, et il savait qu'il boiterait pour le restant de ses jours. Mais au moins, il était encore là pour compter ces jours à venir.

Pas comme Nasser.

Il dut secouer la tête pour arracher ces images amères de son esprit. Il jeta un œil vers les derniers étudiants qui rangeaient leurs livres et se dirigeaient vers la sortie. La bibliothèque fermait une demi-heure avant le musée. Max était le dernier, mais on le lui pardonnait, à cause de son fauteuil roulant. Le conservateur l'aida à mettre ses affaires dans son sac à dos et l'escorta vers le hall, sous le Great Court.

Le Great Court, conçu par le prestigieux cabinet d'architecture anglais Norman Foster & Partners, était le joyau moderne au cœur du British Museum, au même titre que la pyramide de Ieoh Ming Pei était celui du Louvre. Mais, avec son plafond en forme de *donut*, ses courbes gigantesques et la dentelle que le tissage de son dôme projetait sur son sol en pierre les jours de soleil, le Great Court possédait une poésie particulière. Pour Max, il sonnait comme une ode monumentale à des idéaux esthétiques universels, sublimait le vénérable bâtiment d'origine et le guidait dans la modernité avec une grâce presque tendre.

Ces considérations se dissipèrent sous le crâne de Max quand il remarqua, debout à l'entrée des salles d'antiquités égyptiennes, une femme avec un éclat particulier.

Elle était grande, très mince, avec un profil étrangement familier. Ses yeux verts semblaient irradier tout son visage, jusqu'à faire oublier la tristesse de sa pâleur et de ses cheveux gris. Il lui fallut un instant, qui semblait défier le temps lui-même, pour prendre conscience qu'elle le regardait.

Il sentit alors à l'intérieur de lui une lumière triste et intense à la fois. Quand elle s'approcha, il ne bougea pas. Ses pas dans sa direction étaient comme une évidence et une part de lui sut que sa vie ne serait plus la même ensuite, mais Max n'écouta pas. Soudain, arrivant comme une bonne nouvelle qui change le cours des choses, il eut la certitude qu'elle le cherchait depuis longtemps et qu'elle l'avait trouvé, car il l'avait reconnue.

C'était la fille de la pyramide.

— Max Hausmann ?

Sa voix était rauque et belle, comme une onde prise dans un torrent qui s'accroche à des rochers.

— Oui.

— Je suis...

— Jessica Pryce, dit Max.

— On m'appelle Sixtine.

Max répéta « Sixtine », comme pour être sûr que c'était bien elle.

Pendant un instant, ils se regardèrent en silence. Il y avait de l'émotion dans cette rencontre que Max n'avait jamais imaginée. Ce qu'ils avaient vécu tous les deux, et ces images qui revenaient comme des feux follets sur les ombres du Great Court, ne laissaient plus de place pour la futilité des conversations de politesse. Sixtine sourit et le sourire alla se caler juste au-dessus du cœur de Max.

Une annonce brisa le silence entre eux : le musée fermait ses portes et les gardes faisaient se presser la foule des visiteurs vers la nuit londonienne. Max vit que Sixtine se dirigeait plutôt vers la salle des grandes statues. Qu'elle soit entièrement imperméable aux règles terrestres, il n'en doutait pas.

Le brouhaha des visiteurs dans le hall s'évanouissait petit à petit. Sixtine marchait lentement entre les sculptures, et sans hâte, sans aucune anxiété. Max la suivait, les roues de son fauteuil roulant glissant silencieusement sur le marbre poli.

— Combien de temps allez-vous rester dans ce fauteuil ? dit-elle enfin.

— Je peux probablement déjà en sortir.

— Allez-vous retourner au Caire ?

— Non.

— Pourquoi ?

Max ne répondit pas. Il ne voulait pas dire qu'il avait peur. Qu'à chaque fois qu'il se souvenait du Caire, il revoyait le sang, la colère, il voyait les os qui sortaient de ses jambes, il voyait Sixtine en noir et blanc et orange, et il sentait le soufre et la charogne humaine.

Elle poursuivit, comme si elle avait lu dans ses pensées :

— Alors pourquoi passez-vous autant de temps à faire encore des recherches sur la pyramide ?

Max fut surpris qu'elle sache, pour la bibliothèque. Pourquoi il voulut mentir, il n'aurait pas pu le dire.

— J'ai un diplôme à obtenir...

À ce moment-là, un des gardes se dirigea vers eux. Quelque chose en Max se contracta — peut-être qu'il considéra alors la possibilité du départ de Sixtine et que la douleur dans son ventre était inattendue.

— Mademoiselle, n'hésitez pas à venir me voir si vous avez besoin de quelque chose.

Elle sourit et murmura un « Merci ».

Max et Sixtine continuèrent à avancer dans le musée. L'une des lumières s'éteignit. Max vit Sixtine se raidir dans un violent mouvement du cou, ses yeux émeraude bouger avec une rapidité animale et fixer plusieurs points au plafond. Elle se détendit un petit peu, puis demanda à Max :

— On dit que vous avez vu Nasser juste avant qu'il meure ?

— Oui.

— Vous croyez qu'il m'a tuée ?

La phrase l'aurait choqué sans la présence autour de lui des grandes sculptures qui défiaient la mort depuis cinq mille ans. Max acceptait que Sixtine fasse partie de ces fantômes magnifiques qui parlaient de leur mort comme si elle était aussi naturelle que la vie.

— Je me pose la question depuis que je suis revenu, dit Max. Je n'arrive pas à comprendre comment il a fait, et le mobile du crime est nébuleux aussi. La police du Caire a semblé étouffer l'affaire très vite, les autorités américaines se sont aussi détachées et, même si la mort de Nasser était un accident...

— Auriez-vous pu le sauver ? demanda Sixtine.

— J'ai essayé. Finalement, c'était lui ou moi.

— À ce moment-là, Max, qu'avez-vous pensé ?

— Oh, à ce moment-là, j'ai pensé qu'il était coupable, sans aucun doute. Mais c'est après...

— Après ?

— Après ce moment-là. Quand j'ai sauté par la fenêtre, puis à l'hôpital, quand je suis parti d'Égypte, maintenant. Chaque moment, finalement, depuis que je l'ai laissé, chaque moment, la nuit, le jour... je me dis que peut-être, sans doute, il n'était pas coupable.

Max sentait le regard de Sixtine et, pour le garder sur lui, il continua :

— C'est une certitude, en fait. Je l'ai trouvé coupable parce que, comme tout le monde, ça arrangeait ma conscience. Je serais resté quelques secondes de plus, une minute peut-être, ça n'aurait rien changé pour moi. Mais lui, il aurait pu survivre.

— Alors vous passez vos nuits et vos jours à chercher la vérité.

Max ne dit rien.

— Moi aussi, dit Sixtine. Je ne crois pas que Nasser soit responsable. Je lis les journaux, je vois une histoire, mon histoire, racontée par d'autres. J'étais quelqu'un, je me réveille en étant quelqu'un d'autre, et on m'apprend cette histoire, elle appartient aux autres et elle n'est pas *juste*. Elle n'a pas de sens.

— Vous ne vous souvenez de rien ? Même pas de la pyramide ?

— De rien. Les gens disent que c'est mieux comme ça, parce que c'était terrifiant.

Elle sourit.

— Mais cette histoire-là, pour moi, elle n'est pas terrifiante. C'est un conte, vous savez, comme les contes de Grimm, des histoires qui effraient les enfants pour qu'ils soient sages... C'est presque du théâtre d'ombres.

Son sourire disparut.

— Mes souvenirs sont autres.

— De quoi vous souvenez-vous ?

— De beaucoup de choses que personne n'a vues.

— Comme quoi ?

Sixtine hésita pour la première fois et dans le craquement de sa voix rauque, elle dit :

— Une rivière. Souterraine. Une rivière verte où grouillent des choses. Une balance...

— Une rivière souterraine ? interrompit Max.

Sixtine agita la main.

— Les médecins disent que mon cerveau était complètement mort, que c'était impossible pour moi de former ne serait-ce qu'une pensée.

Mais Max l'interrompit encore :

— Saviez-vous qu'Hérodote évoque des canaux souterrains qui auraient été le principal accès à la pyramide de Khéops ? Il parle de chambres entourées d'eau, comme des îles.

Ils se regardèrent, avec les grandes statues noires pour seuls témoins.

— Je suis venue vous voir, Max, parce que je sais que vous cherchez le passage vers la chambre X, comme moi. Je pense que si nous trouvons comment nous avons pu y arriver, nous trouverons pourquoi. Pourquoi quelqu'un a voulu nous enfermer là, pourquoi on a tué Seth. Je ne crois pas en une intervention divine, je ne crois pas en la malédiction de Toutankhamon. Je ne crois qu'en l'intention humaine. Je pense que vous pouvez m'aider. M'aiderez-vous ?

Max ne répondit pas. Sixtine dut interpréter son silence comme une réticence et s'empressa de poursuivre :

— Je sais que vous travaillez dans le cadre d'un projet d'université. Si c'est d'une bourse dont vous avez besoin...

— Je n'ai pas besoin d'argent. Je vous aiderai, interrompit Max.

Sixtine lui sourit avec plus de chaleur qu'elle ne l'avait fait auparavant et Max fut enivré de cette beauté qu'il découvrait alors et par l'idée que cette femme avait besoin de lui.

— Il y a aussi quelque chose... dit Sixtine.

Elle ôta son sweater gris et souleva le bas de son tee-shirt blanc. Max découvrit sur son ventre, autour de son nombril, le tatouage de la croix ornée. Il était hypnotisé par ce motif noir sur la peau blanche. De loin, très loin, cette croix lui était familière, et il ne put s'empêcher de toucher la peau tatouée. Et le contact de ses doigts sur le ventre de Sixtine, c'était quelque chose qui appartenait à l'infini. Jamais de sa vie il n'avait imaginé que quelqu'un puisse trouver ainsi le raccourci vers son cœur. L'amour était apparu comme une aube douloureuse et incendiaire, il sentait tout son corps battre au bout de ses doigts qui avaient touché cette peau, qu'il semblait connaître depuis avant sa naissance et jusqu'après sa mort. Les dieux égyptiens autour de lui lui faisaient l'offrande d'une raison de vivre alors qu'il ignorait qu'un homme en ait besoin d'une. Pourtant, déjà, il savait qu'il la perdrait. En un instant fulgurant, la mort prenait une nouvelle dimension, la sienne comme celle de cette femme dont il avait sauvé la vie, parce qu'elle signifiait une séparation qui soudain devenait contre nature. Il entendit Sixtine lui demander de ne révéler à personne leur conversation, ni même son existence. Alors, devant ces dieux de pierre, le bout de ses doigts toujours irradiés par la douceur de sa peau, il fit la promesse solennelle de garder le silence sur leur rencontre. Et tout au fond de lui, sans bruit, il jura qu'il ferait tout pour protéger Sixtine.

À la vie, à la mort.

27

PROGRAMMES (I)

Londres, quartier de White City, bureaux de la BBC Television, le 19 octobre

FLORENCE RASSEMBLA SES PAPIERS À LA HÂTE, FIT TOMBER SES crayons, jura, imprima un dernier document, s'empara d'une pile de dossiers, récupéra ses feuilles sur l'imprimante, se passa les doigts dans les cheveux, essaya de ne plus penser à Max, tira d'une main sur son pantalon qui lui faisait des bourrelets et trotta jusqu'à la salle de réunion du troisième étage de la BBC. Elle était la dernière arrivée.

Autour d'une grande table se trouvaient, d'un côté, Gayle, la productrice exécutive de la série, et de l'autre, Andrew, un grand roux dégingandé, le coéquipier détesté qui travaillait aussi sur Néfertiti. Mais ce qui conférait un caractère exceptionnel au meeting était la présence de deux supérieurs qui assistaient rarement aux rendez-vous. Jim, le directeur du département Histoire, dont l'archéologie dépendait, était aussi un producteur exécutif senior, brillant et respecté, à la dégaine très british. Jane, une quadragénaire discrète, lunettes d'écaille, cheveux courts blonds et particulièrement économe de ses mots qui avaient un accent de Harvard, Massachusetts, était pour sa part la femme la plus puissante de la BBC, la directrice des programmes de BBC2.

Ils buvaient des thés corsés avec beaucoup de lait dans des tasses en polystyrène, et une assistante avait sorti des biscuits ramollis sur une assiette en carton. Jim entama la discussion lorsque Florence fut enfin installée, en s'adressant principalement à Jane :

— Au printemps, on lance la saison en grande pompe avec une soirée égyptienne. BBC1 a déjà le docufiction sur Néfertiti qui est presque fini, n'est-ce pas, Andrew, Florence ?

— La fiction est bouclée, intervint Andrew, il nous manque encore une ou deux interviews d'experts et bien sûr la vente aux enchères, dans dix jours, dont nous garderons les moments forts.

— La vente aux enchères à Sotheby's, ajouta Jim, que nous allons filmer en intégralité et diffuser juste après le docufiction, sur BBC4 et sur le web. Mais ce qui nous préoccupe aujourd'hui, c'est le projet en développement de double programme sur Toutankhamon et Khéops pour BBC2. Il comporte des risques particuliers pour la chaîne, mais a également le potentiel d'être un énorme succès grand public. Je laisse la parole à Florence, qui non seulement a eu le scoop sur la momie de Néfertiti, mais comme vous le savez, se trouvait aussi dans la pyramide de Khéops...

— On sait, coupa Jane.

Son ton glaça Florence, sur laquelle tous les regards étaient braqués.

La jeune journaliste se racla la gorge, toussota, feuilleta frénétiquement ses papiers, puis se lança.

— Je crois que pour expliquer le projet il faut que je récapitule pour vous les événements dans l'ordre chronologique. C'est assez compliqué et pourtant tout est lié, enfin je crois, enfin même moi je m'emmêle les pinceaux. Mais tous les points sont essentiels, donc merci d'avance pour votre patience. Hum.

» En janvier 2011, le Musée égyptien est pillé par des manifestants. Des antiquités sont volées. La police en retrouve quelques-unes, mais une quarantaine restent dans la nature et sont annoncées dans l'*Art Theft Register* et la liste d'Interpol. Le musée est fermé pendant quelque temps. Mohammed Hassan, le policier en charge à l'époque, ainsi qu'el-Shamy, le conservateur en chef, mènent l'enquête. Plusieurs mois plus tard, Hassan est suspendu pour le meurtre de trois manifestants. Un autre policier le remplace, Kamal Aqmool.

» Fin mai, selon le scénario officiel de la police, un milliardaire américain et sa femme se paient une sorte de soirée privée style *Indiana Jones* dans la pyramide de Khéops, l'agrémentent d'un faux masque de Pharaon, le tout étant organisé par le conservateur adjoint du musée, Nasser Moswen. Nasser fait entrer le couple fortuné dans une chambre qui était jusque-là inconnue du grand public, de la communauté scientifique et soi-disant du CSA, l'institution en charge des antiquités égyptiennes. L'assistant conservateur soulage monsieur et madame de cinq mille dollars américains, tue monsieur d'un coup de poignard dans le cœur et enferme madame vivante. Plusieurs semaines plus tard, un jeune architecte spécialiste de la pyramide, Max Hausmann, reçoit l'appel d'un homme prétendant être du CSA, et dont nous ne connaissons toujours pas l'identité, qui l'autorise à se rendre à Khéops pour y effectuer les relevés, autorisation que le jeune architecte attendait depuis plusieurs mois. Ce jour-là, notre équipe avait rendez-vous à la pyramide — vous connaissez l'histoire. Sur place sont retrouvés le faux masque de Toutankhamon et les corps des victimes, nues — mis à part le collier nuptial au cou de la femme. Celle-ci, Jessica Pryce, est inconsciente, elle se réveillera d'un coma profond trois jours plus tard, sans aucune mémoire de ce qui s'est passé, son dernier souvenir remontant au jour de son mariage.

» Pendant ce temps-là, nous rencontrons un détective privé, Franklin Hunter, qui travaille pour un client anonyme. Il prétend que le masque trouvé dans la pyramide est le vrai. Celui du musée serait un faux, avec pour seule preuve une rumeur à Miami.

» Quelques jours après la découverte dans la pyramide, Hassan, le policier qui s'était occupé du vol au musée, est blanchi par le juge du meurtre des manifestants. Au premier jour de son retour, il ordonne une perquisition chez Nasser. On retrouve les cinq mille dollars et une partie des antiquités volées au musée. Les gardes de la pyramide déclarent qu'ils ont escorté le couple Pryce accompagné de Nasser jusqu'à l'entrée principale, la nuit qui correspondrait au meurtre. Nasser, lui, avoue qu'il est coupable du vol des antiquités et des visites illégales à la pyramide, mais il nie connaître Pryce. Le jeune commandant Kamal Aqmool paraît douter du scénario présenté par Hassan, mais le jour même de la perquisition chez Moswen Nasser, le commissariat est détruit sous l'assaut de manifestants, Aqmool est gravement blessé et mis en arrêt maladie forcé, Nasser est tué. Hausmann, l'architecte, se pète les deux jambes et un bras, mais s'en sort plutôt bien. L'unique suspect mort, l'affaire est classée. On finit quand même par un grand retournement de situation : le faux masque de Toutankhamon qui se trouvait au commissariat s'est volatilisé, apportant de l'eau au moulin de Hunter, avec qui nous avons signé un contrat d'exclusivité sur-le-champ.

Florence jeta un coup d'œil à Gayle, qui avait un sourire en coin.

— Petit aparté : nos confrères de l'AFP ont montré que le *modus operandi* de la prise d'assaut du commissariat semble différent des autres, plus sophistiqué, avec plus de moyens. Bref, depuis ces événements, la femme de la pyramide, Jessica Pryce, a hérité d'une grande partie de la fortune de son mari défunt, et vit en recluse à New York. Aucun journaliste n'a réussi à la photographier, je ne parle même pas d'une interview. Voilà à peu près les faits. Mais ça se complique beaucoup ensuite.

— C'est sûr, c'était limpide, avant, ironisa Jim.

— Premier casse-tête, continua Florence, l'accès à la chambre X est toujours un mystère absolu. Les gardes ont témoigné que les victimes ont pénétré dans le monument par l'entrée principale, et ensuite, se sont volatilisées ; mais comme on le sait, Aqmool semblait douter de leur déposition. La chambre X est totalement hermétique, ses quatre murs sont composés de blocs de plusieurs tonnes et on n'y a trouvé aucune trace d'un quelconque mécanisme d'ouverture. On a toutefois décelé un trou depuis le couloir horizontal, qui a probablement sauvé la vie à la femme. Il n'y était pas un mois avant la découverte des corps. Qui a fait ce trou, nous ne le savons pas non plus. Et bien sûr, l'enquête n'ira pas plus loin, car el-Shamy et le CSA refusent catégoriquement qu'on touche à leur pyramide.

» Deuxième casse-tête, on perd la trace des jeunes mariés à Mexico. Leur hélicoptère n'a jamais été retrouvé. Comment sont-ils arrivés au Caire ?

» Troisième casse-tête, le masque de Toutankhamon lui-même. Si ce que Hunter prétend est juste — et le vol au commissariat nous le suggère —, pourquoi le Musée égyptien n'a-t-il pas déclaré le vol, alors qu'il aurait pu bénéficier, outre le montant de l'assurance si on ne le retrouvait pas, de l'aide d'Interpol et des services secrets internationaux ?

» Pour la bonne mesure, je vous donne aussi le contexte dans lequel tout cela arrive — si l'un d'entre vous a passé de douces vacances exotiques au bord du Nil, oubliez. Le Caire est une zone de conflits, il n'y a plus de touristes, l'ordre et la sécurité se sont effondrés, le trafic d'antiquités est à son comble et la situation se dégrade à une vitesse effroyable. Comme vous le savez, nous avons dû filmer notre docufiction sur Néfertiti au Maroc avec des pyramides en 3 D. Mais ça, vous le gardez pour vous.

L'assemblée rit doucement, puis Gayle prit la parole :

— Vous voyez avec quoi je jongle depuis quatre mois ? Distribution d'aspirine pour tout le monde !

On bâilla, on s'étira, Andrew se servit en petits gâteaux. Florence en profita pour aller chercher de l'eau à la fontaine au fond de la pièce.

— Aujourd'hui, dit Gayle, il faut que l'on sorte de cette réunion en ayant répondu à deux questions : la première, que fait-on avec cette histoire de masque de Toutankhamon volé ? Je vous le dis tout net : les preuves sont légères.

— Genre ? demanda Jim.

— Genre, continua Gayle, Hunter a pris des centaines de photos du masque dans le musée, toutes identiques. Et après le vol au commissariat, Toutankhamon a changé de place. Le scénario de Hunter est qu'avant l'incendie, c'est le faux qui était exposé au musée. Ensuite, le vrai a été remis en place, ce qui sous-entend bien sûr que ce serait le musée, voire la police qui seraient à l'origine du cambriolage de la salle des pièces à conviction — et par la même occasion, du meurtre de Nasser. Personnellement, je pense que tout ce que ça prouve juste, c'est que le masque a été déplacé. Ils sont bien obligés de nettoyer les vitrines de temps en temps.

— C'est tout ce qu'il a, comme preuves ? s'esclaffa Andrew, en postillonnant des bouts de biscuit sur ses dossiers.

— Hunter a passé presque quatre mois à s'infiltrer chez les faussaires pour choper le mec qui aurait fabriqué le faux, répondit Florence.

— Le vrai faux du musée, ou le faux faux de la pyramide ? demanda Jim.

— Celui du musée, répondit Florence. Apparemment, maquiller le vrai, ça se fait les doigts dans le nez. En tout cas, aux dernières nouvelles, Hunter aurait trouvé le maître faussaire. Il doit le voir dans les prochains jours.

Jim fit la grimace.

— Je ne vois pas comment il va prouver que c'était un faux, si effectivement c'est une reproduction parfaite.

— Bon, interrompit Gayle. L'autre question, c'est : est-ce qu'on s'intéresse au meurtre de la pyramide ?

— Tout le monde s'est intéressé au meurtre de la pyramide, glapit Andrew. C'est déjà du réchauffé, et tiens, Channel 4 remet le couvert la semaine prochaine avec un vingt-six minutes. La plupart des choses que tu as évoquées, Florence, elles sont déjà dans le domaine public.

— Oui, rétorqua Florence, mais j'ai réfléchi, et le peu de choses qu'on a en exclusivité pourrait changer la donne.

— Tu veux parler des derniers mots de Nasser ? dit Gayle.

— C'est quoi les derniers mots de Nasser ? demanda Jim.

Florence rétorqua :

— Dans l'incendie, Hausmann a entendu Nasser crier un truc, qu'il a répété plusieurs fois. Un nom. Oxan Aslanian.

— Qui est-ce ? dit Jim.

— Oxan Aslanian est un Arménien de Berlin. C'est le faussaire le plus connu du monde en antiquités égyptiennes.

— D'accord. Et c'est lui que va voir Franklin Hunter demain, en conclut Jim.

— Non, répondit Florence. Oxan Aslanian est mort à Munich en 1967.

— Dieu du ciel, soupira Jim. Je vais te prendre ton aspirine, finalement, Gayle.

— Non, ce qui change la donne, continua Florence, c'est le masque.

Tous les yeux étaient braqués sur elle.

— Parce que, si Hunter dit vrai et que le masque authentique était réellement dans la pyramide, alors il devient un élément central du meurtre. Vous n'allez pas me dire qu'il y avait un trésor d'un milliard de dollars avec les victimes et qu'il se trouvait là par hasard, juste pour la déco ? Ça veut dire que victime et meurtrier sont au cœur d'un immense réseau de trafic d'antiquités, qui connaissait le passage secret de la pyramide, qui a des connexions à Mexico, qui engage des pros pour venir braquer le commissariat et faire en sorte que Nasser ne s'en sorte pas, etc. On est loin du petit employé de musée qui veut se faire cinq mille balles.

Personne ne parlait.

— Bref, conclut Florence, si c'est vrai, c'est la clef d'un truc de ouf.

— Merci pour ce mot de la fin particulièrement érudit, Florence, dit Gayle. Tu as raison, bien sûr. Mais si c'est faux...

— Si c'est faux, intervint Jane, non seulement nous nous serons couverts de ridicule et perdrons tous nos gros deals de coproduction, mais la BBC sera aussi *persona non grata* en Égypte pendant dix ans. Pour une chaîne qui se targue de produire les plus grands documentaires archéologiques, c'est problématique.

— Florence pourra te donner des contacts, elle filme le site de Khéops au Maroc, plaisanta Jim.

— Bon, qu'est-ce qu'on décide ? demanda Gayle. Si Florence réalise un double programme, un quatre-vingt-dix minutes avec d'un côté la quête du masque, de l'autre l'investigation sur le meurtre, il faut établir un budget cette semaine. Ça veut dire une décision, maintenant, tout de suite.

Le silence envahit la pièce. On entendit au loin une sirène de police. Florence tapotait du bout de son crayon sur la table. Jim se rongeait un ongle et Andrew croquait dans un biscuit. Tous regardaient Jane du coin de l'œil ; elle semblait absorbée par autre chose, au-delà des grandes baies vitrées qui donnaient sur l'autoroute.

— On pourrait voter, suggéra Andrew. Le vote de Jane comptera double.

Gayle et Jim hochèrent la tête.

— Bon, ben je commence, dit Andrew. Moi je vote contre. Parce que, au final, tout le truc ne tient qu'à un fil, c'est les délires de Hunter. S'il nous mène en bateau, tout se casse la gueule.

Florence lança un regard noir à Andrew et dit :

— J'étais sur place, il y a des trucs pas nets, y a pas que Hunter. Ce qu'on a vu, c'est juste le début, j'en mettrais ma main au feu. Je vote pour.

Les yeux se tournèrent vers Gayle, qui soupira longuement.

— Désolée, Flo, je vote contre. J'ai pas envie d'être la nana qui a flingué la crédibilité de la BBC. Je me sens trop jeune pour ça.

— Bon, ben, soupira Jim. Je dois dire qu'en trente-cinq ans de carrière, je n'ai jamais vu un sujet aussi tordu. Il y a de vrais explosifs quelque part dans ce sujet, je le sens. Tu as raison, Gayle, ça doit être l'âge. Je suis si vieux que j'ai envie de me mouiller. Allez, pour.

Deux pour, deux contre. Chacun dévisagea Jane, qui regardait toujours l'autoroute. Au bout de quelques instants, elle prit la parole :

— Pour.

Jim tapa sur la table et cria :

— *Let's rock'n'roll !*

Florence ne put s'empêcher de sourire. Le sentiment de triomphe qui la submergeait était délicieux et elle avait la sensation de léviter. Elle allait réaliser et produire, toute seule, le grand quatre-vingt-dix minutes qui ouvrirait la saison, avec un battage publicitaire à la hauteur du projet. Son père serait si fier. Et Max... Max l'aimerait, tout simplement. Elle se demandait déjà quel nom elle mettrait au générique : simplement Mornay ou Mornay-Devereux ? Mornay-Devereux, car on ne sait jamais, peut-être sa mère, d'où elle était, le verrait. Surtout si le film était nominé aux BAFTAS, il en avait le profil, après tout. Elle était tellement absorbée par les ramifications splendides de cette victoire qu'elle dut faire un effort pour écouter Jane qui ajoutait :

— Pour, mais à une condition. Florence ne va pas pouvoir tout faire.

Alors que cette dernière pâlissait, Gayle s'empressa de renchérir :

— Bien sûr, nous allons confier à Andrew le reste de Néfertiti pour que Florence se concentre sur le quatre-vingt-dix.

— Non, dit Jane. Il s'agit d'investigation journalistique, pas juste de réalisation standard. Désolée, Florence, mais l'enjeu est trop grand et vous n'avez pas assez d'expérience. Nous allons faire appel à un journaliste chevronné qui vous guidera dans...

Florence avait cessé d'écouter, sa tête tournait. Elle venait de perdre son poste dans le documentaire de Néfertiti et on la reléguait au rang d'assistante sur *son* film. Elle voyait du coin de l'œil le rictus d'Andrew et elle sentait les larmes venir.

Jane se leva et le reste de l'équipe en fit de même. Florence était comme clouée sur place. Puis, venue de nulle part, une idée explosa dans sa tête. Elle ouvrit la bouche sans s'en rendre compte.

— Attendez, lança-t-elle, la gorge sèche. Il y a une dernière chose que je ne vous ai pas dite.

Tout le monde se retourna.

— Dépêchez-vous, j'ai rendez-vous, dit Jane.

— Je peux avoir une exclusivité, balbutia Florence. Personne d'autre ne l'a. Je ne voulais pas en parler parce que je voulais avoir tous les éléments.

Un courant électrique passa dans la salle. Jane dévisagea la jeune journaliste d'un air féroce et Florence soutint son regard.

— Qui est-ce ?

— Max Hausmann, l'architecte. Il est sur le point de trouver l'accès à la chambre X. Si c'est moi qui suis responsable du film, il parlera.

La pièce entière retenait sa respiration. Le cœur de Florence tambourinait dans ses tempes. Elle ne pouvait pas détourner son regard de la directrice des programmes.

Enfin, Jane déclara :

— OK, Florence Mornay-Devereux. J'attends sur mon bureau les preuves que Max Hausmann a trouvé l'accès de la pyramide, et le contrat, signé, d'exclusivité mondiale.

— Il me faudra un peu de temps pour... murmura Florence.

Jane sourit.

— Vous avez douze jours.

28

LE SCULTORE

Égypte, région de Luxor, Gourna, le 20 octobre.

TOUT EN CONDUISANT SA VOITURE CABOSSÉE DANS LES RUES poussiéreuses de l'ancien village de Gourna, Franklin appela sa banque pour vérifier son compte : le virement de trente mille dollars avait été effectué.

Il était à peine suffisant pour combler son découvert et assurer le paiement de ses frais à venir, mais c'était néanmoins un miracle. Jusqu'à maintenant, il n'y avait pas vraiment cru. Des clients millionnaires, il en rencontrait. Mais ils étaient encore plus difficiles que les autres, à toujours trouver tout trop cher, à pinailler sur n'importe quels frais. Ces arrogants prétendaient qu'ils apportaient du prestige à son affaire en y associant leurs noms et s'attribuaient ainsi le droit de payer en retard. Mais cette transaction-là était différente. Tout était payé d'avance, comme convenu. Le virement avait été fait en exprès.

Sixtine Desroches était une femme de parole.

Il essaya pour la énième fois le numéro de téléphone de la

veuve de Nasser. Il ignorait pourquoi il essayait encore après tant de temps et rangea son portable. Il demanda à des passants la direction pour se rendre à l'adresse qu'il avait reçue et se gara enfin devant une maison coiffée d'un dôme, passablement délabrée, mais toujours gaie avec ses briques peintes en rouge et ses scènes du pèlerinage à La Mecque.

Il avait mis quatre mois pour trouver cette adresse. Quatre mois pour gagner la confiance de quelques antiquaires qui arrondissaient leurs fins de mois en ajoutant à leur stock des pièces « particulières », commandées à des artisans choisis. Il avait commencé dans les petites arrière-boutiques des souks avec des amateurs qui faisaient des anciens papyrus avec des feuilles de bananier séchées. D'autres fabriquaient des scarabées millénaires avec des vieux os mâchés par des dindons dont les sucs gastriques faisaient des patines formidables. Puis il avait fini, invité dans les ateliers du district de Khan el-Khalili au Caire et à Mit-Rahineh (l'ancien Memphis), qui se spécialisaient dans la copie haut de gamme des statues monumentales. Les meilleures pièces bénéficiaient d'un traitement spécial, avec l'ajout de patines faites à base de produits chimiques, de fausses fissures et de tous les détails qui, comme sous la baguette d'un magicien, vieillissaient l'œuvre de quelques millénaires et trompaient les plus grands experts. Franklin avait même fait la connaissance d'un artisan d'une cinquantaine d'années qui avait gagné une notoriété soudaine parmi ses collègues : aidé par ses frères, il était « l'artiste » à l'origine de Senusret III, une sculpture rendue célèbre grâce à un procès de cinq ans entre un milliardaire qui avait découvert que la pièce pour laquelle il avait déboursé un million d'euros était fausse, une maison de vente qui refusait toute rétraction, et des experts internationaux qui n'arrivaient pas à se mettre d'accord. Franklin savait que les partis s'étaient finalement entendus, suite, entre autres, à l'intervention anonyme de Yohannes De Bok pour qui l'inauthenticité de la pièce ne faisait aucun doute. Finalement, son enquête l'avait amené ici, au cœur de ce village sur la rive ouest de Thèbes, au sud de la vallée des Rois, lové au creux de collines couleur de sable et érigé au beau milieu des tombeaux colorés des nobles du Nouvel Empire.

Le changement de luminosité l'aveugla quand il quitta le soleil pour faire ses premiers pas dans une pièce dont les fenêtres étaient voilées par des tentures orange déchirées.

— Franklin Hunter. Nous vous attendions, dit une voix que les ans avaient rayée.

Franklin décela petit à petit un vieillard, frêle dans une grande robe grise, assis au beau milieu de ce qui ressemblait à une boutique de souvenirs qui avait été oubliée par les touristes bien longtemps auparavant. Franklin répondit « c'est moi », mais sa réponse se noya dans le son d'une clochette que le vieillard venait d'agiter.

Immédiatement, deux hommes baraqués, jeunes et crasseux, se postèrent de chaque côté de Franklin, comme une menace urgente. Franklin considéra rapidement les issues de la pièce, l'habit des hommes, les couteaux dissimulés. Les faussaires jusqu'à présent avaient été inoffensifs — souvent avenants, au pire soupçonneux. Franklin avait laissé son arme au Caire.

— Je cherche Paolo Dinghi.

— Vous vous intéressez aux copies du masque de Toutankhamon ? demanda le vieillard sans le quitter des yeux.

— À une en particulier, répliqua Franklin.

— Laquelle ?

— Celle qui est au Musée du Caire.

Le vieillard sourit. Il lui manquait une dent.

— Une de mes clientes est prête à payer très cher pour une œuvre de cet artiste, dit Franklin en appuyant sur le mot « artiste ».

De ses quatre mois chez les faussaires, il avait retenu qu'ils étaient particulièrement sensibles à ce genre de flatterie.

— Combien ? demanda le vieillard, soudain sérieux.

— Je ne parle argent qu'avec l'artiste, rétorqua Franklin en serrant les dents et en fixant, du coin de l'œil, les deux molosses.

— L'artiste n'aime pas qu'on le dérange pour rien, dit calmement le vieillard.

Franklin ne put s'empêcher d'être décontenancé par son regard perçant qui ne vacillait jamais.

Le détective sortit de sa poche une petite liasse de mille dollars en billets de cent. Il vit les yeux des jeunes briller sans retenue, mais le vieil homme n'avait pas bougé un cil. Il le regardait toujours et Franklin se sentit mal à l'aise.

— Ce n'est qu'un acompte, bien sûr, dit Franklin.

Il sortit un billet de la liasse et le tendit au vieux.

— C'est pour vous si vous me dites où il est.

Le vieillard ne bougea toujours pas d'un millimètre, mais les deux jeunes commençaient à s'impatienter.

— Je vous dirai où il est, mais seulement si vous répondez correctement à cette question.

Franklin déglutit. Le vieux fit un effort pour prononcer les mots comme s'il avait été maître d'école :

— Quel est le détail qui vous rend certain que le masque du Musée égyptien est un faux ? Monsieur Hunter, il n'y a qu'une seule réponse.

Franklin passa en revue les centaines de clichés de l'objet, mais il savait que c'était vain. Les mouches vrombissaient dans la lumière orangée. L'une d'elles se posa sur le coin de l'œil d'un buste de pharaon, comme pour en boire l'humidité. Mais tout était sec, sauf la paume de Franklin sur son billet de cent dollars.

— C'est votre dernière chance, avertit le vieillard. Une seule réponse, sinon je vous mets dehors, mais je garde l'argent. Comment est-ce que vous pouvez être sûr…

— Je n'en suis pas sûr, déclara Franklin.

Le silence se fit à nouveau. Les colosses regardaient le vieux qui regardait Franklin. Et dans un sourire édenté, le vieillard s'exclama :

— Bien sûr que vous n'en êtes pas sûr, car ce faux est *parfait* ! Et pourquoi est-il parfait ? Parce que c'est le *Scultore* qui l'a fait ! C'est moi !

Il se leva et, toujours hilare, il marcha cahin-caha vers Franklin, prit le billet de cent, le fila aux jeunes qui se dispersèrent immédiatement et serra la main de Franklin qui se détendait.

Ils traversèrent une cour où jouaient des enfants. Franklin découvrit un atelier misérable où étaient entreposés des panneaux de bois blanchis par le soleil, des poutres qui semblaient millénaires et ce qu'il reconnut pour être des fragments de sarcophages. Sur un établi, il vit une statuette en bois ancien qui, de toute évidence, était un travail en cours ; le personnage était représenté avec une coiffure typique de l'Égypte ancienne, les bras levés et le phallus en érection, et Franklin se dit que malgré son âge, Paolo Dingli débordait encore d'imagination. Le faussaire l'invita à prendre un café dans un coin de l'atelier qui visiblement servait de cuisine aussi bien que de laboratoire. Elle était recouverte d'une couche de crasse qui avait dû s'accumuler au cours de plusieurs décennies. Franklin nota à peine l'antique évier en carrelage vert sur le bord duquel Dingli préparait le café.

— Alors, vous avez vu le luxe dans lequel vit un artiste qui travaille pour les plus grands musées du monde ? dit Dingli en riant. Mais je ne m'en fais pas, la vraie richesse, elle m'attend ailleurs. J'aurai un palais au paradis, c'est le *Scultore* qui vous le dit !

Franklin accepta le breuvage que le *Scultore* avait préparé et, malgré la propreté douteuse des tasses, il dut concéder que son café était d'une qualité irréprochable.

— Mon grand-père était de Brindisi, dit le *Scultore*, comme pour expliquer la qualité de son café. Il s'est installé ici en 1926, il restaurait des antiquités aussi, des pièces en bois. Mon père était *scalpellino*, la pierre. Et moi, j'ai fait un peu de tout. Maintenant, je fais du bois, mais... parlez-moi plutôt de votre cliente.

— J'aurais aimé être certain que c'est bien vous, le masque de Toutankhamon.

— Ah, bien sûr. La parole des faussaires, elle vaut rien, hein ? Et pourtant, mon ami, je vais vous dire, nous sommes les plus honnêtes dans cette entreprise. Ce sont ceux qui vendent notre artisanat qui mentent. Enfin bon, Toutankhamon. Quand je vous ai dit qu'il n'y avait qu'une seule réponse, vous avez trouvé la seule qui pouvait me faire plaisir ! Mais bien sûr, il y a une différence. Personne ne l'a vue, et pourtant, le *Scultore*, il pourrait deviner le vrai du faux un œil fermé, la nuit, derrière un voile. Même ce renard d'el-Shamy, il ne l'a pas vue, ricana-t-il.

— C'est el-Shamy qui vous a fait cette commande ? demanda Franklin, l'œil brillant.

— Bien sûr. Et quand je lui ai donné sa commande... ça s'est passé ici, là où vous êtes, ici même... Il avait apporté tout un tas de machins, une loupe, des outils, des trucs pour mesurer, il a passé, je vous mens pas, bien une heure à reluquer mon travail... Moi je rigolais. Il a rien trouvé. Ce sont les choses les plus simples qui trompent les hommes. Les hommes recherchent le compliqué, le minuscule, le tordu. Un gamin aurait pu le voir, pourtant.

— Pourquoi el-Shamy vous a-t-il demandé de fabriquer cette pièce ?

— Ah ! s'exclama Dingli. El-Shamy, c'est un drôle de larron. S'il le pouvait, il ne mettrait que des faux dans son musée et il garderait le tout dans un bunker imprenable, juste pour lui et quelques dignitaires triés sur le volet. Il hait le public, la plèbe, les touristes, sauf quand ils se pressent en foule dans ses conférences payantes, bien sûr. Il m'a dit que le masque funéraire de Toutankhamon était amené à voyager lors d'expositions internationales, et que c'était trop risqué d'envoyer le vrai, que sa place était en Égypte, leur héritage n'appartenant pas au reste du monde, etc. Il a une dent contre les Anglais et les Américains, particulièrement. À y réfléchir, les Allemands aussi. Bref, el-Shamy était pressé. Ce qu'il m'a payé pour mon travail, c'était une pitance, mais il m'a seriné que ce que j'avais fait était pour le bien de l'Égypte — alors que voulez-vous que j'aille pinailler ? Et puis, mon fils, le cadet, il avait eu des petits ennuis avec la police, alors du coup on oubliait tout, et tout le monde était content.

Hassan était bel et bien dans le coup, se dit Franklin.

— Combien de temps ça a pris ?

— Deux semaines, pas un jour de plus, dit Dingli avec fierté.

Franklin réfléchit. Oui, ça collait. Le musée avait été fermé vingt jours.

— Deux semaines, c'est rapide, dit Franklin.

— C'est que le *Scultore*, il a pas les pieds dans le même sabot. Et puis, quand on a le vrai en face de soi, ça va toujours plus vite.

Franklin sursauta et renversa quelques gouttes de café sur son pantalon déjà taché.

— Le vrai pour modèle ? dit le détective, interloqué. Mais quand avez-vous fini le faux ?

— Il y a de cela maintenant... oh comme le temps passe vite. C'était il y a presque trente ans.

Il se leva difficilement et se dirigea vers l'évier. Au-dessus était accroché un cadre dont le verre était sale de poussière et de chiures de mouches. À l'intérieur, une coupure de journal dont l'encre avait pâli avec les ans : la reine Élisabeth d'Angleterre en admiration devant la vitrine de Toutankhamon au British Museum en 1982.

— C'est mon Toutankhamon, dit le vieux en hochant la tête.

Franklin lut sur le visage de Dingli toute la fierté et toute la nostalgie de ces jours de gloire. Mais il oublia Dingli lorsqu'il vit à nouveau l'évier et son carrelage vert, et quelque chose à l'intérieur de lui se brisa.

Le carrelage vert. Il le reconnaissait, c'était celui qui était à l'arrière-plan de la photo de Toutankhamon qu'on lui avait montrée à Miami. Le cliché était de mauvaise qualité. Les soi-disant vendeurs avaient-ils retouché une photo prise ici par Dingli et l'avaient-ils fait passer pour une récente ? Avec les nouveaux logiciels, il suffisait d'un clic. Ils avaient entendu l'affaire des antiquités volées et conçu le scénario qui allait avec. Et Franklin était tombé dans le panneau.

Il semblait à Franklin que tout s'écroulait sur un doute, les deux ans de sa vie passés sur les traces d'une chimère, et encore bien plus que cela. Ses espoirs de rédemption s'échouaient-ils ici, sur l'émail fissuré d'un évier sale ? Il avait tant sacrifié pour se lancer sur les traces de ce trésor, corps et âme. Âme, surtout.

Dingli continuait de parler :

— Il a été au Met à New York, puis à Berlin, à Rome, il a fait le tour du monde des plus grands musées. C'était quelque chose.

— Vous ne savez pas s'il était au Musée égyptien ces derniers mois, par hasard, votre Toutankhamon ? dit Franklin dans un soupir.

— Vous pensez qu'il y était ? Ah, el-Shamy, il me dit rien. On ne s'est pas parlé depuis des années.

Dingli s'arrêta et considéra Franklin qui avait les coudes sur ses cuisses, la tête dans les mains. Il demanda doucement :

— Vous n'avez pas de cliente, n'est-ce pas ?

— Non. Mais vous m'avez bien aidé quand même, dit Franklin en lui tendant un autre billet.

Dingli prit le billet et l'observa un moment.

— On ne me demande plus de faux, les vrais sont si simples à trouver de nos jours. Vous n'êtes pas aussi vieux que moi, mais vous avez de la bouteille aussi, vous devez le ressentir déjà. Nous autres, on ne sert plus à grand-chose. Des dinosaures, qu'on est. Des dinosaures qui gênent. Plus personne n'écoute nos conseils. Et pourtant, on en a appris des choses toutes ces années, hein ?

Franklin se redressa et se passa la main dans les cheveux. Il était temps de partir. Mais il se demanda où partir, si vraiment il n'y avait plus rien à trouver. Le Toutankhamon de la pyramide était peut-être réellement faux et faisait partie du décor des visites de Nasser, comme l'avait dit la police — alors que le vrai avait véritablement été épargné par les pilleurs. Il s'acharnait à ne jamais croire les apparences et, pourtant, n'étaient-elles pas souvent justes ? Son café était froid. Il dit :

— S'il vous plaît, servez-moi encore de votre café et dites-moi quel est votre secret, *Scultore*.

Le vieillard lui sourit comme s'il était un ami de longue date.

— Le bleu, dit-il, en montrant sa dent en moins.

— Le bleu ?

— La pâte de verre bleue. L'original est une imitation du...

— ... lapis-lazuli, interrompit Franklin. Et le vôtre aussi, n'est-ce pas ?

— Je vois que vous avez lu les encyclopédies, monsieur Hunter. Venez, je vais vous montrer quelque chose.

Franklin suivit Dingli dans une autre partie de l'atelier, un petit débarras encombré, dont le vieil homme ferma la porte. Franklin se retrouva dans l'obscurité totale jusqu'à ce que le faussaire allume une ampoule blafarde qui pendait au plafond. Il ôta une toile de jute qui se trouvait au sol et Franklin découvrit plusieurs douzaines de pots de toutes tailles. Certains contenaient de la peinture, d'autres de la poudre, d'autres des fragments de verre, d'autres de la pâte. Mais tout ce qui était dans les pots était bleu.

— Lequel de ces bleus est du lapis-lazuli ? demanda Dingli avec un sourire en coin.

Franklin scruta tous les pots. Il écarta mentalement ceux qui tiraient trop vers le turquoise ou le bleu foncé ou le violet, mais il en restait bien une dizaine qui aurait pu correspondre à la couleur du masque. Timidement, il montra du doigt un pot. Dingli sourit, puis ouvrit la porte et les volets d'une fenêtre et le soleil entra dans la pièce. Franklin regarda à nouveau les pots. Leur couleur avait changé, il ne fut plus certain de son choix. Il allait en choisir un autre lorsque la lumière changea à nouveau, Dingli avait tiré un voile orange sur la fenêtre. Franklin jeta les mains en l'air.

Le vieillard était ravi de son effet. Il dit :

— Le fameux bleu égyptien est fait à partir d'une pâte de verre à base de silicate de calcium cuivre et vient bel et bien d'Égypte.

Dingli s'empara d'un des pots contenant un bleu pur et vibrant.

— Mais le bleu de *mon* Toutankhamon, continua-t-il en fouillant dans ses pots, lui, a commencé son voyage à Jodhpur, en Inde. Il a ensuite été exporté au temps de Pline l'Ancien sous l'Empire romain. Le voilà, c'est l'indigo.

Dingli posa le pot de peinture indigo à côté du bleu égyptien et Franklin put voir qu'il était légèrement plus violet. Il comprenait : son appareil photo avait peut-être capté les nuances de couleur, il suffisait d'un changement d'éclairage, et toute différence s'évanouissait.

— L'homme ne sait pas regarder, croyez-en un vieil homme comme moi, dit Dingli qui rangeait ses pots. L'humanité marche avec des œillères, un œil dans le futur, un œil dans le passé, le présent défile sans qu'on prenne le temps de le regarder. Même les artistes sont souvent aveuglés par ce qu'ils appellent leur « vision ». Mais les copistes, hein ? Eux savent apprécier les immenses trésors que nous avons déjà, qui sont là, tout près. La beauté est partout, il faut juste prendre le temps, monsieur Hunter, prendre le temps d'en apprécier le miracle. De comprendre l'équation. Vous savez, on nous appelle les faussaires, mais finalement nous sommes les seuls à regarder le vrai. Rappelez-vous ce qu'il a dit, le vieux *Scultore*.

— *Scultore*, dit Franklin avec respect, vous mourrez en sachant que vous étiez le plus grand faussaire d'antiquités égyptiennes.

— Oh, non. Je suis trop vieux pour ces illusions-là. Le *Scultore*, il a fait du bon travail, mais... si un jour vous voulez voir l'œuvre d'un grand, d'un copiste qui va au-delà des maîtres de l'Égypte ancienne, qui célèbre leur génie et le multiplie encore, qui en fait des œuvres d'art pour les siècles à venir, il n'y en a qu'un seul aujourd'hui capable de ça.

— C'est qui ?

— L'Arménien. Oxan Aslanian.

— Oxan Aslanian, le maître de Berlin ? s'exclama Franklin. Il est mort il y a cinquante ans.

— Pas lui, son arrière-petit-fils. Enfin, c'est ce qu'on dit.

Le vieillard sembla perdu dans ses pensées pendant un instant.

— Mais si vous n'avez pas entendu parler de lui, ça ne m'étonne pas. Moi je suis vieux, je suis prêt, vous me comprenez ? Mais les jeunes de Gourna et de Mit-Rahineh et de Khan el-Khalili, ils ont encore la vie devant eux, ils ne sont pas prêts. Alors ça vaut mieux qu'ils ne parlent pas de l'Arménien. Ça vaut mieux. Et ça vaut mieux pour vous aussi, croyez-en le *Scultore*.

29

WELCOME TO THE CITY OF DEATH

Mexique, Mexico (Distrito Federal), quartier de Zócalo, le 21 octobre

Dans le ciel de Mexico, les nuages gris anthracite fuyaient l'orage à venir comme si leur vie en dépendait.

Le vent s'engouffrait dans la capuche de Sixtine et glaçait sa nuque couverte de sueur. Elle frissonna et continua de marcher. Elle se rendit compte qu'elle avait perdu le fil de son chemin.

Elle était à Mexico depuis la veille. Elle était d'abord descendue dans cet hôtel prestigieux, le O, que Seth avait réservé cinq mois plus tôt. Elle avait pris la même suite. Elle était restée là, dans ce décor contemporain anonyme, et n'avait rien ressenti d'autre qu'un vague dédain pour ce luxe sans âme, cet intérieur flottant au-dessus de la ville et qui, les rideaux fermés, devenait new-yorkais ou parisien ou cairote. Elle chercha dans chaque recoin de la suite un fragment de familier, la suggestion de quelque chose qui lui aurait appartenu.

Elle écouta. Elle toucha, elle sentit, comme un animal désespéré qui cherche le chemin de sa tanière. Mais tout était étranger.

Même le lit, où ils avaient dû faire l'amour. Avaient-ils fait l'amour ? À chaque fois qu'elle tentait de s'en souvenir, les images de la rivière verte, de Néfertiti et du singe s'imposaient dans son crâne. Les visions la hantèrent toute la nuit.

À l'aube, essoufflée et épuisée, elle ouvrit violemment les rideaux et colla sa tête contre la vitre, buvant la lumière du jour. Devant sa bouche, un petit nuage de buée se tortillait sur le verre.

Une heure plus tard, elle quittait l'hôtel pour ne jamais y revenir.

Seth et Jessica avaient passé leur première journée à Mexico à faire les boutiques de luxe ; Han avait retrouvé le chauffeur de Mercedes, recommandé par l'hôtel, qui se souvenait de ce couple d'Américains, surtout de la fille blonde et bronzée. Pour son deuxième jour à Mexico, Sixtine avait fait ces mêmes boutiques. Comme la suite de l'hôtel, tout était familier, car tout était semblable. Mais rien n'était personnel. Elle avait fini par en avoir la nausée, de tous ces magasins climatisés, impeccables et vides, siglés de marques que l'on pouvait voir partout ailleurs. Alors elle avait décidé de marcher seule. Avant qu'elle ne donne congé au chauffeur, Han avait eu l'intelligence de demander à cet homme affable si la police l'avait interrogé concernant la disparition de ce couple. Le chauffeur avait répondu que non.

Elle avait vu Mexico, la ville moderne, mondiale, celle qui avait plu à Seth. Mexico, la ville aux galeries d'art contemporain, aux businessmen en Rolex, aux restaurants à la mode. Mais rien dans cette ville-là ne résonnait en elle. À présent qu'elle se perdait dans les rues sans fin, elle commençait à sentir autre chose.

À chaque pas, elle découvrait ce que les *chilangos* appelaient DF, Distrito Federal, l'autre nom de Mexico, celui des gens ordinaires. Sixtine était venue avec l'idée d'une ville où planait l'ombre des rapts, des gangs dealers de drogue, de la corruption — et que lui renvoyait le reflet de sa propre perte. Elle trouva à la place une ville qui lui parlait comme New York avait cessé de le faire. Des rues filaient telle une invitation à un ailleurs riche, presque complice. Rien n'était familier dans le chemin qu'elle avait suivi jusque-là, mais quelque chose en elle la poussait à croire que c'était ailleurs, dans un hors-piste encore vierge de ses pas, que résidait la raison d'être de Mexico dans son histoire personnelle. Elle ne l'avait pas encore trouvée, mais Mexico lui soufflait des promesses. Il fallait juste qu'elle accepte de se perdre. Et malgré le ciel bas, malgré la misère qui éclatait par petites touches sur les avenues luxueuses, malgré ses propres angoisses tapies dans ses atomes, Sixtine n'avait pas peur.

Elle n'en était pas tout à fait consciente, mais elle guettait les signes partout, comme les balises d'une chasse au trésor. Elle suivait le fil de sa curiosité, qui la menait dans les rues où régnaient les vendeurs de tacos, les employés de bureau, les liseurs de journaux. Le vrai Mexico.

Elle sentit les premières gouttes de pluie, lourdes déjà de celles qui n'étaient pas encore tombées. Elle augmenta le rythme de ses pas et se mêla à la foule qui s'éparpillait. Puis soudain, le ciel déversa tout ce qu'il avait dans le ventre, éclaboussant les pavés noirs et grossissant les rigoles sales. Sixtine s'engouffra dans le premier café venu. Quand elle releva sa capuche, elle découvrit sous les néons blancs de grandes fresques criardes, un bar étincelant de bouteilles plus vides que pleines. L'un des serveurs, qui devait avoir soixante-dix ans au moins, l'invita à une des tables en tirant la chaise, qui racla le sol en carreaux de ciment. Les clients jouaient aux dominos sur les tables carrées, et le *clac clac clac* de l'ivoire noir et blanc ponctuait les chuchotements de quelques étudiants qui conspiraient à l'autre coin de la salle.

Sixtine commanda un café pour se réchauffer. La pluie avait traversé son vêtement au niveau de ses épaules, elle frissonnait. Elle voulut sortir un plan de la ville de son sac, mais une partie se déchira. Elle jura tout bas en anglais. Une voix résonna à côté d'elle :

— Ah ! Je gagne, je gagne encore...

Un homme jouait aux dominos. Seul. En face de lui, une chaise vide. C'était un homme d'une quarantaine d'années, aux cheveux gras et blonds, qui semblait porter du maquillage mal appliqué, comme un vieux rocker déchu, et qui était manifestement ivre. Sur la table, parmi les dominos, trônait une bouteille de mescal. Il se servit un shot et l'accompagna de *sal de gusano*, un mélange de sel, de poudre de piment rouge et de larves rôties. D'abord, Sixtine pensa que c'était un ver, au fond de la bouteille, comme dans les bars à téquila de New York. Mais dans celle-ci, il y avait petite sculpture d'un rouge passé. Un cœur transpercé d'un couteau.

— Je gagne, je gagne, je gagne. Comme hier, comme avant-hier, je gagne. Ça vaut bien un petit verre, n'est-ce pas, mademoiselle ?

Sixtine lui adressa un sourire poli puis se concentra sur son plan déchiré. Mais l'ivrogne s'était intéressé à elle et ne lâchait pas l'affaire.

— Vous visitez DF ? Quelle belle idée ! Si les hommes ne devaient faire qu'un voyage dans leur vie, mademoiselle, ils devraient venir ici. *Welcome, my friends*, cria-t-il à des visiteurs imaginaires, les bras grands ouverts. *Welcome to the city of Death*.

Sixtine regarda le vieux serveur, qui lui fit comprendre de ne pas s'inquiéter, le gars était *loco.* Les autres clients n'y prêtaient pas attention. *Clac clac,* ainsi allaient les dominos. Les étudiants, indifférents au monde, riaient de leurs propres aventures. Mais le serveur continuait :

— Vous êtes perdue, mademoiselle ? Vous voulez aller où ?

— Au Zócalo, dit Sixtine.

Le serveur commença de gesticuler des instructions, que Sixtine n'arrivait pas à suivre, car elle sentait l'autre qui s'approchait de plus en plus d'elle.

— Au Zócalo, tout le monde veut aller au Zócalo. Vous savez pourquoi ? Tout le monde est attiré par le sang.

À ce moment-là, sa chaise ripa et il se retrouva sur le sol, couvert de dominos. Un des clients le réprimanda sans lever les yeux de son jeu, et le barman s'en fit l'écho. Le vieux serveur l'aida à se relever et ramassa les dominos. L'ivrogne resta silencieux quelques instants. Sixtine buvait son café en regardant la pluie qui cognait toujours contre les vitres. D'autres clients entrèrent, dégoulinants, et s'installèrent au bar. Puis Sixtine tendit l'oreille. L'ivrogne murmurait pour lui-même. Ou parlait-il à l'ami imaginaire assis sur la chaise vide ?

— C'est le sang qui les attire. Le Zócalo, c'est le Grand Temple, le *Templo Mayor, amiga. Ahuitzotl*, il a fait les choses en grand, le peuple en redemande. L'inauguration du Grand Temple, *amiga*, le couronnement de l'empereur, 1487. Une grande fête comme le pays n'en avait jamais connu, avec des chants, des danses, tous les trésors de l'empire, des fleurs, des milliers de roses au parfum enivrant et pourtant, *amiga*, c'était l'odeur du sang qui les attirait. Des queues de captifs qui venaient du nord, du sud, de l'est et de l'ouest, des files d'hommes et de femmes qui se rejoignaient au pied du *Templo Mayor* et qui montaient les marches au son de la musique, ivres de *pulque*, et en haut des marches c'était l'empereur lui-même, Ahuitzotl le guerrier, qui ouvrait les poitrines et arrachait les cœurs palpitants. Et quand l'empereur était las, c'étaient des prêtres, les uns après les autres, qui devaient sacrifier ces armées de prisonniers qui s'étendaient jusqu'à tous les horizons. Les dieux ont dû rouler sous la table, avec toute cette eau précieuse, eh, *amiga* ? Le sang de quatre-vingt mille corps. Quatre-vingt mille âmes qui hantent le Zócalo les jours de fête.

Sixtine écoutait, pétrifiée.

— Mais heureusement, dit l'ivrogne à l'assemblée, les *conquistadores* sont arrivés ! Et ils ont dit halte aux fêtes, aux sacrifices d'hommes, de femmes et d'enfants, halte à vos jeux mortels, bande de sauvages illuminés, avec tous vos dieux assoiffés de sang ! Halte ! Alors Hernán Cortés a détruit le *Templo Mayor* encore puant des entrailles des sacrifiés, et avec ses pierres a construit la Metropolitan Cathedral au même endroit. Et massacré deux cent mille corps, pour civiliser leur âme.

Il s'adressa à Sixtine :

— Vous cherchez le Zócalo, mademoiselle. Suivez l'odeur du sang, dit-il en touchant son nez.

La pluie s'était calmée et dehors les passants, anxieux de rentrer chez eux, pressaient le pas.

— Vous voyez, tous ces gens pressés. Ils vivent à leur époque. Ils vont au bureau, ils ont Internet, ils s'habillent en vêtements de marque. Ils regardent la météo sur leur iPhone. Ils sont civilisés. Et ces vieilles histoires, de divinités aztèques, ces dieux du ciel qu'il faut nourrir avec du sang sinon le soleil ne se lèvera pas le lendemain… ils en rient. Ça fait partie du folklore, hein, *amiga*. Et pourtant, elles sont au fond de nous, toutes ces croyances disparues, sauvages, elles vivent toujours. C'est comme ces sacrifices sur le *Templo Mayor*, les prêtres avaient le geste : quand ils enfonçaient le couteau, qu'ils arrachaient le cœur de la poitrine, ils poussaient l'homme mort qui roulait sur les marches du temple. Mais le cœur battait toujours. *Poum poum, poum poum.* Quand le grand moment arrive, quand on est devant les seules choses qui comptent sur cette terre, la vie, l'amour, la mort, l'invisible nous rattrape. Et les vieilles croyances qu'on croyait mortes, elles reviennent. *Poum poum. Poum poum. Poum poum.*

Sixtine sentit un frisson dans son dos. L'homme se resservit un verre de mescal, et le leva devant la chaise vide, comme s'il trinquait avec son *amiga* imaginaire. Il but d'un trait et un peu d'alcool coula sur son menton. Il ne l'essuya pas. Puis il se tourna de nouveau vers Sixtine.

— Vous jouez aux dominos ?

— Non, répondit Sixtine tout bas.

— Dommage, pourtant je suis sûr qu'aujourd'hui, elle vous laisserait gagner, lui dit-il en montrant la chaise vide.

Puis il se pencha vers Sixtine et murmura, pour que les autres n'entendent pas :

— Vous vous demandez contre qui je joue ?

Sixtine ne sut que répondre et se contenta de regarder les dominos en vrac sur la table. L'homme lui sourit et susurra :

— *La Muerte*.

La Mort. Sixtine fut happée par son regard.

— Chaque jour, nous jouons. Pour l'instant, elle m'a toujours laissé gagner.

Un sourire fendit son visage boursouflé et il la regarda droit dans les yeux. Le serveur vint s'interposer gentiment. Sixtine rassembla ses affaires et alla payer au bar. Dans un anglais approximatif, le barman lui murmura :

— Il était grand poète avant, écrivain. Mais maintenant, juste le mescal, parce qu'il peut plus écrire rien.

Il haussa les épaules comme pour dire « *es la vida* ». Puis il dit, lui rendant sa monnaie :

— *Vida, muerte, amor... Eso es para los poetas. Pero para nosotros, nada importa, más que el dinero, te lo digo yo !*[1]

Sixtine le remercia et se pressa vers la sortie, malgré la pluie qui redoublait de violence. Elle se retourna pour voir à travers la vitre. Le poète ivre recommençait une partie de dominos avec la Mort.

Elle se retrouva vite sur le Zócalo. La pluie descendait en trombes, et la place était pratiquement déserte quand elle la traversa. Les mots du poète résonnaient toujours dans sa tête si bien qu'elle sentit à peine l'eau qui s'infiltrait à travers ses vêtements. Ses cheveux dégoulinaient sous sa capuche. Elle arriva enfin au Gran Hotel qui donnait sur la place. En montant les marches, elle pensa :

La vie, l'amour, la mort.

Elle se souvenait de ces phrases, le matin du mariage, au milieu des orchidées blanches. De cette rencontre improbable sur le balcon du Louvre. Elle ne l'avait pas revu depuis. Gigi avait dit qu'il était passé la voir à l'hôpital du Cairo.

La vie, l'amour, la mort.

Elle pénétra dans le vaste hall de l'hôtel, sous l'immense plafond en vitraux art nouveau, auquel était accroché un gigantesque lustre en cristal. Les courbes monumentales en métal forgé, les rampes de milliers d'ampoules qui bordaient les balcons, le mobilier d'époque, accueillaient Sixtine dans un autre temps, celui de l'insouciance. Mais elle n'oublia les prophéties du poète que pour admirer les gigantesques cages à oiseaux suspendues entre les balcons, et les plumes d'un bleu éclatant d'un des perroquets qui en étaient les hôtes.

Puis soudain, elle sentit qu'on la regardait. Un frisson particulier, entre le froid et le chaud, qui lui dessinait son corps et le plaçait là, vulnérable au jugement de tous. Elle enleva sa capuche, tourna lentement sa tête dégoulinante de pluie et posa ses yeux sur l'homme assis sur l'un des canapés rouges.

Son cœur éclata. Le perroquet vola à tire-d'aile et se cogna contre les barreaux de la cage. Une plume bleue tomba lentement sur le sol en marbre.

C'était Thaddeus di Blumagia.

---

1. « La vie, la mort, l'amour… c'est bon pour les poètes, mais pour nous autres, y a rien de tel que l'argent, c'est moi qui te le dis… ! »

30

LES VIGIES FOLLES

Londres, le 21 octobre

LA SONNETTE DU PETIT APPARTEMENT MINIMALISTE DE MAX retentit une fois. Puis deux. Puis trois, quatre, cinq, six fois. Max sortit de sa chambre, trainant la patte, laissant dans son sillage habits et équipements divers qui jonchaient le sol. Il boitait et se tenait au mur pour longer sa petite entrée. La sonnette éclata encore.

— Ça va, j'arrive !

Il ouvrit la porte et trouva Florence, qui serrait contre elle un sac à dos rose qui débordait.

— Qu'est-ce que tu fais là ? dit Max.

Il réalisa trop tard que son ton trahissait une légère impatience et vit qu'elle s'efforçait de ne pas l'avoir remarquée. Elle balbutia :

— Je voulais savoir comment tu allais et discuter avec toi des derniers développements de...

Elle s'arrêta net. Elle avait remarqué les valises ouvertes dans le salon.

— Tu pars quelque part ?

— Mmmh. J'ai un avion ce soir, je suis à la bourre.

— Où ?

— Le Caire.

Max vit Florence pâlir.

— T'es taré ? souffla-t-elle. Avec tes jambes en vrac et ta tronche dans le fichier de la police, tu en redemandes ?

— Ma mère m'a dit la même chose, soupira Max, exaspéré malgré lui.

— Ta mère, elle n'a pas vu ce qu'il y avait dans la pyramide, elle n'a pas vu le charnier du commissariat, et elle n'a pas vu ce qu'il y a dans ce dossier, Max !

Elle fouilla en hâte dans son sac rose. Max y reconnut des papiers au logo de la BBC, mais elle tira à la place un document épais.

— Je viens de recevoir le rapport de police sur le meurtre de Seth Pryce, envoyé par Hunter. Celui-là est traduit en anglais. Je me suis dit que ça t'intéresserait, tu es dedans... Il y a l'autopsie, les résultats d'analyses ADN, même la photo du mort. J'ai rien pu manger à midi.

Max la pria d'entrer. Il feuilleta le rapport et déglutit. Il avait vu les photos de Seth.

— Ce tatouage... commença-t-il.

— ... me dit quelque chose, finit Florence. Ouais, toi aussi ?

Max hocha la tête. L'homme avait le même que Sixtine.

— Ils ont trouvé des traces d'ADN dans la chambre X, continua Florence. De Seth Pryce, de sa femme, et l'ADN de quelqu'un d'autre qui n'est ni Nasser ni les gardes. Et ils ont identifié les fleurs. Je ne sais pas dans quoi on a mis les pieds, mais c'est encore plus glauque que je ne le pensais.

Le son d'une clochette qui surgit de l'ordinateur à l'autre bout de la pièce interrompit la lecture de Max. Il alla clopin-clopant vers son bureau. Sur l'écran, l'icône d'une enveloppe clignotait. Il avait reçu un message de shiriko_kheops@gmail.com. Le seul texte qu'il contenait était :

23/04 03:00-06 : 00 — PERSONNE

— Qu'est-ce que c'est que ça ? demanda Florence.

— Mon équipe de surveillance de la pyramide.

Il alla reporter les dates sur un tableau Excel. Devant la mine perplexe de Florence, il expliqua :

— Shiriko est le webmaster d'un forum assez particulier. Imagine des *spring breakers* qui iraient faire la fête en Égypte, mais japonais.

— Je n'imagine pas trop, non.

— Et ils ont tous un point commun, ils grimpent la pyramide, la nuit.

— Répète ça ?

Max sourit avec malice. Il savait bien que Florence aurait été impressionnée.

— Ils grimpent tout en haut de Khéops, en pleine nuit. Une fois au sommet, ils gravent leurs noms dans la pierre, se fument un joint, regardent le lever de soleil, tout ça.

— Les cinglés. C'est interdit bien sûr.

— Ça ne l'était pas il y a vingt ans, mais il y a eu tellement d'accidents et de suicides que maintenant ça l'est et, depuis l'interdiction, il n'y a jamais eu autant d'amateurs. Shiriko s'occupe du forum où ces excités partagent leurs expériences, échangent les trucs, pour savoir quel est le meilleur passage pour l'ascension, quelle patte il faut graisser, etc.

— Je me dis que je ne sais pas m'amuser.

— Mmmh. J'ai fait passer des infos à Shiriko, les photos de Seth, de Jessica, d'el-Shamy, de Nasser et tout, elle fait sa petite enquête. Ça tombe bien, c'était pile au moment des vacances scolaires au Japon, il y avait un monde fou sur la pyramide.

— Donc, je résume : tu te fies à des mecs complètement *stones* qui étaient à cent quarante mètres de haut. Des vigies folles.

— J'admets que la méthode n'est pas scientifique, mais en recoupant les témoignages, on arrive à des trucs intéressants.

Il lui montra son tableau Excel qui contenait des cases blanches, orange et rouges.

— Par exemple, regarde la case rouge, là, ce sont trois personnes différentes qui jurent qu'el-Shamy est venu avec Nasser une semaine avant nous. Avec du matos.

— Quoi comme matos ?

— Ça, je ne sais pas.

— Ils sont passés par où ? Ils ont pris le même chemin que nous ?

— Yep. Le 14 juin, vers minuit, et ils sont repartis vers deux heures du matin. Et c'est là qu'on a du pot. Un des observateurs n'était pas en haut de la pyramide, et sûrement pas encore *stone*, il était tapi avec un guide en bas. C'est le guide qui a reconnu el-Shamy et il s'est mis à paniquer comme un fou. Il a voulu qu'ils attendent qu'ils sortent avant de grimper, ils ont poireauté deux heures. Finalement, c'est au moment où ils devaient se casser qu'ils les ont vus sortir.

— El-Shamy était donc dans la pyramide deux semaines après la date estimée de la mort.

— Mouais. Mais à deux heures du mat', avec du matos et avec le meurtrier présumé.

— El-Shamy, complice de Nasser ? Ils allaient vérifier que le travail avait été bien fait ? Rappelle-toi ce qu'il t'a dit : ce passage secret, c'est un aller simple.

Max et Florence se regardèrent. Un silence pesant s'infiltra entre eux.

— Je ferai gaffe, au Caire, ne t'inquiète pas. J'y vais juste quelques jours.

Florence acquiesça, plongea la main dans son sac rose et dit :

— Mais, justement, le passage vers la chambre X, euh... pratiquement, tu en es où ?

Max soupira.

— Nulle part. J'ai aussi demandé à Shiriko des infos là-dessus, pour l'instant, ça n'a rien donné. Peut-être qu'au Caire...

— Quand tu auras trouvé, tu sais que tu seras une star ? dit Florence, d'un air enjôleur un peu forcé. Toutes les télés vont te faire des ponts d'or. Tu me donneras une interview exclusive, hein, Maxou ?

— Holà, s'esclaffa Max. Même si je trouvais le trésor de Khéops, tu ne me verrais pas à la télé, ni la tienne, ni celle des autres, ça je te le promets. Je n'ai aucune envie de finir comme el-Shamy, avec un toupet et des lunettes fumées !

Max remarqua que Florence affichait un sourire étrangement déséquilibré, comme s'il cachait une émotion honteuse. Elle ferma son sac d'un coup.

— Je ne te retarde pas, tu vas louper ton avion, dit-elle avec une légèreté artificielle qui n'arriva pas à tromper Max.

Elle l'embrassa sur la joue, lui souhaita bon voyage et fila. Max la regarda traverser la rue vers son vélo, son sac rose sur l'épaule. Il la connaissait suffisamment désormais pour soupçonner qu'elle ne lui avait pas tout dit.

À chacun ses secrets, pensa-t-il. Alors les yeux verts de Sixtine s'invitèrent dans son ciel londonien.

31

SIXTINE & THADDEUS

Mexico (Distrito Federal), le 21 octobre

Sixtine s'avança à travers le hall illuminé et s'approcha de Thaddeus.

Elle était si consciente de son mouvement qu'elle découvrit cette évidence : chacun de nos pas, même le plus infime, redéfinit tous ceux qui viendront après. Thaddeus lui souriait et se levait pour l'accueillir.

— Bonjour, Jessica.

— Que faites-vous ici ?

Le ton de sa voix était coupant sans qu'elle l'ait voulu.

— Je me disais qu'un jour vous reviendriez, dit Thaddeus doucement.

Après un silence, il ajouta :

— Je suis heureux de vous voir aussi… en vie. Et resplendissante.

Sixtine sentit une simplicité sincère dans sa voix, ce qui la toucha, étonnamment.

— Merci pour les fleurs. Gigi m'a dit...

— Je viens souvent à DF, dit Thaddeus, je connais bien la ville. Est-ce que je peux vous inviter ce soir... maintenant... pour une visite personnelle ?

Sixtine le dévisagea. Elle sentit comme une vague douce et puissante emporter ses réticences. L'oiseau dans sa cage poussa un petit cri. Une demi-heure plus tard, Sixtine avait enfilé des habits secs et entrait avec Thaddeus dans la chapelle baroque aux dômes bleu et blanc, la Capilla del Pocito.

Ils croisèrent les derniers touristes qui emportaient dans le crépuscule leurs conversations bruyantes. Ils pénétrèrent dans un monde d'échos de pas et de murmures, de cierges qui caressaient les icônes dorées de leur lumière bienveillante. Et au cœur de la nef ronde, lovée dans de la dentelle d'or, la Vierge de Guadalupe.

Thaddeus s'assit sur une des chaises en bois, dans le fond de la chapelle. Sixtine vint à côté de lui. Leur proximité semblait naturelle. Pourtant, entre eux, flottait le spectre de Seth.

— Mon dernier souvenir, c'était dans une église, dit-elle.

— Le mariage ?

— Oui.

Un silence.

— Vous avez hésité, dit Thaddeus.

— Je crois, oui.

— Vous n'en êtes pas sûre ?

Sixtine sourit et ne répondit pas.

— Jessica ? dit Thaddeus, doucement.

À ce moment-là, Sixtine reconnut le même sourire qu'il avait eu devant l'autel, derrière Seth. Mais elle ne dit rien. Puis enfin, elle murmura :

— Ma mère m'a toujours appelée Sixtine. Apparemment, l'instant où elle a compris qu'elle était enceinte, un documentaire sur la chapelle Sixtine passait à la télé. Et elle est restée là, émue aux larmes devant les images. Sur-le-champ, elle a su que j'étais une fille et que je m'appellerais Sixtine. Mon père a voulu qu'on m'appelle Jessica. On a fait les papiers cinq jours après ma naissance et, dix jours plus tard, il quittait ma mère. Je ne l'ai jamais connu. Alors ma mère m'a appelée Sixtine. Quand je suis arrivée à New York, je suis redevenue Jessica, mon nom officiel.

Sixtine fit une pause et toucha de ses doigts frêles une mèche de cheveux gris.

— Et quand je suis sortie de mon coma, Jessica était morte. Je m'appelais Sixtine.

Thaddeus baissa les yeux sur ses mains.

— Vous l'avez déjà vue, cette chapelle Sixtine ?

— Non.

Thaddeus la regarda et Sixtine pensa qu'il se disait qu'il l'emmènerait, un jour. Mais il ne le dit pas.

— Votre mère, elle est...

— ... morte quand j'étais petite. J'avais dix ans. Dix ans et demi.

Thaddeus sourit.

— Et demi. Moi aussi.

Sixtine se tourna vers lui. Il murmura alors :

— Ils sont tout petits, ces demis, mais comme ils comptent ! Ça faisait six mois de plus à être avec elle. J'avais treize ans. Et demi. Venez.

Il se leva et lui prit le bras. Ils s'approchèrent de la Vierge de Guadalupe. La chapelle était presque vide. Une vieille dame poussait quelques chaises qui résonnaient sur le sol en pierre inégal. Sixtine sentait la main de Thaddeus sur son bras.

— Il n'y a pas beaucoup de gens qui comprennent pourquoi je viens là tous les jours lorsque je suis à DF. Je suis athée. Je ne crois pas à la vie après la mort, je ne crois pas au paradis, et encore moins à l'enfer ni au Jugement dernier. Et pourtant, dès que je la vois, cette Vierge à l'Enfant, je vois... c'est comme si, ici, juste ici, je pouvais parler à ma mère.

Sa bouche se pinça un moment. Il ne parlait plus à Sixtine, mais à cette madone couverte d'or.

— Être mère, c'est faire une promesse d'amour inconditionnel, n'est-ce pas ? C'est aimer envers et contre tout, à la vie, à la mort, malgré les pièges que la vie nous tend, malgré nos erreurs, malgré nos haines, malgré nos lâchetés, nos regrets, les crimes qu'on a laissés faire, le courage qu'on n'a pas eu. Les choix que j'ai eu à faire dans ma vie, je me demande si... je me demande si elle serait fière de moi ou au contraire elle serait... peut-être... déçue ? Tous ces jours depuis qu'elle est partie, ils ont sculpté celui que je suis devenu, pourtant comment pourrais-je savoir, aujourd'hui, si elle me pardonnerait d'être ce fils-là ? Mais je ne le sais pas, et je dois vivre avec ce doute. Et quand je viens là, comme un gamin de treize ans et demi et que je regarde cette Vierge et tout l'amour qu'elle donne à son enfant, alors j'ai l'illusion qu'elle m'aime toujours.

Oh, comme elle comprenait, Sixtine ! Sur les cadres baroques courait le souvenir de la petite fille blonde dans les dunes aux immortelles. Mais auprès de Thaddeus, auprès de ce frère qui savait, c'était autre chose qui courait dans ses veines, comme des larmes égarées, ne sachant plus si elles annonçaient la tristesse ou la joie et qui, lestées de cette incertitude, avaient renoncé à couler.

— Quels choix avez-vous dû faire ? murmura Sixtine.

Thaddeus hésita. Il prit un cierge, l'alluma et le posa près de l'autel. Il chercha une pièce de monnaie dans sa poche.

— Quand mon père est mort, elle est tombée amoureuse d'un autre homme. Elle disait que c'était son plus grand amour. Ils se sont mariés et cet homme est devenu mon beau-père. Lui et moi ne nous sommes jamais aimés.

La pièce insérée dans l'urne tomba parmi d'autres, et l'église résonna d'un tintement.

Thaddeus et Sixtine marchèrent lentement vers la sortie, où les attendait le chauffeur. Ils ne dirent rien pendant le trajet du retour, laissant défiler les lumières et les couleurs nocturnes de Mexico sur les vitres. Thaddeus l'accompagna sur les marches de l'hôtel ; l'éclairage créait un halo jaune autour d'eux.

Thaddeus allait parler lorsque Sixtine sentit quelque chose derrière lui, quelque chose qui l'appelait. Son regard alla droit sur une affiche collée sur un mur, presque masquée par d'autres affiches. C'était un objet aztèque, une coiffe en plumes rouges. Sixtine sentit un tourbillon la saisir, vit sur les ombres de Mexico des images nouvelles, des images qui n'avaient pas de sens, des bribes de conversations, du tissu rouge, des verres qui trinquent, des rires et Seth et des millions d'autres encore. Sa mémoire revenait en mille morceaux épars, mais elle revenait et Sixtine sut que c'était le signe qu'elle avait cherché depuis son arrivée dans cette ville, la veille. Elle courut vers l'affiche et décolla les autres pour lire. Cette coiffe faisait l'objet d'une exposition au Museo Nacional de Anthropologiá.

Sixtine se retourna. Thaddeus, resté sur les marches, ne regardait pas Sixtine.

Il fixait les plumes rouges.

32

LA FEMME À LA CHAÎNE EN OR

L*e Caire, le 22 octobre*

— Le masque funéraire de Toutankhamon n'a peut-être pas été volé. J'ai peur... j'ai peur de m'être trompé.

Franklin regardait droit devant lui l'autoroute qui défilait ; l'aéroport, lui, s'éloignait dans le rétroviseur. Il sentit que Max, à ses côtés, le dévisageait. Il soupira et trouva enfin le courage de tout lui raconter, ces derniers mois passés à infiltrer le monde des faussaires pour arriver enfin à la conclusion qu'il existait bien un faux Toutankhamon. Mais il expliqua qu'il s'était probablement fait duper par les vendeurs qui avaient rafraîchi une photo datant de quarante ans, pour lui faire croire qu'ils avaient le vrai dans leur cuisine. Le cambriolage était arrivé à point pour fournir le reste du scénario.

Max, qui faisait défiler les textos sur son téléphone portable, lui demanda enfin :

— Vous allez rester au Caire ?

— J'ai un client qui m'a demandé de regarder le meurtre de la pyramide de plus près. Mais si le masque de Toutankhamon est une fausse piste... je me dis que finalement Nasser est peut-être le meurtrier. Il en avait l'opportunité, les moyens, le mobile.

— Ce client... une cliente ?

Les deux hommes se regardèrent. Le silence complice de Franklin en avait révélé assez. Max hocha la tête et dit :

— Je suis venu ici pour trouver comment ils sont entrés dans la pyramide. L'explication de la police est simplement impossible. Ils n'ont pas pu traverser les murs.

Max lut un message de Shiriko, qui lui demandait de l'appeler, c'était urgent. Mais Max ne captait aucun signal. Il raconta à Franklin ce qu'il avait trouvé grâce aux infos du forum des grimpeurs de Khéops, en particulier la visite nocturne d'el-Shamy et Nasser le 14 juin.

Ils arrivèrent devant l'hôtel de Max. Ils se quittèrent en se promettant de s'informer des développements de l'enquête, mais Franklin se sentait étrangement détaché de l'affaire. Il n'arrivait plus à s'y intéresser. En y réfléchissant, il ne s'intéressait plus à rien. Il alla boire quelques bières au bar d'un hôtel occidental dans le centre, mais, avec sa veste à la doublure déchirée et son jean élimé, il se sentit minable et rentra chez lui. Arrivé dans son petit appartement, il détacha une à une les photos de Toutankhamon et les posa en tas sur la table. Tout ce qui restait était le papier peint sale et une pièce qui semblait vide. Il prit un *karkadé* dans le réfrigérateur et s'allongea sur son lit défait. La nuit ne tarderait pas à venir.

Il ne savait pas combien de temps il avait somnolé ou s'il rêvait toujours, mais il fut réveillé par la sonnerie de son portable qui résonnait dans la pénombre. Il reconnut le numéro : c'était la veuve de Nasser.

À peine une demi-heure plus tard, il était devant chez elle. Dans la poche de sa veste, cinq mille dollars américains, le prix des confidences. Il allait monter les marches de l'escalier extérieur de l'immeuble délabré lorsque, dans le bruit ambiant, il distingua un coup de klaxon qui le fit se retourner. Dans la rue toujours encombrée, malgré l'heure avancée, était garée une Mercedes dernier modèle ; son moteur tournait toujours. Les vitres étaient fumées, il ne pouvait pas voir le conducteur. Il s'approcha avec précaution. Il vit des mains de femme ornées de bijoux étincelants sous les lampadaires et finies par des ongles rouges parfaitement manucurés. La vitre descendit. Franklin découvrit une Égyptienne magnifique, très apprêtée, proche de la cinquantaine.

— Franklin Hunter ? Montez.

Franklin s'était à peine assis dans la voiture, qu'emplissait un parfum de cannelle et de oud, qu'elle démarra en trombe. Personne ne parla pendant le trajet. Franklin essaya de se rappeler ce qu'il savait sur Yasmine, la veuve de Nasser. Elle travaillait comme professeur à l'université. Elle avait trois jeunes enfants, elle menait une vie simple et discrète. L'image ne collait pas.

Ils se garèrent devant un petit immeuble cossu dans un quartier beaucoup plus chic que celui qu'ils venaient de laisser. Franklin suivit la femme dans un appartement spacieux, avec une décoration de bon goût, quoiqu'un peu ostentatoire. Des couleurs chaudes, de l'or, du rouge, du noir, des meubles fraîchement encaustiqués qui sentaient la cire. Franklin le sut tout de suite : cet intérieur n'avait jamais vu d'enfant. La femme ôta ses talons hauts et marcha nu-pieds sur les tapis moelleux. Franklin remarqua que ses orteils étaient pédicurés et peints en rouge aussi. Sur sa cheville, une petite chaîne en or. En un instant, il sut qu'il était attiré par cette femme. Il s'assit en face d'elle.

— Vous n'êtes pas Yasmine.

— Non. Mais ce soir, on va dire que si.

La femme prit une cigarette sur la table basse en verre et l'alluma avec un briquet en or.

— Yasmine est ma petite sœur. Elle ne parlera pas. C'est moi qui parle. Et c'est avec moi que vous faites affaire.

Franklin posa sur la table l'enveloppe contenant les billets. La femme prit l'enveloppe, compta l'argent, et remit le tout à sa place.

— Qu'est-ce que vous voulez savoir ? demanda la femme.

— Qu'est-ce que vous avez à me dire ?

— J'ai à vous dire que Nasser n'avait rien à voir avec le meurtre.

— Et du vol au musée ?

— Oui, de ça, il était coupable. Mais pas du reste.

— Comment le savez-vous ?

— Parce que c'est moi qui ai organisé le cambriolage du musée.

Franklin ne put soutenir le regard de la femme, alors il baissa les yeux sur ses mains.

— Est-ce que le masque funéraire de Toutankhamon en faisait partie ?

Perdu pour perdu, pensa-t-il, au moins le coup final serait asséné par une belle femme.

— Oui.

Franklin releva la tête et articula :

— Vous me dites que le masque a bien été volé du Musée égyptien le 29 janvier ?

— Oui.

— Madame, dit-il en éclatant de rire, je n'ai jamais été aussi heureux de rencontrer une criminelle.

Franklin riait et la femme sourit aussi, mais il ne le vit pas parce que ce petit bonheur-là n'était qu'à lui et, le temps d'une seconde, il était parti de ce salon, parti d'Égypte, il était sur le seuil d'une porte familière, il riait encore et il criait : « J'avais raison ! » Mais la mélancolie de ce moment improbable le rattrapa et son rire se dissipa. Il était planté dans le canapé de cette inconnue et c'était comme si toute la tension de ses derniers mois avait quitté son corps. Enfin, il regarda la femme et lui dit :

— Puisque je suis là, racontez-moi.

— C'était une commande d'un Américain. Un client à moi. Un très bon client. Il convoitait ces antiquités-là depuis longtemps. Je savais que Nasser avait de gros problèmes d'argent, on peut dire que ça tombait à pic. Je l'ai mis en relation avec des contacts que j'avais, des professionnels ayant de l'expérience, ils ont rassemblé des hommes. Il y avait des émeutes partout au Caire à ce moment-là, c'était plutôt facile. Nasser s'est occupé de la sécurité. Ils sont rentrés, ils ont fait tomber des momies, quelques-unes, histoire que ça fasse plus vrai. Nasser, ça le rendait malade, mais il le fallait. Il avait tout prévu, même faire disparaître quelques antiquités et les faire réapparaître dans le stock pour brouiller les pistes. Le musée ne savait pas précisément ce qui avait disparu et la police prétendait à la presse internationale qu'ils avaient mis la main sur une partie du réseau. C'était malin. Ni la police ni le musée n'a dévoilé officiellement la liste des objets volés.

Elle tira une dernière fois sur sa cigarette et se pencha pour l'éteindre dans un cendrier en cristal. Franklin vit son décolleté, l'ombre d'un soutien-gorge de dentelle rouge.

— Tout était calé, continua-t-elle. En neuf jours, Nasser avait écoulé plus de vingt articles. Le stock était arrivé aux États-Unis sans problème, tout le monde avait pris sa part, Nasser aussi. Il n'avait presque plus de remords. Ça commençait à être une entreprise bien huilée, le circuit était rodé, ils pouvaient acheminer la grosse pièce, le masque de Toutankhamon. Et à deux jours de l'envoyer, c'est là que ça a merdé. Le client a demandé qu'on calme le jeu quelques jours, car il avait entendu que le FBI avait eu vent de l'affaire, que le circuit n'était peut-être plus *clean*. Ils ont attendu. Une semaine s'est passée.

La femme s'était arrêtée et inconsciemment, Franklin avait serré les mâchoires. Quand il s'en rendit compte, il se demanda si elle l'avait senti. Elle le regarda et alluma une autre cigarette. Elle changea de position, étendit ses jambes sur le canapé. Il ne vit plus la courbe de ses hanches dans son pantalon cigarette noir, l'ombre de ses sous-vêtements sous son chemisier blanc, ses ongles rouges. Il voyait la chaîne en or sur sa cheville, et le dessin de ce pied parfait et nu. Tout son être était à présent enchaîné à cette femme et à l'histoire qu'elle racontait. Elle continua :

— Puis il s'est passé quelque chose d'imprévu.

Elle tira une longue bouffée sur sa cigarette.

— El-Shamy a rouvert le musée, avec le faux masque à la place du vrai, et personne n'a rien suspecté. C'est à ce moment-là qu'ils ont donné la liste à Interpol, mais sans Toutankhamon. Au début, Nasser et l'équipe ont cru que c'était un miracle, car du coup personne ne cherchait le masque et la plupart des choses qu'Interpol recherchait étaient déjà vendues. Mais le client a commencé à poser des questions. Il a commencé à douter, à dire qu'on lui refilait un faux. Nasser s'est proposé de voyager avec le masque, pour l'identifier. Mais rien n'y a fait, le client s'est désisté, et a disparu. Même moi je ne l'ai plus revu. Nasser se retrouvait avec sur les bras sept antiquités listées par Interpol et le masque funéraire de Toutankhamon, virtuellement invendables.

— Et un manque à gagner... commença Franklin.

— ... de 50 millions. Le masque de Toutankhamon était la raison d'être de l'opération. Ce qu'ils avaient écoulé représentait à peine un million. Et une fois que tout le monde avait pris sa part, pour Nasser... enfin, il en a eu assez quand même pour...

La femme ne finit pas sa phrase, mais, avant que Franklin puisse poser une question, elle dit :

— Ils étaient désespérés. Ils ont essayé de refourguer la marchandise à des contacts que j'avais et puis à des contacts de contacts et puis à la fin un peu à n'importe qui. À chaque fois, ils s'exposaient un peu plus, la rumeur commençait à enfler. Un jour, ils sont tombés sur un agent du FBI sous couverture, qui se faisait passer pour un client intéressé. C'est un miracle qu'ils ne se soient pas fait prendre à ce moment-là. Ils ont eu tellement chaud qu'ils ont arrêté. Mais ils étaient encore nerveux. El-Shamy avait demandé à son copain Hassan d'enquêter personnellement sur l'affaire, en douce. Il y mettait toutes les ressources de la police. Nasser avait entendu Hassan promettre à el-Shamy que s'il mettait la main sur celui qui avait volé le masque, il le torturerait jusqu'à ce qu'il vende sa mère, qu'il regretterait d'être né — des clichés dans le genre. N'empêche que Nasser, il tremblait dans ses bottes. Il a même arrêté d'emmener les touristes riches visiter la pyramide la nuit. On peut dire que Nasser, il n'avait pas intérêt à se faire remarquer.

» Ça a duré treize mois, continua la femme. Pendant ce temps-là, Nasser avait accepté de garder les sept antiquités, mais le masque de Toutankhamon était dans une trappe sous la plomberie du lavabo chez la grand-mère d'un des types de l'équipe. Ils l'avaient maquillé en faux, sur l'insistance de Nasser. Et puis un beau jour, un dealer les a appelés. C'est allé très vite, un type l'a acheté sans sourciller. Ils se sont pointés à un rendez-vous au Caire, ils ont pris le fric, donné le masque, et ils n'ont jamais rien entendu.

— Combien ?

— Cinq millions. C'était donné, mais ils auraient accepté bien moins que ça, je vous l'assure. Nasser s'est remis à vivre. Hassan était en taule pour le meurtre des manifestants, c'était comme si toute l'affaire avait été oubliée. Pendant deux semaines, ça a été le paradis.

— Le 1er juin au soir, les gardes l'ont vu à la pyramide, dit Franklin.

— Les gardes l'ont vu parce qu'on a rafraîchi une mémoire qu'ils n'avaient pas avec plusieurs mois de salaire, coupa la femme. Le 1er juin, je peux vous dire que c'était absolument impossible que Nasser passe la soirée hors de chez lui. C'était la soirée d'anniversaire d'Ibrahim, son petit dernier. Il soufflait ses sept bougies. Et si vous aviez connu Nasser, pour rien au monde il n'aurait manqué ça. J'y étais aussi. J'ai quitté la maison de ma sœur vers une heure du matin, Nasser était déjà parti se coucher. Ma sœur me racontait à quel point les choses étaient redevenues sereines. Je peux vous assurer que Nasser n'est pas sorti une fois de chez lui ces semaines-là, il était en famille tous les soirs, dans le lit de ma sœur toutes les nuits. Ma sœur et lui faisaient des projets, pour la première fois depuis dix-huit mois ; la vie était presque comme avant.

La femme se recroquevilla sur le canapé.

— Jusqu'à une nuit. Ma sœur m'a appelée, il devait être trois heures du matin. Nasser était dans un état terrifiant. Moi j'ai pensé qu'on l'avait passé à tabac. Mais non, il n'avait aucune trace de coups. Il parlait d'une malédiction de Toutankhamon. Il divaguait complètement. Il était devenu fou.

— Le 14 juin ?

— Oui, c'est ça. Je m'en souviendrai toujours. Ma sœur était complètement paniquée, le suppliait de lui dire ce qui s'était passé, il ne disait rien, il continuait à dire que c'était la malédiction de Toutankhamon. Comment savez-vous que c'était ce jour-là ?

— Des témoins l'ont vu à la pyramide de Khéops, vers minuit. En compagnie d'el-Shamy.

— Oui, exactement, Nasser avait prévenu ma sœur qu'il travaillait tard au bureau, qu'il rentrerait dans la nuit. Quand il est revenu, il n'était plus le même. Sept jours plus tard, il était mort.

Franklin passa ses doigts sur ses lèvres et demanda :

— Oxan Aslanian, ça vous dit quelque chose ? Un Arménien.

— Non, connais pas. Je devrais ?

— Un faussaire.

— Pas mon domaine. Pourquoi ?

— Ce furent les derniers mots de Nasser avant qu'il meure dans l'incendie.

La femme se recroquevilla davantage dans le canapé, mit ses bras autour de ses genoux. Franklin avait envie de s'approcher d'elle.

— Nasser a-t-il déjà parlé d'une chambre secrète ? demanda Franklin. Dans ses visites nocturnes, par exemple.

— Non. Il faisait le tour ordinaire, la chambre de la Reine, la grande Galerie, la chambre du Roi. Il n'allait même pas dans la chambre souterraine. Mais il n'avait emmené personne depuis plus d'un an. Personne ne le lui demandait plus d'ailleurs, les touristes ont fui l'Égypte.

Elle se leva et se dirigea vers le bar.

— Je vais vous dire une chose, monsieur Hunter. Si Nasser avait eu connaissance de l'existence de cette chambre X, il en aurait parlé à ma sœur. Nasser était passionné par son travail, et il le faisait bien. Il aimait en parler. Yasmine et lui débattaient sans cesse d'histoire et d'archéologie, ils lisaient tout ce qui était publié sur ces sujets. Leur couple était bâti sur cette passion commune. Et pourtant...

— Et pourtant il a volé le musée, expatrié des trésors hors d'Égypte et accepté qu'on décapite des momies, dit Franklin, qui s'était levé.

La femme ricana d'un air triste. Elle servit du cognac dans deux verres en cristal.

— Vous les jugez, monsieur Hunter, dit-elle en s'approchant de lui avec un verre. Une fois que l'information sera sur CNN, trois cents millions de personnes les jugeront, tout comme vous. Et puis ils passeront à autre chose. Parce que chez vous, en Amérique, il y a des problèmes aussi, mais ce sont des accidents, l'*american dream* qui déraille un instant, une anomalie passagère. Tandis que chez nous autres, il y a des problèmes, c'est la vie, n'est-ce pas ? C'est symptomatique, endémique, mérité presque ? Non, mon cœur, ça ne fait pas partie de la vie. Les sages disent qu'on devrait être plus exigeants avec nous-mêmes et plus tolérants avec les autres. Ça devrait être votre hymne national, aux États-Unis.

Franklin prit son verre des mains de la femme et ses ongles vernis effleurèrent accidentellement ses doigts. Elle passa devant lui et resta debout, le verre à la main, appuyée contre la table.

— Nasser a fait des études d'histoire parce que c'était sa passion depuis qu'il était môme. Il ne venait pas d'une famille riche, il s'est payé ses études tout seul. Il a épousé ma sœur, qui était institutrice. Ils ont eu trois beaux enfants, Nasser est rentré au Musée égyptien, ma sœur à l'université. Ils n'étaient pas bien payés, mais ils s'en fichaient, la vie leur souriait. Et puis il y a eu un moment. Ces moments dans l'existence où il y a un avant et un après. Dans ce pays, on dit avant la révolution, après la révolution. C'est d'ailleurs arrivé presque en même temps. Autour de nous, tout se dégradait, et puis chez eux, c'était l'implosion. Mais c'était plutôt comme votre 11 septembre. Cette seconde avant, où tout allait bien encore, mais on ne savait même pas à quel point on était heureux. Et en quelques secondes, le paradis est perdu, l'innocence aussi.

Elle le regarda droit dans les yeux. Franklin but une gorgée de cognac et ne sentit pas l'alcool lui brûler la gorge, mais cet intense parfum de cannelle qui infiltrait tout son corps.

Elle but une gorgée et continua :

— Il y a deux ans, les médecins ont examiné leur petit dernier, Ibrahim, pour une consultation de routine. Il avait cinq ans. Ils ont trouvé une leucémie agressive, ils lui ont donné deux mois à vivre. À moins de suivre un traitement qui coûtait trois années du salaire de Nasser. Alors Nasser a dû choisir. Rester honnête à dépoussiérer des trésors et voir son fils mourir. Ou devenir un voleur et lui donner une chance. Qu'est-ce que vous auriez fait, monsieur Hunter, à sa place ? Le soir du meurtre, Ibrahim a soufflé ses sept bougies. Et vous pensez que Nasser aurait manqué cela ?

Elle regarda Franklin dans les yeux, sans vaciller.

— Je les reconnais, ces gens-là, qui ont vu le cours de leur vie foutre le camp en un souffle, dit-elle d'une voix que l'alcool rendait rauque. Il y a comme une faille invisible qui court le long de leur âme, ce sont des funambules à l'intérieur, ils marchent sur un fil tendu entre l'avant et l'après et, quand ils parlent au passé, ils perdent l'équilibre juste un peu. Et puis il y en a qui tombent.

Franklin ne savait pas si elle parlait d'elle ou de lui ou d'eux deux. Il sentit soudain qu'ils étaient seuls au monde dans cette nuit égyptienne et il se rapprocha d'elle. Elle continua :

— Nasser, il n'a pas voulu tomber, il a voulu se battre pour retrouver son avant. Il en est mort quand même, mais je suis sûre que, d'où il est, il regarde son fils dormir et qu'il n'a aucun regret.

Franklin sentait une attraction étrange s'emparer de lui, une douce violence qui faisait monter une fièvre vénéneuse.

— Comment vous appelez-vous ?

— Zahara, murmura-t-elle.

— Zahara, combien d'antiquités a vendues Nasser ? dit Franklin. Il était à présent si près d'elle qu'il sentait son souffle parfumé de oud et de cannelle.

— Vingt-six, répondit-elle.

— Combien ont été retrouvées dans le stock ?

— Douze.

— Et seize retrouvées chez Nasser… Au moment où el-Shamy aurait retrouvé son musée pillé, il aurait recensé cinquante-quatre pièces manquantes. Plus Toutankhamon, la cinquante-cinquième pièce.

— Cinquante-cinq pièces, murmura Zahara, qui approcha encore ses lèvres de la bouche de Franklin.

Mais Franklin sourit et recula de quelques pas, laissant Zahara immobile. Il la salua et dévala l'escalier vers la nuit cairote.

BBC TV a trouvé 2 corps ds chambre A55

A55. Ce n'était pas le nom de la chambre. C'était le nom secret que Nasser et el-Shamy avaient donné au masque funéraire de Toutankhamon disparu. Ils savaient qu'il se trouvait là avant même l'ouverture de la chambre X.

Nasser était devenu fou sept jours plus tôt. Il avait vu le masque. Et l'horreur autour.

33

SOUTERRAINS

Le Caire, le 22 octobre

« Hello, c'est bien la messagerie de Flo, merci de laisser les bonnes nouvelles après le bip et les mauvaises après avoir raccroché. Biiiiip. »

— Salut Flo, c'est Max. Je suis bien arrivé au Caire. Désolé, je n'ai pas que des bonnes nouvelles. J'ai vu Franklin Hunter, apparemment il s'est trompé, il n'y a plus d'affaire Toutankhamon, si l'information t'est utile pour le boulot. Excuse-moi pour hier, euh, j'étais un peu stressé et, euh, j'ai oublié de te demander comment ton meeting important s'était passé, et si tu travaillais toujours sur ton projet. Tu m'en parleras quand je rentrerai. Euh, bon, eh bien, je t'embrasse.

Max raccrocha. Il était presque minuit dans les rues du Caire, il attendait un taxi. Enfin, la voiture arriva, il s'y engouffra, avec une béquille. Direction les pyramides de Gizeh. Ils roulèrent dans Le Caire. Par la vitre baissée, il décelait les odeurs de la ville. Il aimait tant ces lieux, même depuis ce qu'il avait vu dans les ombres de ses merveilles. Il se perdit en pensées, vit le visage de Sixtine en transparence sur les palmiers qui défilaient dans la nuit. Le chauffeur dut lui faire signe qu'ils étaient arrivés. Max lui donna le prix de la course avec un supplément et lui demanda de l'attendre. Il en aurait pour une demi-heure au plus.

Joe, le grimpeur amateur, était déjà là, comme Shiriko l'avait dit. Il avait à peine vingt ans, ses cheveux coiffés à l'iroquoise. Ils se présentèrent rapidement, et Joe débita :

— J'ai fait leur connaissance il y a trois jours. J'étais en haut, avec un pote. Et on regardait la ville, tu vois. Je regardais le plateau, comme ça. J'ai vu un mec sortir de terre. Il était venu de nulle part, et là, il sort de terre, comme un gros ver, là, moi je pensais que je tripais grave. Et puis, j'ai vu un deuxième qu'est sorti de là. Je l'ai dit à mon pote. Il m'a dit : « T'hallucines ». Mais en fait, j'hallucinais pas. J'ai pris des photos. (Il lui montra son téléphone, le dernier modèle d'iPhone.) Genre, il y a un tunnel là-dessous. Bon, là, on voit rien. Mon pote, il a voulu aller les voir. Je voulais pas, au départ, mais il m'a dit : « C'est clair qu'ils ont pas l'air d'avoir le droit d'être là ». Mon pote il aime bien se faire plein de potes partout, il est un peu naïf, mais bon. En fait, les mecs, ils étaient cool.

Joe marqua une pause, puis donna un coup de menton en direction de la jambe de Max.

— Mais euh, Shiriko, elle avait pas dit que t'avais une jambe en vrac, ça va être un peu chaud pour toi. C'est plutôt *hardcore*, les mecs, ce qu'ils font.

Max lui dit de ne pas s'inquiéter pour lui et ils commencèrent leur marche à travers le plateau. Environ trois cents mètres plus loin, dans la direction opposée à la pyramide de Khéops, ils décelèrent un petit groupe dans l'obscurité. Joe s'en approcha et présenta Max.

Ils étaient trois, très jeunes, pas plus de dix-huit ans. Ils étaient couverts de poussière, avec les cheveux et les sourcils gris. Un seul parlait un anglais approximatif. Le plus grand des trois tenait un pistolet si vieux que Max douta qu'il puisse fonctionner. Le jeune architecte leur parla en arabe, ce qui les détendit.

— Il va jusqu'où, votre tunnel ?

— Jusqu'à la pyramide, la grande, dit fièrement l'un d'eux, le plus petit.

Max remarqua qu'il avait un petit tatouage en forme de losange à l'intérieur du poignet.

— Y a pas mal de tunnels par ici, mais il y a que le nôtre qui va jusqu'à la pyramide. On m'appelle Spidey, comme Spiderman.

— Enchanté. Et arrivés à la pyramide, vous faites quoi ?

— On y est juste arrivés hier, on a commencé à percer, mais on est arrivés à de la pierre plus dure, genre granit, alors on a arrêté.

Ils creusent dans la maçonnerie, c'est insensé, pensa Max. Il pensa aussi à sa jambe qui lui faisait mal et aux quatre cents mètres de tunnel jusqu'à la pyramide. Pourtant, il dit :

— Vous pouvez m'y emmener ?

— La visite est payante, dit celui avec le flingue.

Max négocia le tour à une cinquantaine de dollars. En sortant ses billets, il demanda :

— Ils s'écroulent parfois, vos tunnels ?

— Y en a un qui s'est écroulé avant-hier, dit Spidey. Mais les types qui l'avaient fait, c'étaient des bouffons, ils ne savent pas creuser.

Joe annonça qu'il ne sentait pas trop le truc et qu'il rentrait à son hôtel. Max se retrouva seul avec les trois pilleurs. Il regarda une dernière fois au loin, vers l'avenue éclairée, où son taxi l'attendait toujours. Il faillit changer d'avis, prendre le taxi, rentrer à l'hôtel. Et c'est ce qu'il aurait fait s'il avait suivi son instinct. Mais quelque chose lui disait que cette opportunité qui s'offrait à eux serait la seule. Il repensa à Sixtine et cette vision lui donna du courage.

Les trois jeunes durent l'aider à descendre par une échelle en bois à l'intérieur d'un trou étroit d'environ cinq mètres de profondeur. C'est de là que partait le tunnel, qui était assez large pour qu'on puisse y ramper, mais un homme ne pouvait en aucun cas y tenir debout. Max avait pris avec lui dans un sac à dos, une lampe de poche et un GPS qui lisait sa position en souterrain. Les pilleurs avaient aussi des lampes, un pic chacun et des sacs à dos Nike. L'un d'entre eux était attaché à une corde, qui faisait un gros tas à l'entrée du trou. Spidey lui expliqua que l'un des trois restait à l'entrée du trou avec un bout de la corde, ce qui les aidait à communiquer.

Ils s'engouffrèrent dans le tunnel. Les cent premiers mètres furent supportables. Mais à mesure que l'air devenait rare, à mesure que l'angoisse le gagnait, Max voyait des choses sous ses mains et sous ses pieds. Il y avait des os, du textile, de la poterie cassée. Parfois, Spidey, qui ouvrait la marche, saisissait quelque chose, l'inspectait et le mettait dans son sac à dos. Ce dont il n'avait pas l'utilité il le balançait derrière lui. Max reconnut l'un des objets qu'il avait rejetés : un petit crâne d'enfant, avec les cheveux toujours attachés. Max se souvint que le tunnel traversait les *mastabas,* les cimetières des ouvriers qui avaient bâti les pyramides.

Il eut envie de vomir plusieurs fois. Plusieurs fois, il sentit la panique brutale envahir sa tête. Ses jambes lui faisaient atrocement mal. Mais il continua. Son GPS, comme une bouée de sauvetage, lui disait qu'ils n'étaient plus loin. Enfin, Spidey stoppa. Le tunnel s'arrêtait là, bouché par un mur de pierre sombre.

Ils étaient arrivés à la pyramide.

Spidey montra à Max la pierre grise qui résistait aux pics. En effet, Max confirma que c'était du granit. Il nota que, pour arriver à cette pierre, ils avaient dû percer une paroi constituée d'un bloc de calcaire d'un mètre environ. Il était perplexe : une maçonnerie à cet endroit n'avait pas de sens. Il sortit son GPS pour vérifier la profondeur du tunnel : ils étaient seulement à trois mètres de profondeur. Ils butaient contre les fondations... avec du granit ? Puis Max regarda à nouveau son écran. Il remarqua autre chose : ils s'étaient arrêtés cinquante mètres trop tôt.

— Ce n'est pas la pyramide, ce mur, dit Max.

— Qu'est-ce que tu dis là ? Bien sûr que c'est la pyramide, dit Spidey.

— Si c'est pas la pyramide, que veux-tu que ça soit ? dit l'autre derrière. Il n'y a pas de bâtiment à côté.

Max devait bien admettre qu'il partageait son avis. Si ce n'était pas la pyramide, qu'est-ce que ça pouvait être d'autre ? Le plateau était certainement l'un des coins les plus fouillés au monde. Aucun bâtiment ne se trouvait ici. Max avait du mal à réfléchir. La claustrophobie menaçait de neutraliser ses sens. Il en avait assez vu. Il dit aux pilleurs que la visite était finie, qu'il voulait faire demi-tour. Ils grognèrent que c'était bien la pyramide contre laquelle ils butaient, mais rebroussèrent chemin de bonne grâce. Le pilleur de devant tira la corde deux fois. Ils avaient expliqué à Max que c'était le signal du retour adressé à celui qui était à la surface. Mais Max vit Spidey se figer. Il répéta le signal en tirant deux fois.

— Merde. Il répond pas.

L'autre, qui était derrière, passa devant Max en le poussant. La douleur paralysa sa jambe et il ne put retenir une grimace. Le deuxième pilleur tirait sur la corde comme un malheureux. Mais pour toute réponse, la corde restait immobile.

— Ça craint, il faut qu'on sorte de là, dit Spidey.

Ils rampèrent tous les deux aussi vite qu'ils le pouvaient et bientôt Max fut à la traîne, la lumière de leurs lampes s'éloignant de plus en plus.

— Attendez-moi ! s'écria-t-il.

Et soudain, après un craquement et un bruit étouffé, un nuage de poussière envahit le faisceau de lumière. Puis un silence.

Le tunnel venait de s'effondrer.

34

PROGRAMMES (II)

Londres, le 22 octobre

« BONJOUR, VOUS ÊTES BIEN SUR LE PORTABLE DE Max Hausmann. Je ne suis pas disponible actuellement... »

Florence raccrocha, une boule d'angoisse dans le ventre. Elle avait essayé de joindre Max depuis son départ plusieurs fois, mais il ne répondait pas. Elle travaillait tard à White City, dans les bureaux de la BBC. Elle n'arrivait pas à croire qu'il n'y avait plus d'affaire Toutankhamon. Elle avait aussi essayé le portable de Franklin, en vain. Tout s'effondrait.

Elle s'efforçait de voir le positif. Elle commençait déjà à écrire un autre pitch pour Jim et Gayle. Il fallait sauver la face à tout prix.

Mais son malaise était ancré plus profondément. Il datait du meeting avec Jane, trois jours auparavant. Son entrevue avec Max la veille n'avait rien arrangé. Pourtant, elle ne cessait de se dire que, si son ami venait à trouver l'accès à la chambre X, il lui serait reconnaissant d'en avoir parlé à ces gens haut placés qu'elle connaissait. Max Hausmann deviendrait la vedette d'un documentaire sérieux et acclamé par la critique. L'argent qu'il recevrait lui permettrait de continuer ses recherches, de voyager, de vivre mieux. Elle était comme une fée qui réalisait les rêves qu'il n'avait pas encore — et il l'aimerait pour cela, elle en était sûre. Pourquoi, alors, ce goût amer qui revenait sans cesse quand elle pensait à lui ? Et s'il ne trouvait jamais le passage ?

À ce moment, Andrew arriva dans son bureau.

— Hey, Mornay.

— Hey, dit Florence, sans lever les yeux de son ordinateur.

Andrew mangeait des chips du distributeur. Il s'assit sur un coin du bureau.

— Dis, ton type, là, la star de l'affaire Toutankhamon, c'est bien Franklin G. Hunter ? dit-il en postillonnant des chips sur les papiers.

— Mmmh, dit Florence, qui espérait que son manque d'intérêt flagrant finirait par le faire partir.

— OK.

Et il restait là, à quelques centimètres de Florence, à croquer ses chips et à malaxer le sachet en plastique. Depuis qu'il était arrivé, Florence feignait de travailler, mais il faisait tellement de boucan qu'elle n'arrivait même plus à jouer la comédie.

— Bon qu'est-ce qu'il y a ? Tu veux me dire quelque chose, là ? Crache le morceau. Enfin, façon de parler. Tu sais que les chips à la ciboulette, Andrew, vraiment ça n'aide pas à améliorer ta popularité ?

— Mouais, dit Andrew. Ce que je voulais te dire, c'est que j'ai taillé le bout de gras avec un associé de De Bok, l'autre jour.

— T'as pu avoir une interview avec De Bok ?

— Non, toujours pas. Je pense vraiment que tu lui as fait peur avec ta musaraigne.

— Fascinante analyse, dit Florence sans lever les yeux de son ordinateur.

— Toujours est-il qu'on discutait et j'ai mentionné ton type, Hunter. Il m'a dit : « Franklin G. Hunter ? » J'ai dit : « C'est notre homme. » Et il m'a dit : « Ben mon cochon, tu t'es bien fait avoir. » Et il s'est mis à rigoler. J'ai bien dit que c'était pas mon contact, que c'était le tien, et il a eu la gentillesse de clarifier le truc en m'envoyant un mail.

Andrew sortit son iPhone et ses doigts graisseux glissèrent sur l'écran tactile.

— Je te l'envoie. On s'est fait rouler sur toute la ligne. Le mec est une fraude totale. Je serais toi, je n'y toucherais pas, même avec des gants, Mornay.

Il s'éloigna avec son paquet de chips et son odeur de ciboulette industrielle, avant de lancer à travers tout l'*open plan* :

— Et au fait, le passage secret de la grande pyramide, c'est dans la boîte ? Dis-moi quand tu vends les tickets pour la visite !

Il gloussa aussi fort qu'il le put et disparut. Florence serra les dents, cliqua sur l'email d'Andrew et parcourut toutes les pièces jointes.

Puis elle prit sa tête dans ses mains.

35

COUPURE

Mexico (Distrito Federal), le 22 octobre

Sixtine monta quatre à quatre les marches du Museo Nacional de Anthropologiá.

Le nom de Thaddeus di Blumagia s'était révélé être un vrai sésame, il avait réussi à lui obtenir un rendez-vous avec le conservateur en charge de l'exposition, en nocturne. Quelques minutes plus tard, Sixtine était présentée à Carlos Moctezuma, qui la pria de le suivre vers la salle des antiquités aztèques.

Alors qu'ils traversaient le spectaculaire jardin intérieur du musée toujours illuminé, Sixtine expliqua qu'elle était intéressée par une coiffe de plumes rouges vue sur une affiche.

— Oui, ce sont des plumes de quetzal, un oiseau tropical d'Amérique du Sud et d'Amérique centrale, rarissime aujourd'hui, mais très prisé par les Aztèques. Ces plumes sont en général d'un vert mordoré, mais ses plumes écarlates sont encore plus rares. Cette création a nécessité deux cent cinquante oiseaux. Nous pensons que cette coiffe appartenait à Nezahualcóyotl, qui était roi de Texcoco au XVème siècle. C'était aussi un poète, un architecte et un philosophe, et l'Histoire a retenu son nom comme l'un des représentants les plus raffinés de la culture mexicaine classique. Ces plumes faisaient partie du tribut payé par les cités sous l'emprise de l'empire...

Sixtine était arrivée dans le grand hall des antiquités aztèques, où trônait la Pierre de Soleil de vingt-cinq tonnes, l'icône aztèque par excellence qui représentait non pas un calendrier, mais l'histoire de l'univers en cinq créations, chacune avec un début et une fin. Sixtine fixait plutôt la vitrine au centre de la pièce qui abritait la coiffe en plumes rouges. Mais elle fut obligée d'admettre que le moment magique était passé. Elle ne ressentait plus rien. Sa mémoire lui restait interdite. Le conservateur continuait son discours. Elle l'écouta encore quelque temps et enfin elle le coupa :

— Désolée, professeur Moctezuma, mais me permettez-vous une question tout à fait personnelle ?

— Je vous en prie, dit l'homme en se raclant la gorge peu élégamment.

— Vous souvenez-vous d'avoir vu un couple ici, il y a quatre mois ? Monsieur et madame Seth Pryce. La femme était blonde...

— Je ne rencontre pas le public, mademoiselle... peut-être pourriez-vous demander à la réception...

— Parce que, disons, cette amie, madame Pryce, me parlait de cette coiffe et...

— C'est impossible, interrompit le conservateur.

— Pardon ?

— Votre amie n'a pas pu voir la coiffe ici il y a quatre mois. Cet objet est une acquisition récente et a été mis en vitrine il y a seulement deux semaines.

— Et avant, où était-il ?

— Chez un antiquaire.

— Pouvez-vous me donner le nom de cet antiquaire ?

Le conservateur fit la moue, et Sixtine dit dans un sourire :

— Monsieur di Blumagia m'a assuré que vous pourriez m'aider...

— Bien, dit le conservateur. Cet objet provient de la collection de monsieur Yohannes De Bok, antiquaire à...

À ce moment-là, le musée entier fut plongé dans le noir complet et Sixtine perdit pied. L'assaut fut aussi fulgurant que l'obscurité était totale. Le singe se mit à rire, le sol s'ouvrit pour faire passer la rivière verte, Néfertiti sans yeux soufflait dans son cou, la poussant doucement vers le courant qui grouillait de mille-pattes. Sixtine se recroquevilla par terre, et voulut se tasser dans un coin, mais les coins avaient disparu.

Néfertiti hurlait « Écoute ! Écoute, sœur ! »

Elle se retrouvait dans une grotte immense, les stalactites moites et noires au-dessus de sa tête, l'homme au bec allongé étripant le scarabée bleu. Et, en transparence, l'œil vert qui les jugeait tous.

Lorsque la lumière revint dans le musée, Sixtine tremblait encore, couchée en position fœtale, la bave au coin des lèvres.

Le conservateur essaya de parler à Sixtine, mais ses yeux exorbités n'avaient pas encore perçu assez la lumière. Il appela les gardiens à l'aide. Enfin, elle reprit sa respiration et parvint à déglutir. Elle entendit qu'on parlait d'une coupure de courant dans tout le quartier, les orages sans doute. Un des gardiens l'aida à s'asseoir et on lui apporta de l'eau. Puis soudain, elle regarda en face d'elle, dans la grande salle des antiquités aztèques. Au milieu se trouvait un fantôme ensanglanté.

Haut de deux mètres, un spectre en blanc parmi les pierres, des taches de sang sur son habit blanc. Sixtine voulut crier, mais rien ne sortit de sa bouche. Le conservateur suivit son regard, se retourna et lui aussi sursauta. Il gesticula et cria des ordres aux gardiens. Sixtine les vit se précipiter vers le fantôme : c'était un drap jeté sur la grande statue de Coatlicue, cette déesse terrifiante à double tête de serpent qui mangeait ses propres enfants.

Sixtine se leva. Elle s'avança, tremblant encore de l'assaut de ses visions, vers le drap taché de sang qui gisait sur le sol. Alors que les gardiens vérifiaient qu'aucun dommage n'avait été fait à la précieuse statue, Sixtine déplia le tissu.

Ce n'était pas du sang, c'étaient des mots peints en rouge.

FUIS LOIN, SIXTINE, OU TU MOURRAS.

PARTIE III

36

L'HOMME QU'IL FALLAIT

Mexico, le 24 octobre

— MONSIEUR HUNTER, DIT LE PATRON DU CAFÉ À LA PORTE DE l'appartement de Franklin, il y a quelqu'un pour vous, en bas.

— De la police ?

— Non, ricana le patron. Je ne sais pas qui c'est, mais je suis assez sûr qu'il n'est pas de la police.

Franklin saisit son holster dans un des tiroirs de la cuisine et descendit. Au fond du café déjà bruyant malgré l'heure matinale, un petit homme était assis. Il était vieux et, malgré sa posture droite comme un I, semblait minuscule sous les hauts plafonds jaunâtres. Ses traits étaient asiatiques — se pouvait-il que Franklin ait devant lui Oxan Aslanian ?

Mais le petit homme se leva et se présenta : Han, majordome de Sixtine Desroches. La première réaction de Franklin fut d'être soulagé : cet homme était tout à fait inoffensif. À peine une heure plus tard Franklin attachait sa ceinture dans un jet privé. Dix-neuf autres plus tard, il atterrissait à Mexico, dans des habits neufs parfaitement à sa taille. Et il en était encore à se demander comment Han avait pu le convaincre si vite de le suivre, muni seulement de son passeport.

Quand Franklin se présenta dans le hall du Gran Hotel, juste sorti d'une limousine dans son costume Brooks Brothers, accompagné d'un majordome attentionné, il ressemblait à un homme riche. Sous le lustre en cristal, il se laissa aller à croire que c'était la vie pour laquelle il était fait. Mais quand il frappa à la porte de la suite, le seul sentiment qui restait était celui d'être redevable. Qu'est-ce que Sixtine Desroches avait à lui dire de si urgent ?

— Entrez !

Une femme était debout dans la grande pièce aux plafonds ornés, le front collé à la vitre, la capuche d'un sweat gris cachant son visage. Franklin fut étonné de sa minceur, les photos d'elle avant le drame montraient des formes plus pleines. Quand elle se tourna, il dit :

— J'ai rendez-vous avec Sixtine...

— C'est moi, dit-elle calmement, en lui faisant signe de s'asseoir.

Le détective scruta son visage et, petit à petit, il réussit à faire correspondre les deux images, celle d'avant et celle d'après. La transformation était stupéfiante, mais Sixtine semblait ne pas s'en soucier du tout.

— Vous avez fait un bon voyage ? demanda-t-elle sans le regarder.

— Oui, et je vous remercie pour les habits, ils sont parfaitement à ma taille. Vous étiez bien renseignée.

Sixtine sourit et prit quelques feuilles qui traînaient sur une coiffeuse.

— Franklin G. Hunter, 1 mètre 81, 83 kilos, tour de cou 38 centimètres, poitrine 106, longueur de jambes 84.

Franklin sourit et commença de dire que tout était exact, mais Sixtine l'interrompit :

— Né le 16 novembre 1957, sous le signe du Scorpion, à Minneapolis, le fils de George Hunter, antiquaire, et de Cecilia Jones, sage-femme. Aime le golf, le poker, le vin de Bordeaux, les vacances à Key West.

Franklin avait cessé de sourire, Sixtine continuait :

— Vous faites des études de criminologie et êtes admis à l'académie du FBI en 1985. En 1987, vous êtes détaché dans un commissariat de la Nouvelle-Orléans où vous démontrez vos talents de détective en élucidant l'homicide d'un des notables de la ville. Peu après, vous épousez votre camarade d'école, Annette Washington, artiste peintre, avec qui vous aurez deux garçons et une fille, nés respectivement en 1992, 1997 et 2000. Après être devenu officiellement agent spécial Hunter en 1989, vous montez rapidement les échelons du Bureau et vos collègues se souviennent de vous comme d'un homme intelligent, compétent, mais avec une tendance à opérer seul et à tordre le cou aux règles du FBI. L'année 2000 marque la création de l'unité « Art Crime » dans les bureaux du FBI à Philadelphie, la seule aux États-Unis dont la mission est d'enquêter sur le trafic d'objets d'art, et dont vous avez, seul, la responsabilité. Au fil des années, le trafic d'art augmente et votre unité se développe aussi, jusqu'à ce que vous soyez à la tête de douze personnes en 2010, qui sont assignées à votre département à temps plein. Par deux fois, en 2001 et 2004, vous êtes réprimandé pour avoir enfreint les procédures du Bureau, mais en 2009, vous recevez l'équivalent de la Légion d'honneur péruvienne pour avoir rendu au pays l'une de ses plus précieuses antiquités, une parure inca en or massif qui provenait d'une fouille illégale et avait été passée clandestinement aux États-Unis par l'ambassadeur du Panamá. Et en janvier 2011, vous vous intéressez à une rumeur, le vol présumé du masque funéraire de Toutankhamon.

Sixtine s'arrêta et le regarda, mais Franklin baissa les yeux vers ses boutons de manchettes en or et dit :

— Pourquoi vous arrêtez-vous là ? Continuez, c'est le plus intéressant.

— Vous investissez une large partie du personnel, des ressources du Bureau et de l'argent du contribuable dans l'affaire Toutankhamon, malgré les doutes de votre équipe. Vous passez outre l'ordre de votre supérieur d'abandonner l'enquête et organisez une opération sous couverture à Miami en mars 2011. Un de vos coéquipiers témoignera, je cite, de « votre obsession maladive » pour l'affaire Toutankhamon. À partir de ce moment, vous multipliez les offenses, qui iront de l'intimidation de témoins, de la manipulation de pièces à conviction, de la falsification de preuves, de l'enregistrement illégal, à la tentative de corruption d'officier. Après une audience au tribunal correctionnel, vous êtes renvoyé du FBI et condamné à deux ans de prison avec sursis, à cause notamment du témoignage de l'agent qui a découvert vos actions et que vous avez ensuite tenté de soudoyer, soit votre coéquipière... l'agent spécial Aziza Rust.

Sixtine marqua une pause, puis reprit à voix plus basse :

— Votre divorce a été prononcé trois mois plus tard, attribuant à votre ex-conjointe la garde exclusive de vos enfants. Vous n'avez pas d'agence de détectives à Philadelphie, et ce client anonyme qui cherche le masque de Toutankhamon, c'est vous.

Franklin fixait la fenêtre, les étourneaux sur la Metropolitan Cathedral, la foule sur le Zócalo. Il avait honte, dans ces habits d'emprunt, et un instant il pensa proposer à Sixtine de lui rendre son argent. Mais il avait tout dépensé. Du coin de l'œil, il vit Sixtine jeter le dossier sur la table basse. Elle le fixait comme un juge, bientôt elle demanderait des explications. Enfin, il tourna la tête vers elle, et contre toute attente, il vit qu'elle souriait.

— Monsieur Hunter, vous êtes exactement l'homme qu'il me faut.

Franklin était cloué sur son siège, à peine rassuré par sa réaction. Cette gamine riche le tenait à la gorge avec son fric et son dossier, et il n'aimait pas ça. Elle disparut un instant et revint en traînant un drap ensanglanté derrière elle. Franklin se redressa d'un bond.

Elle l'étendit sur la moquette de la suite. Le détective se détendit et y lut l'inscription. Elle lui raconta l'épisode du musée.

— Ceux qui m'ont enfermée dans la pyramide m'ont retrouvée. Je le prends comme un avertissement. Et vous ?

— Oui, effectivement, le message est assez clair.

— J'ai décidé de l'ignorer.

— Une décision qui vous garantit une vie longue et heureuse, ironisa Franklin.

— Ma vie longue et heureuse s'est arrêtée le 21 mai. Chercher la vérité sur la mort de mon mari et la mienne était tout ce que j'avais, et c'est ce qui m'a amenée ici. Mais l'attaque du musée a tout changé.

Sixtine s'arrêta un instant puis reprit, résignée :

— C'est eux ou moi, à présent vous comprenez ? Me tuer une fois n'a pas suffi. Quelqu'un, quelque part, veut que je meure pour de bon. Et si je vous ai fait venir ici, c'est... c'est pour m'apprendre à me battre.

Franklin observa Sixtine. Ses yeux verts devenaient sombres à force de détermination. Il s'assit devant elle.

— Comment ça, vous battre ? Physiquement ?

— Je pensais plutôt à vos connaissances liées au trafic d'antiquités, mais je ne suis pas contre un peu d'exercice.

— Et j'ai combien de temps pour parfaire votre éducation ?

— Quelques jours. Mais voyez-vous, depuis que je suis sortie de la pyramide, j'ai tendance à apprendre vite.

Franklin fit la moue, ce qui n'empêcha pas Sixtine de continuer.

— Qu'est-ce que vous apprenez dans votre unité d'*Art Crime* au FBI ?

— Pas mal de choses que vous ne croiriez pas.

Sixtine le scruta avec sérieux, comme pour l'encourager à parler.

— Le masque funéraire de Toutankhamon a bien été volé. La belle-sœur de Nasser a parlé. Le casse du musée était la commande d'un client américain.

— Elle a dit qui était ce client ?

— Non, mais ce n'est pas lui qui m'intéresse, parce qu'il a laissé tomber l'affaire avant de recevoir le masque. C'est l'acheteur qui l'a finalement reçu que j'aimerais entendre. Et de lui, on ne sait rien, sauf que la transaction a été rondement menée, au Caire même.

Franklin lui rapporta en détail sa conversation avec Zahara et le *Scultore*, et y ajouta les informations glanées par Max.

— Et je vais vous dire ce qui m'intéresse encore plus : le fait qu'el-Shamy et Nasser soient entrés dans la pyramide quelques jours avant qu'on ouvre la chambre X, et que Nasser soit devenu fou.

Sixtine écoutait.

— J'ai une théorie qui revient à chaque fois que j'y pense, dit Franklin. Hassan et el-Shamy mènent une enquête sur le vol de Toutankhamon. Les acheteurs sont devenus désespérés, ils essaient de le refiler au premier venu.

Il fit une pause, puis la regarda.

— Et si l'acheteur n'était autre que Seth ?

Sixtine releva la tête d'un coup et ses yeux devenus vert sombre fixèrent Franklin, comme un animal observant sa proie. Le détective continua :

— Nous savons que Seth était collectionneur d'antiquités égyptiennes. Saisir le plus grand des trésors pour une bouchée de pain est une tentation à laquelle peu pourraient résister. Peut-être prévoyait-il d'en faire don à l'Égypte, qui sait ?

Franklin choisissait ses mots, conscient des émotions à fleur de peau de Sixtine. Son prince adoré devenait ténébreux, la victime devenait coupable, il fallait tempérer. Il continua :

— Hassan avait promis que, s'il mettait la main sur les trafiquants d'antiquités, il en ferait un exemple. Imaginons que Hassan et el-Shamy emmènent Seth dans la pyramide — après tout, qui d'autre qu'un membre du CSA pouvait avoir connaissance d'un accès à cette chambre X ? Ils commettent un meurtre sur Seth, mais dans un acte encore plus barbare, vous laissent vivre, temporairement. Et deux semaines plus tard, ils mettent en place la deuxième partie du plan : ils permettent à Nasser de jeter un œil au résultat. Pour qu'il comprenne le message… et le diffuse, d'une certaine façon.

Sixtine était silencieuse.

— Mais pourquoi Mexico ? dit-elle enfin, les dents serrées.

— Je ne sais pas. Mais ils avaient assez de ressource et de contacts pour organiser un enlèvement.

Sixtine observa au loin un point invisible, puis dit.

— Alors je sais ce que nous allons faire. Quel jour sommes-nous aujourd'hui ?

— Le 24 octobre, intervint Han.

— Monsieur Hunter, vous avez quatre jours pour m'apprendre tout ce que vous savez.

Une étincelle brilla dans les yeux émeraude de Sixtine. Franklin reconnut cet éclat froid : c'était celui de la vengeance.

37

PROGRAMMES (III)

Falmouth Manor, le 24 octobre

FLORENCE RACCROCHA LE TÉLÉPHONE. ELLE VENAIT DE PARLER À Franklin Hunter, qui avait confirmé son passé d'agent disgracié du FBI, mais aussi les propos de Zahara qui enfin prouvaient ce qu'il suspectait depuis presque deux ans. Il avait également détaillé le scénario impliquant Hassan et el-Shamy dans le meurtre de Seth et l'exemple qu'ils en avaient fait pour Nasser, le messager réticent.

Elle s'installa dans son fauteuil au milieu du grand hall aux moulures en bois, en face de l'immense cheminée où crépitaient les bûches. Elle aimait bien se réfugier dans les Cornouailles quand le chaos de Londres devenait trop pesant. Elle avait averti ses collègues que pendant plusieurs jours, elle « travaillerait de la maison ». Andrew n'avait bien sûr pas hésité à faire un commentaire sarcastique. Il était aussi la raison pour laquelle elle ne supportait plus son bureau. Et dire qu'elle devrait le souffrir à Paris dans quelques jours, lors du tournage de la vente de Néfertiti. Un problème à la fois, se dit-elle en inspirant profondément.

Elle n'avait toujours pas parlé au reste de l'équipe des trouvailles des derniers jours, mais elle ne doutait pas qu'Andrew l'avait déjà fait pour elle. Les découvertes de Franklin étaient tombées à pic, mais Jim et Gayle recevraient-ils quoi que ce soit provenant de Franklin ? Il fallait quelque chose de plus tangible. Elle en vint encore une fois à la même conclusion : point de salut tant que le passage de la pyramide n'avait pas été découvert.

Elle feuilleta le rapport sur le meurtre de Seth. Mais elle l'avait déjà épluché tant de fois, c'était peine perdue, elle le jeta par terre. Elle scruta à nouveau la petite momie, sur la cheminée. Une espèce disparue, avait dit De Bok. *Crocidura balsamifera.* C'était étrange de nommer après coup une créature qui n'était plus vivante depuis longtemps. Comment les anciens Égyptiens, eux, appelaient-ils sa petite musaraigne ? Elle possédait sûrement l'un des derniers exemplaires de cet animal. *Crocidura balsamifera.* Ce nom lui fit penser à *Nymphaea caerulea*. Le nom de la plante trouvée dans la chambre X et mentionnée dans le rapport. Soudain, Florence réalisa qu'ils avaient délaissé la problématique de la pièce à conviction végétale. Que faisait-elle là, cette fleur, sur la scène de crime ?

Nymphaea caerulea. Une recherche rapide sur son ordinateur portable lui apprit que c'était la fleur du nénuphar bleu, appelée aussi le lotus bleu. Qu'elle était le symbole de la haute Égypte. Que les anciens Égyptiens l'ingéraient lors de leurs fêtes, après l'avoir trempée dans du vin. Qu'elle contenait de l'apomorphine, des substances narcotiques et hallucinogènes.

De la drogue.

La donne changeait.

Florence ressentit comme un flash de lucidité. Hassan et el-Shamy avaient-ils drogué Seth Pryce avant de le tuer ? Auraient-ils attiré Seth et Sixtine à l'intérieur de la pyramide, leur proposant de vivre une soirée inoubliable digne des pharaons, d'ingérer, plutôt que la cocaïne à laquelle ils étaient probablement habitués lors de leurs nuits new-yorkaises, des lotus bleus ? Tout cela concordait avec le scénario de Hunter, mais personne n'avait encore parlé de drogue.

Florence tourna vite les pages jusqu'au rapport d'autopsie pour vérifier si des traces de substances avaient été retrouvées dans le corps de Seth, mais le texte était opaque, avec des termes médicaux et des chiffres incompréhensibles. Il fallait que quelqu'un le traduise pour elle, en langue courante. Elle se souvint qu'un ami de son père, docteur Maleh, un chirurgien, parlait l'arabe. Elle scanna les pages en anglais et en arabe et les lui envoya. Tout s'enchaînait et Florence ne voyait pas le temps passer. Puis soudain, une autre idée vient prendre la place de toutes les autres : si on avait perdu la trace des humains, peut-être pouvait-on retrouver la trace des fleurs ?

La nuit était tombée rapidement et son visage n'était plus éclairé que par la lumière de l'écran de son ordinateur portable.

Elle découvrit que le lotus bleu, qui poussait sur les bords du Nil, était aujourd'hui rare. Pour obtenir une centaine de fleurs comme celles qui avaient été retrouvées dans la chambre X, il fallait s'adresser à quelques fermes spécialisées en Égypte — ou en Thaïlande. Florence paria sur l'Égypte et eut l'idée d'appeler un organisateur de mariages, prétextant des noces au Caire, qu'elle voulait célébrer dans un décor de lotus bleus. La mariée souhaitait connaître les fournisseurs.

Dans le même souffle, elle appela Max. Son téléphone ne répondait toujours pas. Un instant, le malaise familier traversa son esprit, multiplié. Mais elle repensa à la découverte des plantes et un frisson d'excitation effaça ses peurs. Elle traquait la vérité et les pièces se mettaient en place. Florence se cala au fond de sa chaise, posa ses pieds sur la table basse encombrée de tasses de thé et se mit à rêvasser.

Et dans ses rêves, il y avait toujours Max.

38

21 GRAMMES

Le Caire, plateau de Gizeh, le 24 octobre

La lampe torche avait tenu longtemps. À présent, elle n'était plus qu'un halo orange vacillant, souffreteux.

Max était dans le tunnel depuis 51 heures, 34 minutes et 6 secondes. Sa montre marchait toujours. Quand les piles de la lampe mourraient, il pourrait encore presser le bouton de sa montre et le cadran serait illuminé. Dans l'obscurité, seul le temps brillerait, et il continuerait de briller après sa mort, sans doute.

Les deux jeunes pilleurs et Max s'étaient recroquevillés. Petit à petit, ils s'étaient rapprochés les uns des autres. Max pensa à eux et à lui, à eux surtout, si différents de lui. Aux circonstances de leur vie, au chemin qui les avait amenés jusqu'ici et aux événements extraordinaires qui avaient composé leur rencontre. Mais finalement, l'avant n'avait plus d'importance. Tout ce qui restait était cette humanité réduite à son expression la plus animale, cette solidarité primitive, le besoin d'être proche de l'autre pour affronter l'indicible. Tous les trois, ils avaient soif, faim, leurs poumons sifflaient à l'unisson, comme des machines cassées. Le désespoir les avait pris, les uns et les autres. Au début, ils avaient crié, ils s'étaient agités, ils avaient creusé avec les pics, gratté avec les mains. Et puis, comme la lampe torche, lentement, ils s'étaient éteints. Ils avaient été terrassés par le silence étrange des souterrains, un monde de bruits lointains, de grattements, de frottements, de bêtes qu'on ne voit pas. Dans un coin, il y avait un crâne, millénaire peut-être. Des insectes venus de nulle part couraient le long de la corde oubliée. Un rat était venu aussi, les avait regardés comme s'il n'avait jamais vu d'homme. Ils n'avaient pas eu le courage de l'attraper ; mais plus tard, secrètement, ils avaient regretté. Ils étaient devenus des créatures des profondeurs, faites de soif et de peur, tapies dans un monde entre deux, un no man's land entre la vie et un invisible terrifiant.

Max ne l'attendait plus, mais Spidey se mit à parler :

— Je ne lui ai jamais dit que je l'aimais.

Au-delà de la pâle lumière orange qui n'illuminait que la poussière, Max essayait de lire les lignes de noir que dessinaient les autres. Les épaules de Spidey bougeaient. Le jeune Allemand avait déjà eu une hallucination, où il imaginait le pilleur comme le Lord au collier en or de Sipan, au Pérou, qui, trouvé dans une tombe, apparaissait telle une gueule terrifiante au milieu de toiles d'araignées. Max savait qu'en réalité Spidey s'appelait Besada. Puis il entendit les petits bruits des hommes qui se cassent. Spidey pleurait.

— On devait aller à Londres. Je lui avais promis. Je lui avais dit que je ferais tout pour la sortir de là, que je l'emmènerais à Londres. On avait tout trouvé, il nous manquait que le fric. C'était son idée, le tunnel, mais je lui en veux pas. J'aurais fait n'importe quoi pour elle. N'importe quoi. Mais là, ça, ça sert à rien. J'aurais pas peur, si c'était pour la protéger. C'est vrai. Mais là, c'est comme si je l'avais trahie, en partant comme ça. Et je lui ai jamais dit que je l'aimais. Pourquoi on dit pas ces choses-là, hein ?

Max sentit que le pilleur le regardait.

— Comment elle s'appelle ? demanda l'architecte.

Sa gorge était sèche et lui faisait mal.

— Naya.

Naya. Max savoura ce prénom un instant, comme si l'esprit de Naya lui-même pouvait se poser parmi eux. Spidey continua de parler de Naya et Max se laissa aller à l'imaginer. Elle était belle, avait dit Spidey. Pas belle comme les filles à la télé, mais elle avait ce petit côté doux et fragile et fort à la fois, et il ne connaissait pas les mots pour le dire. Max pensa à Sixtine et il se demandait aussi comment nommer chez elle ce quelque chose d'unique, ce supplément d'âme, de corps, d'énergie qui s'était calé au-dessus de son cœur, comme un virus bienveillant. Lui qui avait tant appris et parlait tant de langues, lui non plus ne trouvait pas les mots.

Spidey continuait :

— Naya, ses parents, ils m'aiment pas. Ils veulent qu'elle épouse un autre mec, un salaud de riche qui l'a même pas vue, je veux dire il ne l'a pas vue vraiment comme moi je la vois, parce qu'elle est belle, Naya. Il va la battre, j'en suis sûr. Mais il est riche, et moi j'ai rien, alors ses parents, ils lui ont interdit de me voir. C'est elle qui a parlé de Londres. C'est elle qui me disait qu'il y avait des trésors dans les tunnels. C'est ce qu'il nous fallait pour qu'on soit heureux. Alors moi, j'ai fait le fier, comme si je faisais tout le temps ça, mais en réalité non. Je l'ai juste fait parce que je l'aimais. Je l'aime à en crever, depuis le premier jour. Et je lui ai même pas dit.

— La ferme, Spidey, ordonna Ahmad, l'autre pilleur, de sa voix éraillée. Et si tu lui avais dit, ça aurait changé quoi, hein ? Ça aurait rien changé.

Spidey fut silencieux un moment, comme s'il réfléchissait. Enfin, il murmura :

— Si, ça aurait changé. On aurait pris tout ce qu'il y avait à prendre de beau, tu comprends ?

Max entendit les petits bruits à nouveau. Comme il comprenait Spidey. On se ruait sur des trésors imaginaires et pourtant on laissait le plus beau, à la portée de nos doigts, se couvrir de poussière. On était des héros qui creusaient des tunnels vers les plus grandes merveilles du monde et pourtant on avait eu peur d'une caresse.

Max, allongé le long du tunnel à même la poussière infecte, les lèvres gercées, le ventre tiraillé, les yeux scrutant l'ombre infinie qui se resserrait autour de lui, écoutait ce garçon qui parlait d'amour. Il pensait au sien, à ce sentiment immense, brut, lumineux, intact au fond de sa poitrine cassée, et se demanda ce qui resterait de lui. On disait qu'au moment de la mort, vingt et un grammes disparaissaient, comme si quelque chose avait pris son envol. Certains affirmaient que c'était l'âme. Max espérait que ce serait l'amour. Le meilleur de lui-même.

À ce moment, Max distingua dans l'obscurité une silhouette grise. Puis il la vit tellement clairement que ses muscles endoloris relevèrent son torse. Elle le regardait de ses yeux émeraude, et Max aperçut ce corps qui venait vers lui. Elle se contenta de lui sourire. Puis elle repartit dans l'obscurité.

Soudain, Ahmad et Spidey se mirent à parler, puis à crier. Il fallut quelques secondes à Max pour oublier la vision qu'il venait d'avoir et il ne comprit pas tout de suite ce qui était en train de se passer. Spidey hurlait à présent de toutes ses forces.

La corde avait bougé.

39

MÉTAMORPHOSE

Mexico (Distrito Federal), le 25 octobre

HAN ÉTAIT ENTRÉ SANS BRUIT DANS LA SUITE DE L'HÔTEL. DES plateaux du room service s'empilaient sur la table basse. Il téléphona discrètement à la réception pour qu'on vienne les débarrasser. Le soleil disparaissait derrière la façade anthracite de la Metropolitan Cathedral, peignant des lignes orange sur la moquette et sur les pieds nus de Sixtine quand elle traversait la lumière. Elle allait et venait devant les grandes fenêtres, infatigable depuis des heures qu'elle écoutait le cours magistral de Franklin, couché sur le canapé.

Han s'assit sur une chaise, en retrait, le dos droit, le visage parfaitement détendu. Il avait des choses à dire à Sixtine. La mission qu'elle lui avait confiée, pourtant humble, avait révélé des éléments inattendus. Il suspectait que Sixtine souffrirait de cette vérité-là. Mais Han savait que ce n'était pas le moment de parler. À présent, elle devait apprendre, être prête. Il n'y avait plus que trois jours. Trois jours avant la vente de Néfertiti à Sotheby's.

Han ferma les yeux et se concentra sur la voix de Franklin. Depuis six heures, il parlait de ce monde étrange qu'était celui des antiquités. Il s'était pris au jeu du mentor, il s'enthousiasmait lorsqu'il devait expliquer un passage de législation, un secret du milieu ou un « truc » d'agent *undercover* aiguisé par l'expérience. Il avait même promis de lui apprendre ce qui n'était pas dans les manuels du Bureau, soit les fondamentaux du *speedtraining*, une technique empruntée aux arts martiaux. Il lui avait expliqué, avec plus d'une pointe de fierté, que c'était l'art du voleur.

Sixtine écoutait. Elle posait des questions, lui faisait répéter des phrases, des faits, des méthodes. Depuis la coupure de courant et l'avertissement au musée trois jours avant, elle avait à peine dormi. Toute la nuit, les lampes de la suite étaient allumées, mais elle avait insisté pour qu'on brûle une vingtaine de cierges autour d'elle.

Après de longues heures et d'autres plateaux-repas auxquels Sixtine ne toucha pas, elle renvoya Franklin. Il avait une chambre à côté de sa suite. Il promit de revenir le lendemain tôt.

— Vous pouvez y aller, Han, si vous voulez. Je n'ai plus besoin de vous, dit Sixtine.

— Avant de me retirer, j'aurais aimé partager quelques informations avec vous, mademoiselle, dit Han avec délicatesse. Tout d'abord, j'ai vérifié auprès de votre banquier, tout est en ordre. J'ai également obtenu une invitation à la réception organisée par Yohannes De Bok à Paris, la veille de la vente à Sotheby's. J'ai déjà notifié à votre pilote votre départ pour la France à la fin de la semaine.

Sixtine était occupée à allumer des bougies partout dans sa suite et souriait distraitement à ce que lui disait Han. Elle n'avait jamais imaginé qu'il puisse échouer dans ces missions. Han restait debout au milieu de la pièce.

— Mademoiselle... c'est à propos du pilote de l'hélicoptère.

Sixtine s'arrêta net et leva les yeux.

— Vous l'avez retrouvé ? Vivant ?

— Oui, vivant. Mais mal en point. Quand nous nous sommes rencontrés, il tenait à peine debout.

— Que voulez-vous dire ?

— Il boit. Assez pour que je doute de l'entière véracité de son histoire.

— Qui est... ?

— Avant de vous la révéler, j'aimerais vous prévenir, ses allégations sont graves et méritent d'être...

— Je vous en prie, Han, dit Sixtine avec impatience.

— Il prétend que Seth, de son propre chef, l'a payé pour faire disparaître l'hélicoptère.

Le visage de Sixtine resta stoïque un instant, comme si la pensée elle-même retenait son souffle. Est-ce parce que cette révélation se raccordait avec ses souvenirs enfouis loin dans sa conscience que Sixtine sut immédiatement ce que cela signifiait ? Petit à petit, ses yeux verts vacillèrent, et sa voix se résigna à prononcer :

— Seth aurait mis en scène sa propre mort... et la mienne ?

— Oui, mademoiselle.

— Mais Han... Han...

Le vieil homme la vit avaler sa salive avec difficulté et ses yeux se couvrir de buée. Il savait ce qui la torturait à cet instant-là et il aurait aimé pouvoir lui dire que ce que prétendait ce pilote n'était pas vrai. Mais ce qu'il ne disait pas, le vieux Han, c'est qu'il avait vérifié. L'ivrogne disait vrai.

— ... et moi ? Et moi, Han, il a dit si j'étais d'accord... pour faire croire que j'étais morte ?

Han hocha la tête.

Sixtine s'assit d'un coup sur le lit. Elle fixa le vide et murmura :

— Oh mon Dieu, Gigi...

Sa lèvre supérieure tremblait et Han baissa les yeux. Ils restèrent tous les deux immobiles un long moment. Puis Sixtine balaya de ses doigts une larme qui n'était pas tombée et remercia Han. Quand le vieil homme ferma la porte, il entendit l'eau qui coulait avec rage. Dans quelques minutes, elle entrerait dans le liquide tiède et serait indifférente au monde. Combien de temps resterait-elle sous l'eau ? Serait-il là encore pour la voir respirer à nouveau ?

Sixtine émergea de l'eau tiède et en une inspiration désespérée emplit ses poumons de l'air étouffant de sa suite d'hôtel. Elle ressentait un picotement dans ses mains et dans ses pieds, et ses membres commençaient à être ankylosés, elle était restée si longtemps en apnée. Elle s'allongea dans la baignoire en marbre, la tête hors de l'eau. Ses cheveux gris dégoulinaient sur ses seins nus, son tatouage sur son ventre ondulait dans l'eau et ses larmes creusaient des rigoles sur son visage.

Pourquoi pleurait-elle ? Parce que cette Jessica dont elle vengeait la mort, vierge innocente sacrifiée sur l'autel de la cupidité, n'avait pas hésité à briser le cœur de celle qui l'avait élevée ?

Qu'était-elle devenue, dans ce *no man's land* de temps que sa mémoire elle-même refusait d'accepter ?

Les nuits angoissées de Gigi coulaient dans ses veines et tout son corps vibrait d'indignité. Mais la source des larmes n'était pas dans le plein de la honte ; il était dans le vide. Elle aurait pu facilement justifier cette disparition volontaire : l'amour d'un homme n'excuse-t-il pas tout ? Suivre Seth dans une nouvelle existence hors des flashes ou des attaches des êtres aimés... pour quelques semaines ou pour la vie... n'était-ce pas donner à son mari la preuve d'un amour absolu ?

Mais Sixtine savait au plus profond d'elle que ce n'était pas vrai. Elle réalisait à présent ce qui avait manqué à ces mois de deuil depuis l'assassinat de son mari. La douleur de la mort de l'amour. La tristesse sans fin. La nostalgie brûlante des jours heureux, des jours d'avant. Seth était mort et Sixtine n'avait rien éprouvé que l'horreur et la vengeance. Et alors qu'elle sentait son cœur se transformer petit à petit en des émotions qu'elle ne voulait pas dire, elle savait, à présent, qu'elle n'avait pas aimé Seth d'un amour éternel. De quel amour s'agissait-il alors ?

Quelques instants plus tard, la peau toujours dégoulinante de ces larmes amères, à peine vêtue d'un peignoir humide, elle téléphona à Gigi. La vieille dame, dont la voix était parfois perdue dans des cris d'oiseaux en cage, lui disait ces mots qui, depuis la mort de sa mère, l'avaient toujours réconfortée. Sixtine ne lui parla pas de sa disparition, de l'hélicoptère, de l'enquête. Elle ne parla pas non plus de sa nouvelle résolution, de ces pulsions de guerre qui avaient infiltré son sang depuis le musée. Elle parla juste du beau temps, de la lumière et de la pluie, qui s'était remise à tomber ces derniers jours. Et dans ces descriptions de l'état du ciel, il y avait une tendresse immense, une douceur qui remontait à un deuil qui avait été tout ce que celui de Seth n'avait pas été. Alors, à la mention muette de cette mère partie trop tôt se révélant dans la pluie qui frappait les pavés du Zócalo, Sixtine sentit le frôlement familier. La caresse de plume qui faisait frémir son bras, le souffle infime qui s'infiltrait dans tout ce qui était autour d'elle, et qui lui disait que, malgré la solitude de cette chambre d'hôtel, elle ne serait jamais seule.

L'espace d'un instant singulier, Sixtine pensa à tout arrêter pour reprendre la vie comme avant, simplement là où Jessica l'avait laissée. Faire ses adieux aux vengeances, aux violences, à la soif de justice, s'agenouiller sur les épées et les choses coupantes qu'elle portait en elle. Lâcher prise. Vivre. Oser vivre.

Mais dans un mouvement, le peignoir de Sixtine s'ouvrit et elle vit à nouveau le tatouage sur son nombril. L'encre enfoncée dans sa peau. L'ancre des représailles.

Trois jours plus tard, Sixtine prenait un avion à destination de Paris, à destination d'el-Shamy, à destination du châtiment. Elle allait à la vente de Sotheby's.

Elle allait acheter Néfertiti.

40

LES CONFIDENCES DE LA PLUIE

Le Caire, le 25 octobre

L'AIR CHAUD DU DÉSERT ENTRAIT DANS LA CHAMBRE D'HÔTEL traîné par des mouches ivres. Elles tourbillonnaient dans le vide au centre de la pièce, comme dans un vortex invisible. Certaines se posaient sur le corps nu de Max, étendu sur le lit trempé de sueur. Il ne les chassait pas. Sauf quand elles fondaient sur ses yeux grands ouverts.

Il était sorti du tunnel à l'aube du deuxième jour. Les quelques tonnes de terre qui avaient immobilisé la corde avaient été petit à petit déplacées, à la main, par des hommes, cousins, amis, voisins, à qui le pilleur de garde avait donné l'alerte. Max avait été soigné par une tante de Spidey, nourri par sa mère, puis raccompagné à son hôtel par son frère. Il avait fait couler des bains qui avaient débordé. Il avait frotté, son cerveau nageant toujours dans la douleur de ses poumons encombrés. Il avait frotté jusqu'à ce que sa peau devienne rouge et piquante. Mais la poussière ne partait plus, comme si elle s'était frayé un chemin sous son épiderme. La cicatrice de sa jambe était gonflée, mais on lui avait dit que ça irait, et il voulait le croire. La jambe guérirait un jour. Mais la poussière à l'intérieur de lui, elle, resterait toujours.

Dans le tunnel, il n'y avait eu que la réalité immédiate, le noir palpable, le temps qui passait, la faim, la soif, la présence de Spidey et Ahmad. Il y avait eu la peur aussi, une peur concrète et justifiée, qui arrivait par éclaboussures brûlantes et repartait. L'expérience du tunnel était ancrée dans le temps et dans l'espace, et devenait un bout de son histoire personnelle, une anomalie entre parenthèses, un accident avec un avant et un après.

Ce que Max n'ignorait pas, c'était que de la préhistoire européenne aux Indiens d'Amérique post-colombiens, des générations de garçons étaient allées sous terre, pour y rencontrer la mort, l'angoisse et les visions, et de l'obscurité étaient sortis des hommes. Depuis l'aube de l'humanité, ces heures souterraines étaient un rite de passage qui terminait l'enfance. Mais peut-être Max n'était-il pas encore homme, seulement un être qui cherchait son chemin.

Il y avait eu un avant et un après, et c'était dans l'après que Max vivait, s'il en croyait ce qu'en disait le temps. Tout d'un coup, il ne savait plus comment on avançait. Il avait perdu le mode d'emploi des lendemains. Il n'avait plus qu'une pensée dans le crâne : Sixtine. La poussière avait enseveli le reste. Elle appartenait à une dimension intime et hors du temps et elle était la seule chose dans ce monde souterrain qui avait encore du sens.

Il leva son corps ankylosé, dérangeant les mouches. Il marcha en boitant sur la moquette rêche, des mèches de cheveux dégoulinant sur ses épaules tendues, suivant un chemin invisible sur son torse imberbe dessiné de muscles douloureux. Il saisit son téléphone portable encore couvert de poussière et composa le numéro de Sixtine.

Il ferma les yeux et, à chaque sonnerie, la solitude creusait des sillons un peu plus profonds dans sa tête. Enfin, il entendit une voix synthétique qui n'était pas celle de Sixtine et qui offrait de laisser un message. Il raccrocha. Puis, de rage, il lança son téléphone à travers la pièce. Le mouvement le déséquilibra. Il voulut se rattraper au guéridon encombré de ses papiers, mais tout bascula, et Max se retrouva plié par terre, une douleur brûlante dans la jambe. Le visage défiguré par une grimace, il s'étendit sur le sol au milieu des documents. Des feuillets continuaient à tomber sur son corps nu.

Son téléphone portable sonna. Lui non plus n'était pas mort, malgré la poussière et le choc. Max se releva comme il put, les mains agrippées au guéridon. Sur le téléphone s'affichait le nom de Florence. Il allait décrocher quand son regard se posa sur une photocopie à ses pieds. C'était une image satellite du plateau de Gizeh, comme il en avait des dizaines. Il les connaissait par cœur, les étudiant depuis deux mois, après les avoir reçues des chercheurs en archéologie de l'Université du Texas, spécialisés dans les lectures d'images satellites. Le téléphone sonnait toujours, mais Max ne l'entendait plus. Car il venait de voir quelque chose qu'il n'avait pas remarqué avant. Il fouilla dans son sac poussiéreux et saisit son GPS.

Il alluma son ordinateur, si lent à démarrer alors que l'esprit de Max tournait à fond. L'intérieur de sa tête n'était plus que lignes, latitudes, longitudes, intersections et profondeurs, parallélépipèdes et possibilités. La sonnerie s'arrêta, puis reprit, plusieurs fois. Pendant ce temps-là, Max avait rentré ses données GPS du tunnel dans son plan de Gizeh et comparait la position avec la photo satellite. Là où les pilleurs s'étaient arrêtés, devant le mur de granit, ce n'était pas la pyramide. C'était ce qu'il cherchait depuis toujours. Max se cala dans sa chaise et un triomphe timide illumina ses yeux cerclés d'ombre. Il était là, devant lui, son lendemain.

Il envoya une copie digitale de la photo satellite à Florence, puis l'appela.

— Qu'est-ce que tu fous ? Ça fait trois jours que j'essaie de t'appeler !

Max lui raconta la rencontre avec les pilleurs et la visite de leur tunnel, en omettant soigneusement de mentionner l'effondrement du souterrain. Avant que Florence ne puisse poser des questions, il demanda :

— Tu es devant tes mails ?

— Oui. C'est quoi ce que tu viens de m'envoyer ?

— Une image satellite du plateau de Gizeh.

— Oui, merci pour la précision, Max. Je me disais bien que les trois pyramides vues du ciel devaient être un indice. Je l'ai vue mille fois, cette photo.

— Mais celle-là, tu ne l'as peut-être jamais vue. C'est une photo qui a été prise un jour de pluie.

— Et alors… on voit des escargots ?

— Regarde sur la face nord-est de la pyramide de Khéops, vers le musée. Tu vois cette ligne légèrement plus foncée que le sable autour ? On dirait un chemin. Les images satellites enregistrent en infrarouge, c'est une technologie que l'archéologie vient juste d'adopter. J'ai regardé les autres clichés, on ne voit rien. Mais à ce moment précis, la pluie est tombée et s'est infiltrée dans les sols : et ce que l'infrarouge a révélé, c'est une densité différente en profondeur. Cela signifie qu'il y a quelque chose en souterrain, qui n'est pas du même minéral que l'environnement autour. Un élément construit, dont la trace se perd sous les habitations de la ville de Gizeh. Ça peut être une ancienne route pavée… mais le tunnel de Spidey a heurté une paroi verticale.

— Donc un tunnel…

— … qui part de la pyramide et relie un point quelque part à Gizeh.

— Gizeh… Gizeh… Attends un peu.

Max entendit le son des touches de l'ordinateur et le froissement de papiers. Florence reprit :

— Essaie cette adresse : El-Khofo à Gizeh. Est-ce que ça serait dans la trajectoire de ton tracé ?

Max entra l'adresse dans Google Earth : il s'agissait d'un endroit proche du plateau.

— Oui, à quelques dizaines de mètres près, ça pourrait coller. Pourquoi ?

Florence lui raconta sa découverte au sujet des fleurs de lotus.

— J'ai trouvé deux plantations de lotus qui ont fait des livraisons dans les quartiers chics du Caire au mois de juin. Ça représente une trentaine d'adresses, j'allais laisser tomber. Mais il y a une adresse à Gizeh. Livraison le 1er juin, cinquante fleurs.

— Cette partie de Gizeh est pauvre. J'ai du mal à imaginer des gerbes de fleurs...

— C'est ce que je me suis dit. Mais si tu trouves l'entrée d'un tunnel en direction de la pyramide, ça change la donne. Hunter pense qu'el-Shamy et Hassan ont voulu attirer Pryce dans la pyramide avec tout le décorum, le traitement VIP, quoi...

Max entendit Florence glousser d'excitation.

— C'est juste génial, je sens qu'on brûle. Dis, Max...

— Hmm ?

Dans le silence soudain, la ligne crépitait.

— Dis, tu me promets que tu ne parleras de cette découverte à personne, hein ? Je ne voudrais pas que... qu'il t'arrive un truc. Je me suis fait un sang d'encre.

Après un instant d'hésitation, elle ajouta :

— Je tiens à toi, tu sais ?

Un frisson parcourut Max et, soudain, sa nudité, mêlée à la voix de Florence, était dérangeante. Il s'esclaffa, maladroit :

— Flo, ne t'inquiète pas, OK ? Je t'appelle dès que j'ai du nouveau. Bye.

Il s'habilla aussi vite qu'il put, et chassa l'embarras causé par les mots intimes de Florence. Le visage de Sixtine apparut dans ses pensées et irradia tout sur son passage, enflammant sa détermination. Quelques minutes plus tard, il quittait son hôtel en direction de Gizeh. Sans le savoir, ce garçon tout juste homme était mû par une science animale, une certitude effleurant à peine sa conscience, née au plus profond de sa raison d'être, une loi écrite dans les sables du désert que lui seul pouvait lire : il gagnerait l'amour de Sixtine, un jour.

Mais pour cela, la vérité devait être arrachée au monde.

41

GRAND MONDE

Paris, le 28 octobre

LE CHAUFFEUR DE TAXI DONNAIT DE BRUSQUES COUPS DE VOLANT pour éviter les centaines de voitures qui tournoyaient autour de l'Arc de Triomphe, mais sa passagère, engoncée dans une robe de cocktail orange, y était parfaitement indifférente.

« Trois jours, ruminait Florence, qui grattait le vernis rose qui avait débordé de l'ongle de son index. Trois jours pour trouver ce satané tunnel et faire signer le contrat à Max. » Elle regarda par la fenêtre défiler les luxueux immeubles des avenues parisiennes. Elle aurait aimé flâner, ces jours-ci, délivrée de l'urgence que cette affaire égyptienne avait apportée à sa vie, délivrée de la politique de la BBC, délivrée de sa propre ambition. Elle aurait aimé que l'histoire soit simple, dans la veine des romans où une fille rencontre un garçon dans les rues du Caire et s'aiment d'une passion superbe, se quittent sur un malentendu et se retrouvent dans un climax spectaculaire pour vivre ensemble jusqu'à la fin de leurs jours. À la place, les amants découvraient dans une pyramide nauséabonde une malédiction qui multipliait leurs obsessions. Soudain, une image s'imposa dans son rêve éveillé. Si elle voulait son *happy end*, elle devait aller le chercher. Trois jours. Deux jours à Paris pour la vente Sotheby's. Un jour au Caire. Le 31 octobre. Elle irait cueillir une histoire d'amour et une promotion là où elles se trouvaient. La poitrine de Florence se gonfla de cette perspective délicieuse qui la rapprochait de ses désirs. Quand elle arriva à destination, un hôtel particulier de la rue Saint-Honoré, elle rayonnait. Elle était prête à affronter Yohannes De Bok et Néfertiti.

Alors qu'elle réglait la course, une voiture de collection vint se garer derrière eux. Le chauffeur de taxi siffla d'admiration, fit des commentaires à propos de la Jaguar E-Type bleu électrique métallisée, 1961. Florence était davantage intéressée par son propriétaire, qui venait de sortir du véhicule : la trentaine, grand, mince dans un smoking décontracté, les yeux gris, ses mouvements empreints d'une discrétion surannée qui allait mal avec ce bolide qui attirait tant les regards. Il était beau et intense. Florence se mit à rougir et laissa tomber sa monnaie sur le pavé.

L'inconnu l'aida à ramasser quelques pièces, ce qui embarrassa davantage Florence. Puis elle frissonna à l'idée que lui et elle se dirigeaient vers la même porte, au-delà de laquelle on entendait déjà les bavardages des convives et les tintements des verres en cristal. L'homme en prit conscience également et se tourna vers elle avec un sourire qui rayonnait d'assurance :

— Thaddeus di Blumagia. Enchanté.

Florence se présenta en bafouillant. Quelques marches plus loin, ils pénétraient dans la salle luxueuse où se mêlait une cinquantaine de convives. Florence ne vit pas De Bok. Elle réalisa qu'elle allait se retrouver au milieu de la pièce sans personne à qui parler, alors elle se tourna vers Thaddeus. Mais ce bel ami ne faisait plus attention à elle. Il semblait ne plus faire attention à qui que ce soit, ni à la salle éclairée de bougies, ni aux rires élégants, ni au champagne qui pétillait dans le cristal : ses yeux s'étaient figés sur une femme.

La première chose que Florence remarqua était qu'elle était mince, la condition *sine qua non* de la beauté, elle qui était désespérément gironde. Comme Thaddeus, elle la voyait de dos. Un dos nu et sinueux encadré par une robe en satin argenté qui tombait sur ses chevilles. Ses cheveux coupés à la garçonne bouclaient légèrement, comme ceux d'une Greta Garbo ou d'une Marlène Dietrich. Quand elle tourna son visage vers eux, Florence vit que, malgré le gris de ses cheveux, elle était jeune, vingt-cinq ans tout au plus.

Les yeux verts de cette jeune femme accrochèrent ceux de Thaddeus et il marcha droit sur elle, plantant Florence au milieu de la pièce.

— Mademoiselle Mornay-Devereux. Comment va ma musaraigne ?

Florence se retourna et vit avec soulagement que Yohannes De Bok se tenait devant elle.

— Eh bien, toujours morte, dit-elle en lui serrant la main.

— Je suis ravi de cette bonne nouvelle. On vous a servi du champagne ?

— Oui, merci. Je préfère ne pas être ivre pour la petite interview que vous m'avez promise. Officieusement, bien sûr.

— Vous ai-je fait cette promesse ?

— Solennelle. Sur la tête d'une musaraigne.

— Une chance qu'elle soit déjà morte.

— Ne pouvez-vous rien me dire sur Néfertiti ?

— Si. La vente de Néfertiti est ma dernière. Ce soir, je célèbre mon départ à la retraite, et personne d'autre que vous ne le sait. Vous ne pourrez pas dire que je ne suis pas *fair-play*.

— Où partez-vous en retraite ?

De Bok se contenta de la regarder, l'œil malicieux, en sirotant son champagne. Elle comprit qu'elle n'en tirerait rien de plus. Elle avala son verre d'un trait et lui demanda :

— Dites-moi, Yohannes, qui est Oxan Aslanian ?

La réaction de De Bok fut étrange. Il fit tellement d'efforts pour paraître totalement indifférent à la question tout en lançant des regards furtifs aux quatre coins de la pièce que son attitude persuada Florence qu'elle avait, sans le savoir, touché un point sensible. Il ricana nerveusement et dit :

— Ma chère Florence, vous devriez faire attention à ce nom. Prononcez-le un peu plus fort et vous allez sentir qu'un frisson se propage chez tous les collectionneurs, antiquaires et directeurs de musée ici présents. C'est comme si, devant des petits enfants, vous parliez du croque-mitaine.

— C'est un faussaire, n'est-ce pas ?

— Je suis un homme rationnel, alors je dirais oui. On dit qu'il est l'arrière-petit-fils du grand faussaire de Berlin, mais peut-être est-il en vérité la réincarnation d'un maître de l'Égypte antique, un fantôme qui nous embrouille avec le vrai et le faux... Je ne l'ai jamais rencontré, je ne suis même pas sûr qu'il existe.

— Mais en tant qu'expert en faux, vous avez dû étudier ses méthodes ?

— Oui, il m'a fallu dix ans pour percer certains de ses secrets et à présent, je peux repérer ses créations antérieures et les dater à quelques années près. Mais je ne doute pas qu'il m'ait déjà devancé.

De Bok fixa un instant Florence et s'approcha d'elle :

— Vous êtes journaliste, vous aimerez cette anecdote... Je vous la livre en exclusivité. Il y a quelques années, Sotheby's a vendu un vase aztèque, qu'on supposait être une urne contenant les cendres d'un défunt de haut rang. Quelques semaines avant la vente, sur les marches du *Templo Mayor* à Mexico, une cinquantaine de chats et de chiens ont été retrouvés morts. Dans leurs entrailles, on a découvert de l'or aztèque, parfois des bijoux. Vu le nombre de cadavres, la rumeur a commencé : le vase de Sotheby's contenait les cendres d'Ahuitzotl, le plus grand empereur aztèque. La cause de la mort des animaux était donc la malédiction d'Ahuitzotl. La rumeur atteignit son apogée la veille de la vente, lorsqu'un taureau des arènes de Mexico s'est effondré devant un matador célèbre, un couteau sacrificiel aztèque dans le flanc. Le lendemain, le vase se vendait à sept fois le montant de son estimation la plus haute. Mais dans les milieux des antiquités, une autre rumeur circule : l'auteur de ce vase n'est autre qu'Oxan Aslanian. Et c'est lui qui a tué tous ces animaux. Il a le sens du spectaculaire et de l'étrange. On murmure qu'il ne s'est pas arrêté à ces sacrifices-là. Prononcez le nom d'Aslanian et ne soyez pas surprise si on vous parle de meurtres jamais résolus, de cruauté et de représailles. Charmant, n'est-ce pas ?

— Mon cher Yohannes, il n'y a que toi pour admirer cet escroc sans mérite.

Florence se tourna vers celui qui venait de faire irruption dans leur conversation. Elle le reconnut immédiatement, c'était l'homme à la limousine, qu'elle avait vu entrer dans la boutique de De Bok au Caire. Trapu, jovial, de petites lunettes rondes en écaille sur des yeux inoffensifs, il devait avoir le même âge que De Bok, la soixantaine. Mais Florence soupçonnait que c'était le genre d'individu à toujours avoir eu l'air vieux, même dans sa jeunesse.

— Mademoiselle Florence Mornay-Devereux, monsieur Helmut von Wär, dit De Bok, las. Monsieur von Wär est l'ambassadeur du Lichtenstein aux États-Unis.

Les traits de Helmut von Wär se figèrent un instant, il écarquilla les yeux puis prit une voix mielleuse pour lui demander :

— Mornay... dois-je en déduire que vous appartenez à la famille de Vivant Mornay, lord Falmouth ?

— Oui, dit Florence, avec précaution.

— Et Devereux ?

— Du côté de ma mère. Mais nous ne sommes plus proches.

Helmut von Wär la dévisagea d'une façon étrange, hocha la tête, puis lui serra la main chaleureusement.

— C'est un honneur, mademoiselle. Votre ancêtre Vivant était un grand homme. Habitez-vous à Falmouth Manor ?

— Mon père, oui. J'y passe quelques week-ends.

— Splendide, splendide. Très belle bibliothèque, à ce qu'on m'a dit.

— Elle aurait besoin d'être dépoussiérée, mais nous ne risquons pas d'être à cours de lecture, c'est sûr.

Von Wär rit à gorge déployée, d'une façon que Florence jugea totalement démesurée. Il s'empressa de poser d'autres questions, sur ses ancêtres, sur leur domaine, sur leur collection d'antiquités. La bibliothèque revint plusieurs fois sur le tapis, ce qui embarrassa quelque peu Florence, qui préférait lire ses romans en numérique sur sa tablette. De Bok en avait profité pour s'éclipser, et Florence commença à élaborer des tactiques de fuite. Helmut von Wär avait beau être un diplomate important, c'était un véritable pot de colle.

Elle crut qu'il avait épuisé les questions sur Falmouth Manor, mais il se lança dans un monologue sur la fondation qu'il avait créée pour la sauvegarde des trésors archéologiques du monde entier. Lorsqu'il énuméra la liste infinie des musées avec qui sa fondation était en partenariat et qui comptait le gotha des institutions internationales, Florence en profita pour jeter un œil discret au-delà de son interlocuteur, en espérant que son regard croise le beau Thaddeus di Blumagia.

Elle le trouva : il était toujours avec la fille à la robe d'argent. De Bok s'était dirigé vers eux. Di Blumagia les présenta, mais le langage de son corps trahissait de la nervosité. À ce moment-là, elle sentit que von Wär s'était arrêté de parler. Il la regardait en souriant, comme s'il attendait une réponse.

— Euh... pardon ? bredouilla-t-elle.

— Je vous demandais si vous vous intéressiez à l'achat de Néfertiti, dit von Wär.

— Non, non. Je travaille pour la BBC, nous faisons un documentaire.

— Ah, dit le diplomate, vertement. Bien sûr, la controverse avec el-Shamy, le rapatriement de Néfertiti, ça intéresse les médias. Ce n'est pas à une descendante du grand Vivant Mornay que je vais l'apprendre, mais l'Égypte pharaonique appartient à l'histoire de l'humanité, et non à l'Égypte moderne. Si les Égyptiens protègent un minimum leurs antiquités et s'intéressent à elle, c'est grâce à l'influence des Européens depuis le XVIIIe siècle. Et les grands musées occidentaux ont davantage de moyens pour la protection de ces pièces — alors que les pièces gardées par les musées des pays émergents, telle l'Égypte, sont en danger. Regardez ce qu'il s'est passé lors du pillage du Musée égyptien. El-Shamy prétend qu'ils n'ont pas touché au masque de Toutankhamon, mais j'en doute.

— Vous en doutez ? dit Florence, interloquée.

— Oh, bien sûr, je n'ai pas de preuves et il ne faut pas se laisser aller à des rumeurs. Mais enfin... C'est pour cela que notre fondation a un grand intérêt public. Si le masque de Toutankhamon se trouvait au Metropolitan Museum of Art à New York, par exemple, il serait à la fois plus en sécurité et toucherait un public plus vaste. Je vous laisse ma carte, si jamais la BBC souhaite faire un documentaire sur notre fondation.

Florence prit la carte sans la lire et s'empressa de saisir l'opportunité de se dépêtrer de ce bavard.

— Ravie de faire votre connaissance, monsieur von Wär. Je vous verrai donc demain à Sotheby's, dit-elle en tentant de s'éloigner.

Il retint sa main. Sa peau était glacée.

— La vente sera spectaculaire. Croyez-moi, j'attends ce jour depuis des années. Depuis ma plus tendre enfance, je suis passionné par l'Égypte.

— Ah oui. Je me disais bien que c'était vous que j'avais vu à la boutique de monsieur De Bok au Caire en juin. J'y ai acheté une musa...

— Non, interrompit von Wär, dont le visage avait soudain perdu de sa jovialité.

— Pardon ?

— Ce n'est certainement pas moi que vous avez vu au Caire, je n'y suis pas allé depuis des années, dit-il d'un ton qui ne souffrait pas le débat.

— Ah, désolée. Ma mémoire se dégrade.

— Au plaisir, mademoiselle Mornay.

Elle regarda von Wär s'éloigner parmi les convives. Elle ouvrit sa main où se trouvait encore sa carte de visite.

Helmut von Wär
Président
Fondation HUMANITAS

HUMANITAS.

Elle avait déjà entendu parler de cette fondation, dans un contexte différent. HUMANITAS. Décidément, sa mémoire se dégradait. Elle finit sa coupe de champagne, tiède à présent. De

Bok était en conversation avec di Blumagia. C'était évident qu'il ne lui dirait rien de plus. Elle ne trouva personne à qui parler et ses chaussures à talons lui faisaient mal. Cette soirée avait été une perte de temps. Elle serait mieux à son hôtel, à réserver son vol pour Le Caire dans deux jours. Alors elle sortit dans la rue, héla un taxi.

Puis elle jeta la carte d'Helmut von Wär dans une poubelle et laissa le grand monde derrière elle.

— Je suis Sixtine.

— Ravissant prénom. Yohannes De Bok, enchanté. Vous vous intéressez aux antiquités ?

Sixtine serra la main de l'antiquaire. Elle scruta ses yeux pétillants, mais aucun souvenir n'en surgit. Cet homme avait un charme vieux jeu qui l'enchanta instantanément.

— Une nouvelle passion, oui, dit-elle en souriant. On m'a parlé de vous, vous avez une boutique à Mexico.

— C'est exact. Mon métier me fait voyager aux quatre coins du monde et pourtant, c'est à DF que je me sens le mieux, j'y ai même une maison. Comment le saviez-vous ?

— Carlos Moctezuma du Musée d'anthropologie m'a proposé la visite, et j'ai pu admirer une coiffe en plumes de quetzal rouges.

— Ah oui, la coiffe de Nezahualcóyotl...

Pendant que Yohannes De Bok se lançait dans une explication qui était mot pour mot celle du conservateur mexicain, Sixtine eut du mal à se concentrer, car elle sentait que Thaddeus, à ses côtés, était nerveux. Il avait présenté De Bok comme l'un de ses amis, mais à présent, lui qui était d'habitude imperméable aux rugosités ordinaires, semblait attaqué par un ennemi invisible. Du coin de l'œil, elle réalisa qu'il regardait dans la direction d'un homme plutôt trapu et jovial qui parlait avec la journaliste aux cheveux roses, mais l'individu paraissait si inoffensif qu'il ne pouvait pas être la cause de son agitation. Enfin, elle entendit De Bok qui lui disait :

— Si un jour vous revenez à DF, ce serait un plaisir de vous recevoir pour dîner.

Sixtine allait répondre quand Thaddeus les interrompit.

— Désolé, Yohannes, mais je dois kidnapper Sixtine.

— Je comprends, dit De Bok, vous avez tant de gens à rencontrer. Le monde des collectionneurs est fascinant, et finalement assez petit. J'espère vous revoir, Sixtine.

Mais Thaddeus entraînait déjà Sixtine à l'autre bout de la salle. Elle avait été surprise de voir Thaddeus à Paris, et redoutait cette proximité qui grandissait entre eux et pourtant devenait trouble. Elle sentait sa main la guider hors des plans qu'elle avait dessinés, elle sentait comme il serait facile de se laisser aller au bras de ce compagnon fortuné. Cette réception, sa belle robe, cette vie aisée devant elle, tout le décor et tous les sourires étaient comme des sirènes qui l'appelaient.

Mais bientôt, elle entendit un son différent : celui de la rivière verte.

Comme si le grand fleuve souterrain moussait dans le champagne qui coulait à flots. Les cris du singe retentirent à travers la salle et Sixtine s'immobilisa. Elle bredouilla à Thaddeus qu'elle devait partir, se faufila parmi les invités et rejoignit Han qui attendait devant la voiture.

Lorsqu'elle ferma la portière, elle vit Thaddeus qui la regardait toujours. Il avait l'air apaisé.

Puis l'homme trapu se planta devant lui et aucun d'eux ne sourit.

42

LES ADIEUX À LA REINE

Le Caire, le 28 octobre

LE *SCULTORE* PASSAIT LENTEMENT LA MAIN SUR SES JOUES ET plissait les yeux.

Il ne disait rien et respirait fort. Franklin se tenait près de lui, guettait chacun de ses gestes, chaque trait de son visage. Il l'avait appelé la veille, avant de partir de Mexico. Le vieux faussaire avait traversé une partie de l'Égypte dans la voiture défoncée de son petit-fils et, malgré tout, il était arrivé à l'heure à leur rendez-vous. Ici, au Musée égyptien, devant le masque funéraire de Toutankhamon.

Le *Scultore* contourna la vitrine. Il passa la tête en dessous du masque pour observer l'intérieur. Franklin voulait le presser, lui dire : « Alors, le *Scultore* ? C'est le tien ? Ou c'est le vrai ? » Mais il fallait que l'inspection soit sérieuse et le diagnostic sans appel. Car après tout, devant eux se trouvait la clef du meurtre de deux personnes.

Il ne faisait plus de doute que le vrai masque de Toutankhamon s'était trouvé dans la pyramide, donc dans la salle des pièces à conviction de la police. En tout état de cause, le vol du masque lors de l'incendie du commissariat n'était pas un dommage collatéral, mais la raison d'être de l'attaque. Ceux qui possédaient le masque étaient donc coupables du meurtre d'un policier et de Nasser. Le verdict du *Scultore* était capital : soit le masque que le vieux faussaire inspectait à présent était le faux qu'il avait créé, auquel cas le vrai était toujours dans la nature, soit c'était le vrai...

— C'est le vrai, affirma soudain le *Scultore*. Venez voir, monsieur Hunter.

Il montra du doigt l'intérieur du masque.

— Là, vers le bord, regardez. Il reste un peu de résine. C'est ce qu'ils ont dû utiliser pour le maquiller, n'est-ce pas ? Il a été nettoyé, mais c'est le vrai, j'en mettrais ma main au feu. Parole de *Scultore*.

Franklin regarda furtivement autour de lui et les deux hommes sortirent du musée en hâte. Le détective remercia le faussaire pour ses services et suivit la vieille voiture qui s'éloignait sur Tahrir Square. Il soupira. Il savait qu'il arrivait à la fin de son enquête, mais au lieu du triomphe, il ressentait une grande fatigue.

Si c'était le vrai, celui qui avait commandité l'assaut du commissariat pour récupérer son masque, c'était le conservateur du musée lui-même. Si sa culpabilité dans le meurtre de Seth Pryce ne pouvait jamais être établie avec certitude, au moins Franklin, grâce au *Scultore*, tenait la preuve qu'el-Shamy était un assassin.

Quand Franklin revint à son appartement au Caire, il retrouva une valise neuve, pas encore défaite, pleine d'habits qu'il n'avait pas achetés. Éteinte la lumière opulente de Mexico, partis le room service sur les plateaux en argent et la moquette moelleuse sous ses pieds. Et pourtant, il était chez lui et il s'y sentait bien. Ou plutôt il s'y sentait libre. Il s'assit sur la chaise bancale près de la table de la cuisine et écrivit un message à Sixtine.

Franklin sentit ses yeux se fermer d'épuisement et décida de remettre la narration détaillée de son entrevue avec le *Scultore* à plus tard dans la soirée. Il envoya juste quelques lignes.

« El-Shamy est coupable », disait son message.

Puis il alla s'allonger sur son lit et s'endormit. Il ne se réveilla que quelques heures plus tard. Groggy, il prit un *karkadé* dans son réfrigérateur et s'installa à nouveau devant son ordinateur. Il remarqua alors la petite pile de courrier que son propriétaire avait laissée sur la toile cirée. Il commença par ouvrir une enveloppe beige qui portait son nom sans son adresse. On avait dû venir la déposer.

Lorsqu'il l'ouvrit, il reconnut le parfum immédiatement : du oud et de la cannelle. Zahara. Il vit aussi qu'il y avait une deuxième enveloppe identique dans la pile.

Il lut la première avec avidité. Le message était laconique, Zahara lui demandait de venir la voir dès son retour. Dans l'autre, elle donnait les noms des associés de Nasser et indiquait où les trouver. Aucune des lettres ne portait de date. Le petit appartement de Franklin semblait vaciller, il était comme hypnotisé par le parfum qui émanait des feuillets, par ces révélations qui semblaient faites à la hâte. Quelques minutes plus tard, sa voiture fonçait sur une quatre voies en direction de la maison de Zahara.

Il avait hésité à aller voir les associés de Nasser en premier. Mais le parfum des lettres avait éveillé un désir trouble. Le trafic du Caire retarda sa course, et Franklin perçut une fébrilité inattendue le pousser à klaxonner à l'unisson des Cairotes. Enfin, il arriva dans la rue de Zahara, mais son cœur s'éteignait à mesure qu'il approchait. Une fois devant chez elle, il n'était plus que cendres. Il descendit de sa voiture comme en transe. La police encerclait la maison et s'efforçait de disperser les passants, mais Franklin put voir le corps que l'on sortait par la porte défoncée. Sous un drap blanc, une cheville de reine et une chaîne en or. Franklin se sentit vaciller un instant, mais son téléphone portable vibra : Mohammed, son propriétaire. Il décrocha. La police venait de faire irruption dans son appartement et avait un mandat d'arrêt contre lui.

Il était accusé du meurtre de Zahara.

43

LA MAISON À L'OMBRE DES PYRAMIDES

Le Caire, le 29 octobre

— TU SAIS À QUI J'AI PARLÉ HIER SOIR ?

La voix de Florence crépitait dans le téléphone portable coincé contre l'épaule de Max alors qu'il s'appuyait sur une de ses béquilles.

— Qui ?

— Thaddeus di Blumagia, dit Florence, espiègle. Meilleur ami de Seth Pryce, selon *People*. Tape ce nom sur Google, tu vas voir, c'est un beau spécimen. Artiste, play-boy, riche, etc.

— OK, dit Max avec impatience. Et il t'a éclairée sur le meurtre de la pyramide ?

— Je ne l'ai su qu'après. Mais de toute façon, il était en train de draguer une minette, un mannequin aux cheveux gris...

— Une fille aux cheveux gris ?

Max s'était raidi.

— Ouais, une nana style *edgy*, tu vois, le genre muse d'artiste qui se prend méga au sérieux, je fais du bronzing dans une usine à

Berlin et je rigole quand je me brûle, tu vois le type de fille, je supporte pas. Enfin, c'était pas l'éclate, cette soirée, et c'est pas pour ça que je t'appelle, je voulais te dire que je viens au Caire. Après-demain.

Max essayait toujours de digérer l'information inattendue.

— Maxou ?

— Oui, je suis toujours là.

— Je t'en prie, ne te pète pas quelque chose en sautant de joie. Je viens au Caire...

— J'ai entendu. Génial, fantastique. Je te laisse, je suis presque arrivé.

Max raccrocha vite. Il accéléra le pas, comme s'il comptait laisser derrière lui le sentiment douloureux surgi durant la conversation.

Thaddeus di Blumagia et Sixtine ?

Il marchait en boitant dans Gizeh, le long des rues de terre jonchées d'ordures. Les voitures poussiéreuses garées sur les trottoirs, les vélos, les chameaux, les ânes, les hommes, tout grouillait ici en une explosion de couleurs fanées par la misère et l'ombre des pyramides.

Khéops, Khéphren et Mykérinos, ici, n'étaient plus les merveilles des cartes postales ou la vue qu'encadraient avec élégance les fenêtres des hôtels chics du Caire. Ici, elles devenaient des colosses de pierre qui cachaient le soleil, bouchaient les routes, menaçaient la ville de leurs pierres sombres qui montaient vers l'infini. Leur taille gigantesque rapetissait les immeubles délabrés et rappelait aux hommes leur insignifiance. Et dans ces rues sans espoir, dont l'histoire était gangrenée par des ersatz criards de la culture consommatrice occidentale, les pyramides seules avaient l'insolence de porter le deuil de la civilisation, de l'abondance et de l'excellence dont elles étaient les ultimes vestiges.

Pourtant, Max aimait marcher dans Gizeh, si étrangère à son Allemagne natale. Il se perdit, bien sûr. Il demanda son chemin à des marchands. Il se perdit encore, et demanda de nouveau. Enfin, il arriva sur un petit terrain vague où les enfants et les hommes jouaient au foot dans la lumière orange du soleil qui descendait.

Entre eux et Khéops qui ressemblait à un gigantesque tsunami de pierre sombre, des immeubles modernes en cours de construction et dont le chantier était en panne depuis longtemps regardaient le temps passer sans vitres aux fenêtres. Au fond de la place, derrière un camion bleu rouillé, une petite rue de maisons jaunes et orange sinuait vers les palmiers bordant le plateau de Gizeh. L'endroit sentait le dîner qu'on prépare et la fumée des ordures qui brûlent dans un égout défoncé. Max s'enfonça dans l'ombre de la ruelle et les hommes s'arrêtèrent un moment de jouer, le suivant de leurs yeux noirs. Puis le match reprit, et les cris aussi, comme l'odeur du quotidien et le vrombissement des mouches qui ne s'arrêtait pour rien. Max découvrit une maison comme les autres, vieille, délabrée, anonyme. Une voiture plutôt neuve était garée devant. C'était là qu'on avait livré cinquante lotus bleus. Max fit le tour de la maison, mais ne vit aucun indice qui puisse suggérer un quelconque lien avec Sixtine. Il passa dans la rue parallèle pour essayer de voir le jardin — il n'y avait là qu'une construction bringuebalante gardée par un chien indolent. Max pensa partir. Pourtant il était là, car c'était leur seule piste. Alors il retourna devant la maison et frappa quelques coups à la porte rouge. Il vit un rideau bouger au bout de la façade. Puis la porte grinça et une odeur de pain chaud emplit ses narines. Devant lui se trouvait un homme petit, mal rasé et dont le blanc des yeux était rosé.

— Excusez-moi, dit Max qui regarda de chaque côté de la rue pour voir s'ils étaient à l'abri d'oreilles indiscrètes. Je viens d'Allemagne et quelqu'un m'a dit que peut-être vous vendiez... des *antiquités*.

L'homme resta immobile un moment, puis l'invita à l'intérieur. En entrant, Max constata que l'espace était plus grand que ne le suggérait l'extérieur. Il regardait le sol en béton sous quelques tapis usés. Il suivit l'homme dans le salon, une pièce meublée de canapés aux motifs d'arabesques. Son hôte le laissa un instant, et Max, assis par terre, entendit des voix féminines ailleurs dans la maison. L'homme revint enfin avec quelques paquets en tissu, qu'il étala sur le tapis. Roulés dans des torchons, des petits *oushebtis* verdâtres encore pleins de poussière. Max reconnut la poussière qu'il avait traînée du tunnel et sut qu'ils étaient authentiques. L'homme en demandait un prix raisonnable. Max demanda :

— Où avez-vous trouvé tout ça ?

— Près des pyramides. La grande pyramide.

Max avait entendu cette phrase bien des fois dans les souks — tout provenait des pyramides.

— Où exactement ?

Mais l'homme ne voulait pas le dire. Max négocia pour la forme, et ils se mirent d'accord sur un prix très bas. Une femme voilée de noir apporta un plateau rond en métal cabossé qu'elle posa sur le sol : le thé était servi. Max but quelques gorgées et essaya de faire parler l'égyptien, mais sans grand succès. Il lui tendit l'argent et demanda s'il pouvait se laver les mains. L'homme lui montra la cuisine, une remise qui servait aussi de salle d'eau. Max inspecta tout ce qu'il put ; il ne vit de trappes nulle part. Pas de traces de fleurs non plus, sauf dans le motif sculpté d'une porte en bois bon marché. La seule chose qui le frappa fut la hâte avec laquelle l'homme semblait vouloir qu'il parte. Max avait tellement goûté cette hospitalité tout égyptienne qui avait fait naître des amitiés et lui réchauffaient le cœur à chaque fois, que cet homme renfermé lui semblait être une anomalie.

Quand Max partit de la maison avec son *oushebti*, il fut à nouveau surpris par la présence menaçante de Khéops qui jetait son ombre sur les ruines des rues. Une fois la place traversée, il prit les boulevards goudronnés. À plusieurs reprises, il s'était retourné. Chaque fois, ses yeux étaient attirés par Khéops, dans son dos. Mais bientôt, il sut que cette sensation trouble ne venait pas du monstre de pierre. Une silhouette blanche le suivait.

Il lui fallut plusieurs centaines de mètres, quelques détours et l'arrêt abrupt chez un marchand pour enfin voir la personne qui était à ses trousses. C'était une jeune femme dont on ne pouvait voir que le visage, son corps fluide noyé dans des voiles couleur de calcaire. Au coin d'une rue, il traversa devant un camion qui klaxonna. Il se retourna : elle se tenait de l'autre côté de la voie, frustrée de ne pas avoir pu traverser. Il la fixa des yeux. Elle le regarda aussi. Alors Max traversa dans l'autre sens pour aller la rejoindre. Il allait lui demander en arabe pourquoi elle le suivait. Mais elle parla la première, en anglais :

— Vous êtes Max l'architecte, n'est-ce pas ?

— Oui. C'est vous que j'ai entendue dans la maison ?

Elle fit oui de la tête. Ses yeux portaient une détermination intelligente, une force au-delà de ses vingt ans. Elle avait une beauté particulière, un visage qui semblait appartenir à ces pyramides toutes proches, une grâce altière malgré la misère de son habit. Il ne posa pas d'autres questions. Il réalisa qu'avant même qu'elle ne dise son nom, il le connaissait déjà.

— Je suis Naya.

44

ESCRIME

Paris, Sotheby's, salle des ventes, le 29 octobre

El-Shamy se tenait devant Sixtine.

À l'entrée de la petite salle des ventes de Sotheby's, traînant derrière lui les journalistes agglutinés en masse, son auréole de flashes violents se reflétant dans les yeux émeraude de celle qu'il ne reconnaissait pas, il avançait comme si elle avait été un spectre invisible. Mais elle le voyait et oubliait tout le reste, sauf le message de Franklin. Il n'y avait plus sur terre que l'ennemi tant détesté, la source des maux, du néant et de la rivière verte. Il était là, lui, elle et la promesse qu'elle l'anéantirait.

— Mesdames et messieurs, je vous prie de prendre place, nous allons commencer les enchères, dit la voix de la femme commissaire-priseuse.

Des hommes en costumes bien taillés s'étaient imperceptiblement approchés d'el-Shamy ; c'étaient les agents de la sécurité de Sotheby's. Les collectionneurs habitués qui peuplaient la pièce à la moquette moelleuse et aux dorures contemporaines n'auraient rien à craindre de cette menace égyptienne. L'archéologue avait l'air d'un égaré poussiéreux parmi tous ces gens riches. Il resta à la frontière des sièges, une présence nauséabonde et muette.

Sixtine s'assit au milieu des autres acheteurs sur les sièges dorés. Sur l'écran près du pupitre du commissaire-priseur, les articles défilaient et les prix montaient. Les mains de Sixtine étaient moites et serraient son *paddle,* sa plaquette numérotée. Elle épiait el-Shamy en douce et à chaque coup de marteau, elle sursautait.

— Lot 35, un nœud Tit ou nœud d'Isis, une amulette représentant la protection d'Isis comme prescrit dans le Livre des morts, chapitre 156. D'une hauteur de 6,5 cm, elle est faite de jaspe rouge, dont la couleur rappelle le sang de la déesse. Elle porte une inscription épelant le nom de Néfertiti. Nous commençons l'enchère à 15 000 dollars.

Sixtine vérifia son catalogue. Plus que deux lots, et elle lèverait la main.

El-Shamy observait les acheteurs lever leurs *paddles* tour à tour, les agents au téléphone la main à moitié levée, prêts à surenchérir. Le staccato de la commissaire-priseuse résonnait dans la salle, puis enfin le marteau tombait. Le nœud Tit, acheté par une femme anonyme, avait atteint 42 000 dollars, presque trois fois son estimation.

— Lot 36, un pectoral en faïence, d'une hauteur de 9,7 cm, en forme de sanctuaire. Il comprend un grand cœur-scarabée bleu et porte l'inscription du chapitre 30B du Livre des morts. Le scarabée est dépeint dans la barque solaire recevant l'adoration des déesses Isis et Nephtys. Nous commençons l'enchère à 30 000 dollars. 35 000 ici avec moi. 40 000. 45 000 avec moi. 50 000 pour monsieur, 55 000 avec moi. 60 000 au téléphone. Soixante-c... Monsieur, est-ce une enchère ?

Tous les yeux se tournèrent vers un coin de la salle et Sixtine suivit le mouvement. Debout, derrière les sièges, accolé au mur parmi d'autres spectateurs, se trouvait Thaddeus. Il hocha la tête.

— Très bien, 65 000 pour le monsieur au fond de la salle. 70 000 au téléphone. 75 000 au fond. 80 000. 90 000.

Sixtine voyait toujours Thaddeus, du coin de l'œil, qui continuait de lever la main pour enchérir.

— 90 000. 90 000, mesdames et messieurs, ce magnifique scarabée bleu, symbole de la pesée du cœur des morts par Maât, la déesse de la Justice et de la Vérité. 90 000, l'enchère est contre vous, mesdames et messieurs, je vais adjuger à 90 000 pour le monsieur au fond de la salle, 90 000 c'est entendu... adjugé, vendu, à 90 000.

Sixtine vit le sourire discret de Thaddeus et, au même moment, sentit la violence du marteau dans tout son corps, dans sa bouche sèche et sur ses mains froides. Elle repensa à ce que la commissaire-priseuse venait de dire : la pesée du cœur des morts. Se pouvait-il que ses visions...

Mais soudain, un murmure courut à travers la salle, avant de se muer en un grondement. Sur l'écran était apparue la momie.

La commissaire-priseuse demanda le silence, prenant soudain l'air d'un juge sévère.

— Lot 37, mesdames et messieurs... je vous propose la momie de Néfertiti, reine d'Égypte...

— L'histoire de l'Égypte n'est pas à vendre ! s'écria une voix rauque qui grésillait des *clics* des appareils photo.

C'était el-Shamy.

— Vous devez le respect à cette dépouille !

— Momie avec bandages et masque funéraire... interrompit la commissaire-priseuse, ignorant les hommes de sécurité qui priaient déjà l'archéologue de sortir.

— Le peuple d'Égypte exige le retour des cendres de Néfertiti...

— Nous commençons l'enchère à 9 millions.

La commissaire-priseuse regarda la salle qui ne bougeait pas, quelques centaines de paires d'yeux tournées vers l'Égyptien qui tentait de se libérer de l'emprise des agents de sécurité. La main de Sixtine trembla quand elle leva son *paddle* pour enchérir. Elle saisit le regard haineux d'el-Shamy alors qu'il était escorté vers la grande porte et qu'on la refermait derrière lui.

— 9 millions pour mademoiselle.

Puis les chiffres défilèrent — 9 000 000, 9 500 000, 10 000 000, 11 000 000, 12, 13. Au moins six acheteurs bataillaient et faisaient monter les enchères à un rythme fulgurant. 14 000 000, 15, 16, 18, 20, 22, 25, 28. Sixtine enchérissait à chaque fois, sans avoir le temps de voir quels étaient les enchérisseurs les plus tenaces.

À 30 millions, Sixtine serra les dents.

Le prix de la momie avait atteint deux fois son estimation la plus haute et il restait encore en course plusieurs intéressés, même si la frénésie des enchères avait diminué. Puis Sixtine se rendit compte qu'elle enchérissait à présent contre un seul autre acheteur. Elle put enfin le voir quand la commissaire-priseuse pointa son marteau vers lui. C'était l'homme trapu aux lunettes d'écaille. Le voisin de Sixtine murmura à sa femme : « C'est Helmut von Wär ! ».

Sixtine leva de nouveau son *paddle*.

— 38 millions pour mademoiselle. 40 millions pour monsieur. 45 millions pour mademoiselle. Monsieur ? Oui ? Pour monsieur, à 50 millions. 55 millions pour mademoiselle. Allons, monsieur, une autre enchère ?

Le cœur de Sixtine battait à en cogner contre ses os. Von Wär hésitait. Dans quelques secondes, Néfertiti serait à elle. 55 millions. Elle n'avait jamais pensé que la momie lui coûterait aussi cher. Mais il la lui fallait.

— Monsieur, je vais adjuger Néfertiti à 55 millions pour mademoiselle. 55 millions, l'enchère est ici avec mademoiselle, mesdames et messieurs. C'est notre dernier prix ?

Sixtine détacha ses yeux de von Wär qui secouait la tête pour signifier qu'il abandonnait. Néfertiti serait à elle, son trésor, son appât, l'outil de sa vengeance. Elle fixait le marteau qui allait tomber lorsqu'elle entendit :

— Monsieur, décidément, vous vous faites discret aujourd'hui. S'agit-il d'une enchère ? demanda la commissaire-priseuse, s'adressant à un homme loin derrière Sixtine.

Celle-ci se retourna. Thaddeus faisait des petits signes de la main.

— Oui ? Nous avons donc une enchère. Très bien. 60 millions pour monsieur, au fond de la salle. Mademoiselle ?

Les quelques centaines de personnes présentes fixaient Sixtine, qui, elle, n'avait pas quitté Thaddeus des yeux. Que faisait-il ? Pourquoi enchérissait-il ? Le jeune homme regardait ailleurs dans la salle, vers Helmut von Wär, qui s'était lui aussi retourné et semblait plein de colère.

— Mademoiselle ? L'enchère est à présent contre vous, à 60 millions. À moins que...

Elle se tourna vers Helmut von Wär qui avait levé son *paddle*.

— Monsieur à droite a décidé de reprendre les enchères, elle est pour vous à 65 millions... 70 millions pour le monsieur au fond de la salle. 70 millions. 75 millions pour mademoiselle. 80 millions pour monsieur, à droite. 85 pour monsieur, au fond de la salle. 85 millions. C'est 85 millions ici pour monsieur au fond de la salle, je répète, nous en sommes à 85 millions. Mademoiselle ?

Un murmure passa dans le public qui retenait son souffle. Sixtine leva lentement son *paddle*.

90 millions.

Elle enchérissait presque toute la fortune que Seth lui avait léguée, pour posséder une reine morte. Elle fixa les yeux dorés de Néfertiti sur l'écran. La commissaire-priseuse annonçait 90 millions avec délectation. 90 millions. Sixtine n'osait pas regarder à droite. Il ne fallait pas qu'ils surenchérissent. Elle se concentrait sur le silence.

— 90 millions pour mademoiselle. Messieurs, dois-je adjuger Néfertiti à 90 millions ? 90 millions pour mademoiselle, je vais adjuger à 90 millions...

Sixtine vit le marteau en lévitation au-dessus du pupitre, et serra les poings lorsqu'elle entendit :

— 95 millions pour monsieur, au fond de la salle. Les enchères continuent, nous en sommes à 95 millions.

Elle s'adressa à Helmut von Wär :

— Allons, le monsieur à droite, ou mademoiselle, 100 millions pour entrer dans l'Histoire ?

Helmut von Wär, dans un sourire résigné, leva son *paddle*.

Quelques applaudissements crépitèrent. La commissaire-priseuse rétablit le calme :

— Mesdames et messieurs, s'il vous plaît, les enchères ne sont pas finies. 100 millions. 100 millions pour Néfertiti.

Sixtine serra le petit panneau dans sa main. Si elle le levait, elle perdait tout l'argent de Seth. Elle sentit à nouveau l'hésitation qui la paralysait, le temps qui s'arrêtait et cette envie de lâcher prise qui s'immisçait dans toutes ses pensées. La caresse de plume vint se poser sur sa main et elle pensa à sa mère, à son enfance de boîtes de conserve, à ce bonheur en équilibre, à l'effort qu'il fallait fournir pour ne pas se faire dévorer par l'envie. Si elle levait la main, elle laissait entrer la bête nommée Misère.

— 100 millions... Je vais adjuger à 100 millions pour monsieur, à gauche... Mademoiselle, l'enchère est contre vous, 100 millions.

Un souffle de glace pétrifia les bras de Sixtine. Elle regarda ses mains recroquevillées sur ses genoux. Le temps sembla s'étirer à l'infini.

Jusqu'au coup de marteau.

Néfertiti était perdue.

ALORS QUE FLORENCE, L'ÉQUIPE DE TOURNAGE ET QUELQUES dizaines d'autres caméras suivaient Helmut von Wär vers la sortie et remplissaient les écrans du monde entier d'une sensation sulfureuse, Andrew regarda autour de lui, ce qui resterait hors champ.

L'homme du fond de la salle qui avait perdu de justesse Néfertiti, étrangement décontracté, un vague sourire sur les lèvres, attendit que la commotion se déplace plus loin dans la rue pour quitter la salle des ventes, les mains dans les poches. Yohannes De Bok, la mâchoire tendue, aucune joie sur son visage malgré l'immense fortune qu'il venait de gagner en commission, suivait une assistante qui le menait à une conférence de presse qui allait lui prendre toute la soirée. Et la femme aux cheveux gris, toujours assise dans son siège, les yeux sur un horizon souterrain, semblait faire le deuil de sa momie — un de ces deuils encore pleins de rage.

Soudain, elle releva la tête et croisa le regard d'Andrew. Le froid brûlant de ses yeux verts prit possession de lui et le cloua sur place. Il la vit se lever d'un coup, sa silhouette longue et sombre se faufilant à travers les sièges. Il crut qu'elle allait fondre sur lui et prit peur. Mais elle le dépassa et fendit la foule, les yeux fixés sur un objectif, dehors. Il se pencha pour suivre sa trajectoire. Elle traversait la rue. De l'autre côté du trottoir se trouvait l'homme du fond de la salle. À ce moment-là, un bip résonna plusieurs fois tout près d'Andrew.

C'était le smartphone de Florence.

Elle l'avait laissé sur son sac à dos, au pied d'Andrew. En un coup d'œil, il put lire le texte sur le petit écran :

URGENT : INFO RE. SETH PRYCE

Le message était signé d'un certain docteur Maleh.

Encore des choses que Mornay-Devereux lui cachait ; il allait falloir la recadrer.

45

LA PROMESSE FAITE À NAYA

Gizeh, le 29 octobre

— J'ai besoin de papiers, pour moi et Spidey. J'ai besoin de contacts, là-bas, à Londres. Et j'ai besoin d'argent. Je sais que vous n'êtes pas venu pour chercher des antiquités. Spidey m'a dit que vous vouliez trouver un accès vers la pyramide. Je peux vous aider.

Le regard de cette gamine était incandescent de détermination et sa présence incognito dans la cour d'une blanchisserie désarçonnait Max. Assise sur une caisse, au milieu du linge qui séchait sur des fils encombrés, elle lui expliquait en détail ce dont elle avait besoin, dans un anglais à la prononciation maladroite, mais au vocabulaire exact. Elle voulait faire sa vie à Londres avec Spidey et elle devait partir d'Égypte le plus vite possible. Ce qu'elle demandait ne semblait pas impossible à fournir, mais Max savait que la moindre promesse qu'il lui ferait serait solennelle. Le visage encadré de noir de la vieille blanchisseuse, complice et protectrice de Naya, apparaissait parfois derrière le linge suspendu, puis disparaissait, projetant des ombres fuyantes sur les draps qui claquaient dans l'air lourd de cette fin de soirée. Oui, avec l'aide de Florence et peut-être celle de Sixtine, il avait la conviction qu'il pouvait obtenir ce qu'exigeait Naya. Max observa cette toute jeune femme, voilée de blanc au milieu des draps, les yeux vers la pyramide qui masquait la lumière, et il y avait quelque chose d'aérien et de combatif dans sa silhouette tendue. Une vierge guerrière d'un temps lointain. Un reflet d'innocence passa dans ses yeux quand Max lui annonça qu'il acceptait le marché, mais bien vite elle ne fut plus que sang-froid et témérité. Elle attendait, les questions, contrepartie des services rendus.

Max lui montra sur son téléphone portable une photo de Florence.

— Avez-vous déjà vu cette femme ?

Naya répondit non sans aucune hésitation. Max était soulagé : elle dirait la vérité. Il fit apparaître une photo de Seth Pryce. Mais Naya affirma ne l'avoir jamais vu non plus. Sixtine ? Non plus. Hassan ? Pas davantage. Max serra les dents. Ce n'étaient pas les réponses qu'il avait espérées.

Il montra une photo d'el-Shamy prise à la conférence de presse sur Néfertiti.

— Oui, c'est el-Shamy. Il est venu chez nous il y a quelques mois. C'était le 16 juin.

Quelques jours seulement avant la découverte des corps, pensa Max, mais deux jours après la visite nocturne de la pyramide par Nasser. Ça ne collait pas.

— Comment pouvez-vous être sûre de cette date ? C'était il y a trois mois, dit Max.

— Je le sais, car il est venu le soir de la première visite chez nous des parents de mon fiancé, Ahmed, celui que mon père veut que j'épouse. Ma mère me parlait du 16 juin depuis deux mois. El-Shamy est venu parler à mon père, c'était urgent, mais je ne sais pas à quel sujet il était là. Il est resté une bonne heure, ma mère était furieuse. Les invités sont partis plus tôt que prévu.

— El-Shamy était déjà venu ?

— J'avais entendu parler de lui par mon grand-père, mais je ne l'avais jamais vu avant.

— Il aurait pu venir dans la journée sans que vous le voyiez ?

— Oui, il aurait pu. Je travaille tous les matins à la blanchisserie. Je suis à la maison la plupart des après-midi. Et toutes les nuits.

Max sentait que le temps passait et que ces minutes avec Naya étaient précieuses. Pourtant, rien de ce qu'elle avait révélé ne lui était utile.

— Une livraison de fleurs début juin, ça vous dit quelque chose ?

— Des lotus ?

— Oui, dit Max soudain tendu. Qu'est-ce que vous en avez fait ?

— Je ne sais pas. J'ai seulement vu le carton, je ne pensais pas qu'il y avait vraiment des fleurs dedans. Il est arrivé le soir où De Bok était là. Mon grand-père est reste tard...

— Qui est venu chez vous ? l'interrompit Max.

— Yohannes De Bok. Un antiquaire, c'est un ami de mon grand-père.

Le cerveau de Max bouillonnait de l'excitation de voir des fils se tendre entre les pièces du puzzle, mais la signification de ces connexions lui échappait. De Bok, le découvreur de Néfertiti ?

— Parlez-moi de De Bok. Comment le connaissez-vous ?

— Je me souviens de la première fois que je l'ai vu, j'étais petite. J'aimais bien quand il venait, il m'apportait toujours un cadeau. Il achetait des antiquités à mon grand-père, mais il venait aussi parfois pour discuter. Il y a encore quelques années, mon grand-père possédait de belles pièces, pas des pièces comme celles que trouve Spidey, des vrais trésors, en or et tout. Dès qu'on avait besoin d'argent, il en vendait une à De Bok. Mais la révolution était à peine commencée qu'on avait déjà tout vendu. Tout ce qui reste, c'est ce que mon père récupère par-ci par-là, ce que les pilleurs viennent lui proposer, c'est l'intermédiaire — mais ces pièces-là, De Bok n'y touche pas. Quand j'ai vu l'antiquaire le soir des lotus, je ne l'avais pas vu depuis quelques années, et je savais bien que c'était juste une visite de courtoisie, on n'avait plus rien à lui vendre. Il m'a dit que j'avais grandi, que j'étais une belle femme à présent, puis il est parti parler avec mon grand-père. Je ne l'ai pas entendu partir, je devais être endormie.

— Vous ne vous souvenez de rien d'autre concernant ce soir-là ?

— Non...

Naya avait les yeux dans le vague, paraissant se souvenir de quelque chose, mais ne pas savoir si elle devait les révéler.

— Vous êtes sûre ?

— Je me souviens d'un camion neuf garé devant chez nous.

Naya s'était arrêtée de parler. Max pensa que seuls les gens pauvres pouvaient remarquer qu'un camion était neuf. Comme si elle avait lu dans les pensées de Max, Naya ajouta :

— Il y a toujours eu des gens riches qui sont venus chez nous. Ma mère râle, elle demande pourquoi on est si pauvres. Mon grand-père dit qu'on a assez. J'ai toujours pensé qu'il faisait de la contrebande.

— Ces gens riches, vous connaissez leurs noms ?

— Non. Mais je pourrais les reconnaître.

Max décela un changement sur le visage de Naya. Elle souriait en coin et ne regardait plus Max qu'en œillades pétillantes. Envolée, la guerrière au sang-froid, Naya devenait une adolescente mutine.

— Vous vous souvenez de l'un d'eux, peut-être, dit Max, dont le sourire complice faisait écho au sien.

— Il n'est pas venu chez moi, s'empressa de dire Naya. Mais je l'ai vu avec mon grand-père, dans la rue. Un homme grand, mince, les yeux gris, avec des habits qui avaient l'air chers.

— Quel âge ?

— Un peu vieux. Trente ans peut-être ?

— Vous l'avez vu quand ?

— Quelques jours avant la soirée avec De Bok, justement. Les filles de la blanchisserie l'ont vu avec mon grand-père, elles n'ont pas arrêté de m'en parler, elles voulaient toutes l'épouser.

Max réalisa que ces frivolités lui faisaient perdre son temps et retrouva son sérieux :

— L'accès à la pyramide... Vous m'avez dit que vous pouviez m'aider...

Naya reprit ses airs de guerrière et dit :

— Spidey m'a appris que vous cherchiez un accès. Je pense que... que mon grand-père en a creusé un.

— Comment vous le savez ?

— Ça remonte à quand j'étais enfant. Il me racontait des histoires de tunnels qui allaient vers la pyramide, qu'il y avait des trésors dans des passages et que ceux qui les gardaient secrets connaîtraient toujours la prospérité. Les histoires se sont arrêtées quand j'ai grandi, mais j'y ai toujours pensé.

— Votre grand-père a-t-il déjà parlé d'une rivière... ou d'un canal souterrain ?

Naya le dévisagea.

— Une rivière ? Non... non, je ne me souviens pas. Mais une fois, je devais avoir douze ans, j'ai fouillé dans la remise, parce que je voulais savoir, trouver les outils pour creuser peut-être, voir quels trésors mon grand-père ramenait de ces tunnels. J'ai vu qu'il y avait... des portes, et des endroits sous la maison, qui ne ressemblaient pas à des pièces normales.

Max avait retenu son souffle, n'osait pas poser les questions qui martelaient son esprit.

— Ces pièces... allaient-elles jusqu'à la pyramide ?

— Je ne sais pas. Mon père m'a attrapée et j'ai été punie.

Elle leva les yeux sur Max puis les rabaissa aussitôt. Elle continua en murmurant :

— Mon père... j'ai décidé que je partirais de la maison dès que je le pourrais. J'ai rencontré Spidey parce qu'il creusait des tunnels, et je pensais qu'il y trouverait... Enfin, c'est autre chose. Mais je crois que les hommes riches viennent voir mon grand-père parce qu'il connaît ces passages.

Ses yeux rencontrèrent ceux de Max et ils restèrent immobiles.

— Je le crois aussi, dit Max, en sortant l'image satellite, sur laquelle il avait tracé en rouge la ligne du tunnel supposé. Vous voyez, là, c'est une structure souterraine. Elle part de Khéops, et elle vient se perdre à Gizeh. Peut-être votre grand-père connaît-il l'accès...

— Si vous me trouvez ce qu'il me faut pour partir, interrompit

Naya, je vous trouverai le tunnel. Mais excusez-moi, je dois y aller à présent.

Max écrivit sur un bout de papier ses coordonnées, qu'elle fourra dans une poche invisible sous son voile. Elle murmura qu'elle l'appellerait bientôt.

— Attendez ! dit soudain Max.

Le bel homme dont venait de parler Florence. Les mêmes individus gravitaient autour de cette affaire. Se pouvait-il que… ?

Il saisit son smartphone, tapa le nom sur Google. Un nom inoubliable, unique.

Une photo de Thaddeus di Blumagia apparut sur l'écran.

— C'est lui ? demanda Max, anxieux.

Naya regarda l'image et sourit timidement.

— Il est mieux en vrai. C'est lui.

Puis elle s'enfuit à travers les draps blancs, laissant Max avec un goût amer dans la bouche et l'image brûlante d'un homme que Sixtine aimait.

Le lendemain, il recevait un message de la propriétaire de la blanchisserie :

NAYA A TROUVÉ.

Mais avant que Max puisse se laisser aller à la joie, les mots d'el-Shamy résonnèrent dans son crâne :

Hausmann, si jamais vous trouviez ce passage dans la pyramide, vous ne l'emprunteriez que dans un sens. Vous me comprenez ?

46

L'ENVERS DES PORTES

Paris, le 29 octobre, devant Sotheby's.

— Qu'est-ce que vous faites, exactement ? éclata Sixtine quand elle fut arrivée devant Thaddeus.

Dans la lumière orangée du ciel, entre chien et loup, la colère empourprait ses joues. Thaddeus, radieux, assis sur le capot de sa voiture de collection, paraissait presque amusé de son émotion.

— J'ai tenté d'acheter un objet que je convoite depuis que je m'intéresse à l'égyptologie, c'est-à-dire une éternité. On peut dire qu'un rêve de gamin s'est écroulé il y a quelques instants. Mais il faut être bon perdant, à ce jeu-là.

— C'est peut-être un jeu pour vous, mais ça ne l'est pas pour moi.

— Ah bon ? Que comptiez-vous faire d'une reine morte ? La ressusciter ? dit-il, l'œil brillant.

— Vous ne pouvez pas comprendre, bredouilla Sixtine.

— Essayez toujours d'expliquer, je pourrais vous surprendre, interrompit Thaddeus.

Sixtine sentit la frustration monter en elle.

— À chaque pas que je fais, à chaque fois que je me retourne, vous êtes là, comme mon ombre. Qu'est-ce que vous faites ?

Thaddeus ne répondit pas. Il sortit un petit carnet de croquis de sa poche. Sixtine continua :

— Vous vous sentez obligé de me protéger, parce que j'étais la femme de votre meilleur ami, c'est ça ? C'est un fardeau très lourd à porter, alors je vais vous rendre la vie plus facile. Laissez-moi tranquille.

Thaddeus inscrivit quelques mots sur une feuille et la plia en quatre. Les veines de Sixtine battaient dans son cou quand elle cracha :

— Jessica est morte. Elle est morte dans cette pyramide, et elle ne reviendra plus. Faites le deuil, comme moi. Je ne suis pas celle que vous pensez, et je n'ai pas besoin de votre protection.

Thaddeus la regarda. Sixtine savait que ses mots avaient touché leur but, mais elle avait du mal à comprendre l'émotion qu'elle lisait dans ses yeux.

— Je crois que c'est vous qui vous trompez sur qui vous êtes, Sixtine. Mais très bien, vous ne me retrouverez plus sur votre route. Sauf...

Il s'arrêta et Sixtine crut déceler de la lassitude dans ses yeux qui perdaient de leur assurance. Mais il se ressaisit immédiatement et afficha un sourire amical.

— Sauf... si c'est vous qui me cherchez.

Il pressa le papier plié dans la paume de la main de Sixtine et ses doigts rêches et pourtant si élégants envoyèrent un courant presque douloureux sur sa peau.

— Si nous ne devons pas nous revoir, permettez-moi juste de vous donner un conseil : ne surenchérissez jamais contre Helmut von Wär.

— Pourquoi ?

— Faites-moi confiance. J'en sais quelque chose. Von Wär est mon beau-père. Au revoir, Sixtine.

Il sourit. Son regard couleur de soir d'orage qui semblait dire

« attention à ce que tu souhaites, Sixtine » disparut avec lui. Le temps d'un claquement de portière, il démarrait déjà vers la nuit qui allumait des lampes orange sur les toits de Paris. Sixtine ressentit une douleur dans son ventre, quelque chose de glacé sur sa colère toujours brûlante. Elle déplia le papier qui collait à ses doigts crispés.

Où tout a commencé, nuit d'Halloween.

Sa tête tournait. La rage quitta soudain son corps et elle laissa dans son sillage un vide amer et sombre. Sixtine se mit à marcher. Elle ne savait pas où aller. La nuit semblait tomber à toute vitesse, les ombres grignoter avec hargne chaque coin de l'asphalte. Les paroles de Thaddeus, les coups de marteau de la commissaire-priseuse, les applaudissements de la salle des ventes, ils chantaient avec les bruits des mauvais jours et ravageaient tout dans sa tête comme une vague de débris. Sixtine marcha plus vite, releva sa capuche. Alors vinrent les cris du singe. Clairs, stridents, verdâtres. Le babouin hurlait à en réveiller les morts et elle se mit à courir. Les braillements infâmes cessèrent d'un coup. Ils firent place à un autre cri, plus lointain :

— ATTENTION !

Elle sentit son manteau être arraché par une main gigantesque, son bras se désarticuler, puis sa tête cogner l'asphalte. Ses yeux se fermèrent quand elle vit arriver sur elle, dans un souffle infernal, une voiture lancée à toute vitesse.

— C'est incroyable, il ne s'est pas arrêté ! Sa plaque, notez sa plaque ! Ça va, mademoiselle ? Quelqu'un a filmé ?

Quand Sixtine revint à elle après une fraction de seconde, la foule excitée se pressait déjà autour d'elle. Elle avait une égratignure au front ; son bras et ses genoux lui faisaient mal. Elle leva les yeux. Au plus près de son visage se trouvaient des traits familiers. Les joues rondes, un sourire espiègle, et cette incomparable chevelure rose, c'était la journaliste rencontrée à la réception organisée par De Bok.

— Rien de cassé ?

Sixtine, toujours à terre, secoua la tête.

— Vous l'avez échappé belle, il aurait vraiment pu vous tuer, vous devriez porter plainte, dit Florence en tendant la main à Sixtine pour l'aider à se relever.

— Ça va aller, merci, balbutia Sixtine.

— Bon, eh bien, si vous êtes en pleine forme, est-ce que vous auriez quelques minutes pour une petite interview ? J'ai vu que vous aviez enchéri sur Néfertiti, je suis de la BBC et...

Mais Florence s'arrêta net, comme hypnotisée. Sixtine suivit la trajectoire de son regard et réalisa avec effroi ce qu'elle observait. D'un mouvement fulgurant, elle tira sur son manteau et rencontra les yeux de Florence. La journaliste avait vu.

Le tatouage sur son ventre.

47

DANS LA GUEULE DU SERPENT GRIS

P*aris, quartier de la Butte Montmartre, nuit du 29 au 30 octobre*

LA VENTE DE SOTHEBY'S ÉTAIT DANS LA BOÎTE, ET AVEC ELLE, LE tournage du documentaire sur Néfertiti.

Andrew Sheets se disait qu'il avait bien mérité un petit verre de célébration — voire une cuite en bonne et due forme. Robin et John s'étaient révélés être de véritables petits joueurs en le laissant après seulement quatre bières et il ne fallait pas compter sur Mornay pour s'amuser ; elle n'avait même pas daigné les rejoindre. Il était bientôt minuit, il était déjà passablement rond, et il se trouvait à Montmartre : tous les ingrédients étaient réunis pour une nuit parisienne épique. Les rues de ce coin de la capitale promettaient aux rêveurs comme lui un paradis perdu où l'on trouvait à travers les volutes de drogues exotiques des filles mystérieuses et des poètes sordides. Il s'installa dans le bar le plus sombre qu'il trouva et commanda à boire jusqu'à ce que l'aventure arrive. Mais elle n'arriva pas.

Vers deux heures du matin, Andrew, ivre, fit tomber son verre de cognac qui s'écrasa sur le sol en mosaïque. Un homme bedonnant affublé d'un chapeau informe, qui buvait seul au fond du bar, ricana. Un des serveurs raccompagna l'Anglais dehors. Andrew vitupéra : il ne tenait plus debout, mais il tenait à sa nuit parisienne. Il arpenta alors le pavé glacé par le vent d'octobre jusqu'à ce qu'il arrive devant les deux cent vingt-deux marches du long escalier solitaire de la Butte. Ses yeux baignés d'alcool faisaient onduler la nuit et l'escalier ressemblait à un serpent gigantesque aux mille écailles grises.

En bas, il y a Pigalle et le quartier rouge, le dernier port des explorateurs nocturnes, pensa-t-il.

Alors il se mit à descendre.

Le brouillard mouillait les pierres usées et enveloppait les vieux lampadaires d'un voile blafard. Pas une âme ne montait ou ne descendait. Les dernières feuilles des arbres chauves s'accrochaient à la nuit avec autant de force qu'Andrew à la rampe en fer. Les phares d'un taxi éclairèrent un instant une ombre projetée sur un mur tagué, puis tout redevint nuit. Un chien aboya. Malgré l'alcool, Andrew frissonna. Il pressa le pas, glissa. En un instant, il était à terre, sur le palier pavé au beau milieu de l'escalier et le grand serpent gris sembla se refermer sur lui. Alors il entendit des pas qui se rapprochaient. Et des ricanements.

Quand il leva les yeux, il vit un étranger, grand et gros. Il sentit la peur immobiliser ses membres puis retomber immédiatement : il avait reconnu l'homme bedonnant au chapeau, qui lui tendait la main. Andrew, le cœur battant de cette frayeur passagère, réussit à se relever et s'appuya sur la rampe froide.

— Merci. Dites, vous m'avez foutu une de ces trouilles. Ces marches sont glissantes, hein ?

L'homme lui aussi sinuait et se déformait sous les pupilles d'Andrew, mais il voyait que l'autre souriait d'une façon étrange. L'expérience commençait à dessaouler l'Anglais, qui dit en hâte :

— Je voulais aller visiter Pigalle, mais finalement, je crois qu'il est temps de rentrer. Bonne soirée, et merci encore, hein.

Mais l'homme lui attrapa le bras et dit d'une voix mielleuse :

— Attends, toi et moi avons à peine fait connaissance.

Andrew retira son bras et bredouilla :

— Non, ça va, mec, vraiment, ça va.

Il dévala les marches aussi vite qu'il put, mais entendit derrière lui :

— Andrew Sheets, tu veux des informations sur Néfertiti ?

Andrew s'arrêta et se retourna. Au-dessus de lui, l'homme au chapeau souriait encore, et descendait lentement vers lui.

— Comment tu le sais ? demanda Andrew.

— J'ai une faveur à te demander, dit l'homme avec un accent rugueux, peut-être russe, ou polonais. En échange, disons que je peux te donner des pistes.

— Sur la découverte de Néfertiti ?

— Oui… et sur l'affaire de Khéops.

— Le meurtre de Seth Pryce ? Qu'est-ce que ça a à voir avec la momie ?

— Tout. Sans Néfertiti, il n'y a pas de meurtre… et vice-versa, sourit l'homme. Tout cela n'est que… comment vous dites… « le haut de l'iceberg » ? Mais peut-être peut-on prendre ce dernier verre à Pigalle, cher ami ?

L'alcool inondait toujours la périphérie de son esprit, mais Andrew percevait clairement le bouillonnement que cette rencontre engendrait : le haut de l'iceberg, l'El Dorado des journalistes. Néfertitigate, un reportage exclusif d'Andrew Sheets. Il se souvint alors de la main sur son bras et de la voix enjôleuse. Il regarda l'homme qui descendait déjà.

— Attends, dis-moi ce que c'est, la faveur en question, là.

— Oh, presque rien, dit son interlocuteur, l'œil brillant.

— Je préfère savoir avant, si ça ne te dérange pas, glapit Andrew. Histoire d'être sûr qu'on est sur la même longueur d'ondes, en quelque sorte.

L'homme réfléchit et sous la lumière des lampadaires, son visage fit des plis étranges, comme si sa peau tenait plus du reptile que de l'humain.

— S'assurer que Florence Mornay-Devereux soit tenue entièrement hors de l'affaire.

La face d'Andrew s'éclaira d'un sourire large que l'ivresse tournait en grimace. Il descendit quelques marches et serra la main de l'homme.

— *Deal*, dit-il. Je me disais bien que ce soir serait un bon soir.

Il passa alors ses bras autour des épaules de l'homme et sentit une odeur minérale que son haleine vineuse effaçait. Toujours hilare, enivré encore par les confidences à venir, il souffla à son improbable compagnon, sur le chemin qui descendait vers le quartier rouge :

— Alors, à nous la nuit parisienne. Mon cher... mon cher...

— Oxan. Oxan Aslanian.

48

LES ESPÉRANCES DE VIE

Paris, le 30 octobre

Florence était assise sur le bord de son lit d'hôtel, où gisaient sa valise prête et son billet d'avion pour Le Caire dans quelques heures. Elle faisait défiler sur l'écran de son smartphone, pour la troisième fois, un message de ce chirurgien, ami de son père, à qui elle avait envoyé le dossier concernant Seth Pryce.

Des niveaux élevés de bilirubine, de phosphatase alcaline et de gamma glutamyl transpeptidase, la présence d'une angiocholite sclérosante : la victime était atteinte d'un cholangiocarcinome, un cancer attaquant les voies biliaires intrahépatiques. Le chirurgien expliquait les symptômes, les douleurs abdominales aiguës, puis la fatigue, la perte de poids, voire les vomissements et les démangeaisons. L'autopsie montrait que le patient n'avait pas assez de foie sain pour qu'une ablation soit possible.

Le docteur Maleh était formel : Seth Pryce n'avait plus que quelques mois à vivre. Et il le savait.

Florence resta immobile pendant plusieurs minutes, laissant

cette nouvelle information prendre sa place parmi les autres, mais c'était la pièce du puzzle qui ne rentrait pas. Seth Pryce allait mourir. C'est-à-dire qu'il savait n'avoir plus rien à perdre. À présent, elle comprenait l'hélicoptère qui disparaissait, l'achat d'un masque de Toutankhamon impossible à revendre. Et les moments passés dans la pyramide, un rêve de gamin qu'on réalise en urgence. Il avait sûrement commandé les fleurs lui-même. Mais alors, quel était le rôle d'el-Shamy et d'Hassan ? Elle écrivit en hâte une réponse au chirurgien où elle posait la question qui tout d'un coup s'imposait comme une évidence :

SETH PRYCE S'EST-IL SUICIDÉ ?

Quand elle entendit le son qui signalait que le message avait été envoyé, elle composa le numéro de Max. Contre toute attente, il décrocha et dit rapidement :

— Flo, je crois que j'ai trouvé le passage.

Florence faillit en faire tomber son smartphone. Elle s'écria :

— Max, tu me racontes pas de blagues, c'est vrai ?

Max riait au bout du fil. Il lui raconta son entretien avec Naya, et Florence n'arrêtait pas de l'interrompre avec des cris de joie. Finalement, ils se calmèrent, et Max lui demanda pourquoi elle l'appelait.

— Écoute, je sais pas trop ce qui se passe, tout va très vite. Je viens d'apprendre que Seth Pryce allait mourir de toute façon et qu'il savait qu'il était condamné. Un cancer du foie. Et puis, j'ai rencontré sa femme tout à l'heure, c'est bizarre.

— Sixtine ? interrompit Max.

— Pardon ? Non, Jessica, Jessica Pryce. Enfin, je crois. Qui est Sixtine ?

Max ne répondit pas.

— Max ?

— Comment tu sais que c'était Jessica Pryce ? dit-il d'une voix grave.

— J'ai vu son tatouage, sur son ventre.

— N'importe qui pourrait avoir ce tatouage.

— Je sais, mais je suis allée voir le dossier de Hunter, les photos d'elle sur le lit d'hôpital, et je te promets, c'est elle.

Florence raconta la vente de Sotheby's, son enchère perdue.

— Je l'ai revue aujourd'hui. On ne devait filmer que la vente de la momie hier, donc l'équipe est déjà rentrée à Londres, mais quand j'ai découvert que Jessica Pryce était présente hier soir, je me suis dit qu'elle serait peut-être à la deuxième partie de la vente aujourd'hui. Bingo, elle y était, ce matin. Elle a acheté une statuette. Un singe. Une fraction du prix de la momie.

— Un singe ?

— Oui, attends, je te dis exactement.

Elle tira de son sac à dos rose le catalogue en papier glacé aux armes de Sotheby's.

— Alors… « Item numéro N26, vase canope dont le bouchon représente une tête de babouin, soit Hapy, l'un des quatre fils du dieu Horus. La momie de Néfertiti, comme il était d'usage depuis l'avènement du Nouvel Empire, était accompagnée de quatre vases qui devaient contenir les viscères embaumés de la défunte : Imsety, avec une tête humaine, recevait le foie ; Duamutef le chacal, l'estomac ; Qebehsenuef, les intestins — et Hapy était le gardien des poumons. » C'est un peu dégueu, mais la commissaire-priseuse a rassuré l'audience sur le fait que les vases étaient vides. Et j'ai vu Jessica Pryce s'engouffrer dans une limousine après avec une petite caisse sous le bras. Tu ne m'as toujours pas dit : pourquoi tu as dit « Sixtine » tout à l'heure ?

— Tu viens toujours ce soir ? demanda Max.

— Oui, si je ne loupe pas mon vol, dit Florence en se levant pour rassembler ses affaires.

— Je t'en parlerai ce soir alors. Je t'attendrai à l'aéroport.

Max raccrocha et le nom de Sixtine résonnait encore dans les oreilles de Florence. Pourquoi Max faisait-il des mystères ?

Son téléphone portable retentit. C'était la réponse du docteur Maleh.

LE COUP QU'IL A REÇU AU CŒUR A ÉTÉ D'UNE TELLE FORCE QU'IL EST IMPOSSIBLE QU'IL SE LE SOIT INFLIGÉ LUI-MÊME. IL A DES

BLEUS SUR LE CORPS, IL S'EST DÉBATTU, C'EST ÉVIDENT. JE SUIS D'ACCORD AVEC LA CONCLUSION D'HOMICIDE.

Florence inspira profondément. Tout se compliquait. Mais le plus important était le passage. Ce soir, elle ferait signer les papiers à Max et ils commenceraient ensemble un grand projet de documentaire qui leur ouvrirait les portes de la gloire. Le cœur de Florence se gonflait d'excitation.

À ce moment, on frappa à sa porte. Elle ouvrit, sa valise à la main, et soupira.

— Qu'est-ce que tu fais là, Andrew ?

LA DOULEUR DÉMESURÉE PRIT D'ABORD POSSESSION DE CHAQUE atome de son corps. Ensuite seulement Franklin entendit le coup de feu qui venait de l'emporter.

Il n'aurait pas pu dire comment il réussit à s'enfuir dans le dédale des rues de Boulaq. Il avait trouvé dans une impasse la carcasse rouillée d'une voiture et s'y était caché.

Il se recroquevilla sur le plancher, une plaie sanglante là où il ne pouvait pas voir, sous l'omoplate. L'appel du *muezzin* commença sa longue complainte et fit taire tous les bruits du Caire. Franklin voulut bouger, appeler de l'aide. Mais le fond de la rue était désert, et les trafiquants étaient peut-être toujours à ses trousses. Son corps n'autorisait plus aucun mouvement. Dans la chaleur grouillant de mouches, Franklin Hunter avait froid.

La nuit allait bientôt tomber. À quelques blocs de là, les habitants du quartier installaient des barricades, pour se protéger des voleurs. Boulaq se refermait sur Franklin. Il pensa à Toutankhamon, à toutes ses batailles et toutes ses poursuites, qui s'arrêtaient là, dans la rouille et l'abandon. Il avait eu raison, bien sûr. Envers et contre tout, il avait eu raison. Mais est-ce que cela comptait, dans la vie d'un homme, de seulement trouver la vérité ? Il pensa à sa fille, à sa femme, de l'autre côté du monde. Dans un geste d'agonisant, il réussit à saisir son téléphone portable dans sa poche. Lui non plus, il ne lui restait plus beaucoup de temps. Il était un fugitif recherché pour le meurtre d'une femme — et il était mourant. Le destin lui permettait un dernier SOS. *Save Our Souls*.

Il composa un numéro qu'il avait juré de ne jamais appeler. L'Œil.

À chaque sonnerie qui résonnait dans le vide, l'espoir diminuait et la blessure semblait le déchirer davantage. Enfin, Franklin, du fond de sa triste carcasse, entendit qu'on décrochait.

— Aziza Rust, j'écoute.

49

LE TRIOMPHE DU SINGE

P*aris, le 30 octobre*

DANS UNE RUELLE DERRIÈRE LE MUSÉE DU LOUVRE, SIXTINE regardait la pluie tomber. Son esprit s'était allé à un alanguissement soudain et bienvenu. Elle aurait dû être nerveuse, agitée, torturée de doutes. Mais pour la première fois depuis le néant de la pyramide, tout en elle était serein. Comme si au-delà de tous les mouvements de son corps se tapissait la certitude que, dans quelques heures, ce serait la fin. La fin des peurs, la fin de l'Histoire, la fin d'un monde. Et elle savait que le destin était déjà enclenché — il fallait juste qu'elle se laisse flotter vers l'inéluctable.

Sixtine était à moitié cachée et protégée de la pluie par une porte cochère, mais l'eau dégoulinait sur son sweat à capuche gris et faisait briller ses bottes noires. Han, lui, se tenait au milieu du trottoir, un parapluie à la main. Elle n'avait rien dit à Han. Tout ce qu'il avait à faire était tenir un parapluie. Et fermer une porte. Mais elle soupçonnait qu'il savait. Il guettait l'arrivée d'el-Shamy.

Sixtine entendit des pas. C'était lui. Il avait été si facile de l'appeler. Il avait suffi de dire : « Je suis la femme qui a enchéri sur Néfertiti ». El-Shamy avait suivi les instructions, il était seul et était venu à pied. « Tant mieux », se dit Sixtine, et pourtant elle ne ressentait aucune anxiété. Plus que jamais, elle avait le sentiment d'être un spectre. Han accosta l'Égyptien et lui assura que c'était bien ici qu'ils avaient rendez-vous. Ici, au milieu de cette ruelle déserte, debout sur le trottoir luisant de pluie.

L'imperméable d'el-Shamy était trempé et sentait la cigarette. Il jetait des coups d'œil furtifs autour de lui. C'est à ce moment-là que Sixtine sortit de sa cachette. Elle regarda le conservateur, lui dit bonjour. Puis le sol du trottoir s'ouvrit et elle s'engouffra dans les entrailles de Paris.

Han plaça le parapluie au-dessus du trou, qu'il avait mis à découvert en ôtant une plaque en fonte. Un escalier étroit descendait dans un passage vertical éclairé par la lampe de Sixtine. Une odeur d'égout teinta la pluie et el-Shamy regarda Han, hésitant. Han sourit. L'archéologue replia son imperméable et, maladroitement, mit un pied sur le premier barreau de l'échelle. Han observa sa descente puis se pencha pour replacer la plaque en fonte, après avoir remis à l'Égyptien son chapeau qui était tombé sur le trottoir. Bientôt, le conservateur marcha derrière Sixtine dans les couloirs secrets et sombres du réseau du métro parisien et le trottoir s'était refermé, comme si de rien n'était.

— Où on va comme ça ? demanda el-Shamy, qui avait déjà manqué de perdre l'équilibre sur le sol encombré de choses indiscernables.

— Vous voulez le singe ? lança Sixtine, sans se retourner vers lui.

Puis elle n'entendit plus rien sauf ses pas.

Elle suivait le faisceau de sa lampe sur les rails désertés et sentait le corps d'el-Shamy près du sien. Ils passèrent des entrepôts où reposaient des wagons vides, qui sentaient la peinture fraîche des bombes des graffeurs. Ils traversèrent des endroits où stridulaient des grillons, puis un labyrinthe rempli de bruits graves et lointains. Ils longèrent un mur couvert d'une immense fresque surréaliste que la lumière mobile faisait vibrer. Plusieurs heures auparavant, Sixtine avait fait le même chemin. Elle avait marché, tremblante, sous la menace des visions qui allaient et venaient malgré les lampes énormes qui se balançaient dans sa main. Elle avait avancé, les dents serrées, hantée par le souvenir si clair de Jessica, jeune rebelle amourachée d'un artiste de rue qui lui avait fait découvrir le dédale souterrain. Mais à présent, il n'y avait plus rien que le souffle d'el-Shamy dans son dos, et le singe au bout du tunnel.

Ils suivaient la lumière qui découvrait des pierres, des rats, une chaussure. Enfin, ils arrivèrent devant une porte, où un panneau montrant un homme courbé par la violence d'un choc électrique ne tenait plus que par un clou, à l'envers. Sixtine sortit un trousseau de clefs et ouvrit la porte.

— Mais pourquoi le cachez-vous... demanda el-Shamy.

Il interrompit sa propre question lorsque Sixtine dirigea le faisceau de sa lampe à l'intérieur de la pièce vide. L'espace ressemblait plutôt à un corridor d'environ un mètre de large et six ou sept mètres de long. À même le sol, debout contre la paroi sale du mur du fond, se trouvait Hapy, le vase canope en forme de singe.

El-Shamy bouscula Sixtine pour pénétrer dans la pièce. Il vitupéra contre les mauvais traitements qu'avait subis la minuscule antiquité tout en la prenant dans ses mains comme un petit enfant. El-Shamy avait le dos tourné, perdu dans son admiration pour l'objet millénaire. Puis il dut sentir l'obscurité tomber comme une chape et entendre le bruit des clefs, et son visage dut se tordre de peur — mais Sixtine ne le vit pas. Elle avait déjà fermé la porte sur lui.

Elle entendait toujours ses cris lorsqu'elle refit le chemin de croix à l'envers. Elle entendait toujours le rythme de ses poings cognant la porte invincible, la mélodie de ses complaintes étranglées par l'effroi, les notes aiguës de sa rage inutile. Cette musique infâme jouait toujours dans son crâne lorsqu'elle monta l'échelle pour retrouver la lumière. Plusieurs fois, la dernière image d'el-Shamy fit irruption dans son crâne : penché sur le singe, son grand corps drapé d'un étrange halo grisâtre. Quand Sixtine ouvrit la plaque de fonte, la pluie drue la frappa en plein visage. Han était parti, et il n'y avait personne dans la rue luisante pour voir ce spectre gris sortir de terre, comme elle l'avait prévu. Quand elle laissa tomber la plaque et s'éloigna dans le mauvais temps, le silence envahit sa tête petit à petit.

L'alerte serait sûrement donnée dans les prochains jours. On ferait une enquête. On trouverait qu'el-Shamy était resté à Paris après la vente de Néfertiti et s'était tout simplement évaporé de la face de la Terre. Peut-être la police viendrait interroger Sixtine, si jamais el-Shamy avait parlé de leur rendez-vous. Elle dirait qu'elle l'avait vu pour lui faire don du vase canope. Pas de témoin, pas d'arme, pas de corps. Pas de motif.

Il avait suffi de fermer une porte. Le temps ferait le reste.

Au bout de la rue déserte, Sixtine leva son visage vers le ciel. Elle ferma les yeux.

Il ne se passa rien.

Partis, les remous de la rivière verte, la gueule déformée du singe, les yeux vides de Néfertiti. En un simple battement de paupière, le monde laissait sa place à l'obscurité, pleine, infinie. Devant ses yeux, une nuit artificielle et salvatrice.

Jessica Pryce reposait enfin en paix.

QUAND SIXTINE RETOURNA À SON HÔTEL, SON CORPS douloureux réclamait des siècles de sommeil. Elle avertit Han qu'elle se retirait et qu'elle ne devait être dérangée sous aucun prétexte. Mais elle trouva le vieil homme très pâle, se tordant les doigts.

— Mademoiselle, vous venez juste de recevoir un message de monsieur Max Hausmann. Je pense que vous devriez le lire.

Deux heures plus tard, alors que Paris se préparait pour Halloween, Sixtine courait dans les couloirs du musée du Louvre. Les appels qui sonnaient dans le vide résonnant toujours dans son crâne, elle avait arpenté la salle Richelieu. Elle avait attendu sur le balcon, interrogé le personnel, traversé le grand hall de haut en bas. De guerre lasse, elle était allée chercher dans les salles égyptiennes. Elle traversait un monde de sarcophages, de cercueils, d'instruments de momification. Elle eut la nausée devant une silhouette de bandelettes devant laquelle les touristes posaient en faisant le V de la victoire. Le Louvre était devenu un labyrinthe infernal peuplé de toutes les choses qu'elle voulait oublier. Les visions avaient disparu, mais à la place s'étirait dans l'infinité de son esprit, ces mots qu'elle avait tenus au creux de sa main :

OÙ TOUT A COMMENCÉ, NUIT D'HALLOWEEN.

Elle s'arrêta dans une des petites salles au parquet grinçant. Son cœur battait de l'urgence qui affolait sa respiration et des révélations de Max. Devant elle, sur une pierre surplombant les visiteurs, se tenait le buste d'Akhenaton au visage émacié. Sur le mur rouge, les spots dessinaient les ombres du pharaon des deux côtés du buste si bien qu'on eut dit qu'il avait des ailes. Le plus grand roi d'Égypte, vénérateur du soleil, ressemblait à un ange.

Sixtine vit les yeux vides d'Akhenaton. Soudain, elle se souvint.

50

I AM THADDEUS

P*aris, le 31 octobre, jour d'Halloween*

La cire dégoulinante se mit à briller de la flamme jaune et Thaddeus entendit les pas derrière lui résonner sous la nef.

— Pourquoi vous ne m'avez rien dit ? dit une voix vacillante dans son dos.

Thaddeus resta immobile. Sur ses genoux était posé un carnet de croquis qui révélait la grande sculpture de l'église de la Madeleine : *Le Mariage de la Vierge*. Sa main gauche était grise du plomb de son dessin, et elle ne bougea pas. Il y avait longtemps déjà, il avait appris à ses mains à ignorer toutes les tempêtes, même celles dans sa tête.

— Vous le saviez, n'est-ce pas ? murmura Sixtine. Combien de temps lui restait-il à vivre ?

— Trois mois, murmura Thaddeus. Quatre peut-être. Je lui avais juré de ne rien dire.

Puis il se retourna. Devant lui, dans l'allée qui menait à l'autel, se trouvait Sixtine, magnifique et grave, avec ses yeux verts où semblaient couler d'immenses rivières, avec le gris de ses cheveux qui rendait honteux l'or ostentatoire des peintures, avec sa poitrine timide palpitant comme le flanc d'un animal blessé. Mais Thaddeus remarqua des cercles plus sombres sous ses yeux, et une étrangeté dans ses gestes, comme si l'urgence qui les avait jusque-là animés avait laissé place à une hésitation mélancolique.

— Seth le savait depuis quand ? Avant de me rencontrer, n'est-ce pas ?

Les yeux de Sixtine étaient plantés dans ceux de Thaddeus comme les drapeaux des champs de bataille.

— Il y a un enfer réservé aux hommes qui ne gardent pas les promesses faites à ceux qui vont mourir, répliqua Thaddeus.

— Le mariage, le Louvre, les fleurs, la grande église, c'était juste... c'étaient ses funérailles ? Et moi, je n'étais qu'une figurante ?

— Non, vous n'étiez pas une figurante.

« Vous étiez la dernière volonté du défunt », pensa Thaddeus, mais cette phrase jamais dite disparut en volutes parfumées de cire vers la clef de voûte lointaine.

— Est-ce que Seth m'aimait ? murmura Sixtine.

— Est-ce que vous aimiez Seth ? répliqua Thaddeus, qui sentit à nouveau peser sur son souffle l'immense chape noire des serments impossibles.

— Vous m'avez menti, souffla Sixtine, qui baissait les yeux.

— J'étais témoin à son mariage parce que j'étais gardien de son secret.

Sixtine redressa la tête et l'interrompit, défiante :

— Non, vous m'avez menti, car vous étiez au Caire au moment de la mort de Seth.

L'accusation inattendue creusa en un instant des tranchées douloureuses dans les résolutions de Thaddeus. Sixtine s'était approchée de lui. Il l'entendit parler de la maison à l'ombre des pyramides, d'une fille du nom de Naya, d'un masque en or et d'un hélicoptère perdu, et elle lui demanda s'il savait tout cela, et il acquiesça.

— J'ai toujours su que je trouverais Seth en Égypte, dit Thaddeus, si un jour il venait à disparaître. Alors je suis venu le chercher et j'ai suivi sa trace. Je suis arrivé dans la maison de Gizeh, mais c'était une impasse.

— Pourquoi n'avez-vous rien dit ? implora Sixtine.

À ce moment, ils entendirent un froissement précipité au-dessus d'eux : un oiseau déployait ses ailes pour traverser le dôme de l'église. Une plume tomba à quelques pas de Sixtine, qui regardait Thaddeus, silencieux et sombre.

Sixtine baissa la tête et murmura :

— C'est el-Shamy qui l'a tué ?

La question de Sixtine avait déraillé — comme si elle n'avait pas été une interrogation, mais une prière. Thaddeus la regarda et l'entendit supplier :

— Thaddeus, c'est el-Shamy qui nous a tués, n'est-ce pas ? C'était el-Shamy... Dites-moi ce que vous savez...

Il réalisa soudain que la transformation à peine perceptible qu'il avait remarquée, cette gravité nouvelle, une certaine errance qui imprégnait ses gestes, c'était la vengeance accomplie et son sillage de vide. Sixtine lui avouait-elle avoir puni son bourreau ?

— Je ne sais pas, mentit Thaddeus.

— Si, vous savez ! s'écria Sixtine, pleine de colère. Vous savez, mais vous choisissez de mentir !

— Non, j'ai choisi de vous épargner ! cria Thaddeus sans le vouloir et sa phrase fit vibrer les grands orgues centenaires.

Il ravala sa foudre et dit d'une voix résignée.

— Je croyais vous apaiser, à Mexico, puis ici... mais je vois que c'était une erreur. Je suis désolé, Sixtine.

Ses derniers mots se perdirent dans sa bouche, mais ses gestes disaient leurs adieux à leur place. Sa main s'approcha de Sixtine, mais n'eut pas la force de la toucher, alors il se dirigea vers la porte de l'église. À chacun de ses pas, les parois de sa poitrine s'écartaient davantage pour contenir la douleur que ses résolutions amères continuaient à enfler. Il laissait derrière lui celle qu'il avait juré de protéger dans un pacte inadmissible qu'il porterait jusqu'à la fin de ses jours, comme une croix.

— C'est maintenant que j'ai besoin de vous, Thaddeus, crachait Sixtine, et sa voix devenait de plus en plus minuscule, lavée par des larmes que Thaddeus ne voyait pas, car il fixait les lourdes portes de l'église qu'il ouvrirait bientôt.

— Vous savez, mais vous mentez parce que vous n'êtes qu'un lâche, fit Sixtine dans un hoquet d'enfant, tout petit au milieu du grand écho de l'église.

Thaddeus arrêta ses pas, le souffle coupé, ses doigts touchant déjà la grande porte. Malgré lui, son corps se retourna, et il vit Sixtine, toujours debout, aussi seule que le jour de ses noces, ses poings fermés, le visage crispé d'épuisement et de fureur. Les pas précipités de Thaddeus résonnèrent dans tous les recoins du grand édifice lorsqu'il fondit sur elle et lui saisit les épaules.

— Comment pouvez-vous ne pas l'avoir compris, Sixtine, que je n'ai rien dit parce que j'étais le seul à avoir une vraie raison de tuer Seth, mon meilleur ami, mon frère ?

L'incompréhension fit s'agrandir les yeux de la jeune femme qui levait son visage vers lui. Les doigts de Thaddeus marquaient la peau pâle de ses épaules d'auréoles blanches.

— Comment pouvez-vous ne pas voir que je suis coupable d'un crime, celui même de me trouver ici, devant vous, et de vouloir m'y trouver... si fort... depuis la première fois que je vous ai vue ?

Ces derniers mots semblaient s'être échappés de sa poitrine sans qu'il ait pu les retenir. Sa main avait lâché l'épaule de Sixtine et se hasardait près de son cou. Son visage était près du sien et ils se rapprochaient malgré eux, comme si entre leurs corps un gouffre invisible s'ouvrait pour qu'ils y tombent. Les yeux de Sixtine se débattaient et capitulaient en même temps, les rivières vertes de son iris coulant vers la lumière grise prise dans le regard de Thaddeus. L'air entre eux devenait rare, aspiré par le baiser que leurs lèvres attendaient.

— Dites-moi que c'était el-Shamy, murmura Sixtine, dans un dernier souffle.

Un tremblement imperceptible referma le gouffre et leurs corps cessèrent leur trajectoire. Thaddeus serra la mâchoire et répondit :

— Non.

Le mot resta dans sa gorge, cruel et amoureux, lorsqu'il tourna les talons et s'enfuit par les grandes portes. Il entra dans les rues noire et orange en traînant derrière lui le souvenir douloureux du visage de Sixtine au bout de ses doigts, son parfum splendide mêlé à sa respiration. Et toutes les ombres lui hurlaient ce paradoxe atroce : en aimant Sixtine, il la condamnait.

Dans Paris, il croisa les premiers acteurs d'Halloween, des squelettes à la bouche noire. Bientôt, il serait à Mexico et ce serait le Jour des Morts. Les têtes grimées, les danses ivres, les démons passagers sortiraient de toutes les maisons et la *Santa Muerte* valserait le cœur en joie par une nuit sans lune.

La mort au milieu de la ville.

Death amid us.

La mort au milieu de nous.

Death amid us.

Alors Thaddeus, le justicier fragile, lui qui avait fait de sa vie une longue bataille contre les dernières volontés, l'empêcheur de mourir en rond, entra dans la nuit de novembre comme un habitué, comme un amoureux des spectres gris, au cœur ardent et aux larmes vertes.

Sous la lumière pâle de la constellation compliquée de la vie, l'amour et la mort, il pensa à sa mère et au nom qu'elle lui avait donné.

Death amid us.

I AM THADDEUS.

À SUIVRE...

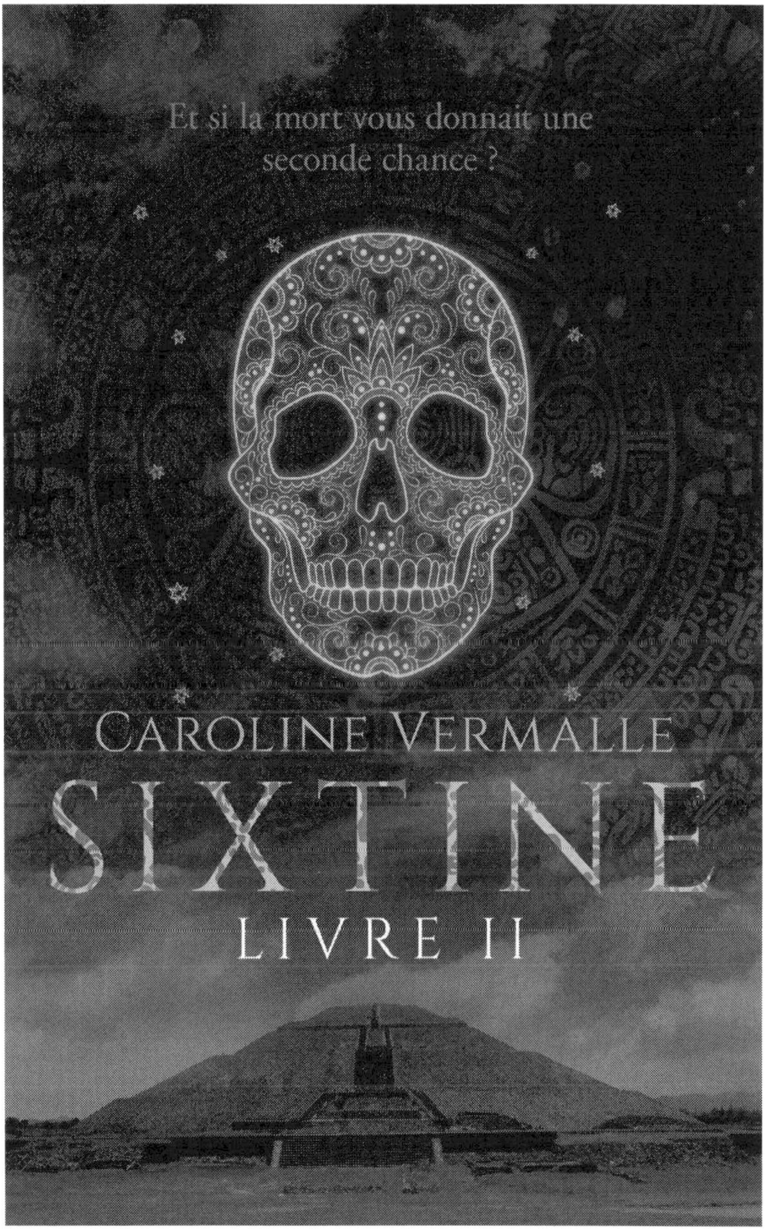
Et si la mort vous donnait une seconde chance ?
CAROLINE VERMALLE
SIXTINE
LIVRE II

ET SI LA MORT VOUS DONNAIT UNE SECONDE CHANCE ?

RÉSUMÉ DU LIVRE II :

Sixtine a trois jours pour percer les mystères de l'affaire de la Pyramide.

Mais elle va découvrir que la vérité est parfois pire que les mensonges...

Dans Mexico enfiévré par le Día de Muertos, les esprits Aztèques se mêlent aux dieux Égyptiens.

Le dernier secret de Khéops rivalise avec une conspiration tapie dans les recoins d'un manoir des Cornouailles.

Et Sixtine doit faire face à celle qu'elle est vraiment.

Survivante. Justicière. *Traîtresse ?*

Le passé est un endroit dangereux...

OU TOURNEZ LA PAGE POUR DÉCOUVRIR UN EXTRAIT...

PREMIERS CHAPITRES DE SIXTINE LIVRE II

I : 1 LE TROISIÈME ENFER

Catacombes de Paris, nuit d'Halloween

Deux fois, déjà, Sixtine avait connu l'enfer.

La troisième fois, dans les catacombes de Paris, les pieds dans une flaque de sang noir, elle était prête.

Elle les attendait.

Ils étaient tout près, elle le sentait jusqu'au fond de son ventre tatoué.

Elle serra la lampe torche qui glaçait sa paume.

Elle guetta chaque bruit dans le silence du souterrain, chaque signe. Le grésillement d'un néon dans le tunnel. Une ombre inattendue sur un graffiti sale. Un grondement lointain courant le long des rails abandonnés. Le frisson glacé dans son cou, où une goutte d'eau rouillée s'était écrasée.

C'était le calme avant le carnage.

Peut-être étaient-*ils* déjà là, pensa Sixtine. À peser le cœur de l'homme mort à ses pieds.

Elle dirigea la lueur de sa torche sur le corps inerte. Le sang dessinait un grand dahlia rouge sur sa chemise, un couteau planté en son cœur. C'était El-Shamy. Le responsable du premier enfer de Sixtine. Le bourreau de la pyramide.

Sixtine déglutit. Ce souterrain avait réveillé le goût, indélébile, de la pierre millénaire et du corps en décomposition de son mari tant aimé. El-Shamy les avait enfermés dans cette tombe illustre ; Seth était déjà mort à son arrivée, mais hélas, elle vivait encore.

Ils avaient attendu qu'elle devienne folle de soif et de désespérance, que sa gorge et ses doigts ne soient plus que du sang. Mais *ils* étaient venus, pour la traîner dans le deuxième enfer : une rivière verte qui épelait les anagrammes de son nom, puis un tribunal de quarante-deux jurés qui pesèrent son cœur, mué en scarabée. Pour échapper à une bête immonde, son cœur avait trahi, parlant une langue que Sixtine ne comprenait pas.

Après ces deux enfers, elle était retournée chez les vivants. Mais *ils* étaient restés, tapis dans les ombres de sa mémoire défaillante. L'obscurité les réveillait, la mort les appelait : c'étaient les dieux égyptiens, et parmi eux, Néfertiti, la reine aux yeux vides. Le singe était toujours le premier à hurler dans la tête de Sixtine.

Le singe. Où est le singe ?

Soudain, elle ne pensait plus aux spectres, mais à un vase canope vieux de 3500 ans. Il avait la forme d'un babouin, représentant le dieu Hâpi, l'un des quatre fils d'Horus et gardien des poumons de la momie de Néfertiti. Hâpi avait été l'appât, pour amener El-Shamy dans ce qui allait être son tombeau.

Et l'appât manquait.

Avec l'empreinte de Sixtine.

Meurtrière, meurtrière. Meurtrière !

Sauf qu'elle ne l'avait pas tué. Elle n'avait jamais touché à ce couteau dont la garde scintillait dans la lumière de la torche. Oui, elle avait voulu en finir avec lui en l'enfermant ici, là où personne ne le retrouverait, comme lui l'avait enfermée dans la pyramide. Ainsi elle réalisait sa promesse de vengeance qu'elle avait faite à Seth et à Jessica, celle qu'elle n'était plus.

Mais elle était revenue. Thaddeus avait planté des doutes dans sa conscience. El-Shamy était-il réellement le bourreau de la pyramide ? Où n'était-il qu'un des acteurs de cette mise en scène abjecte ?

Les questions étaient bien futiles, à présent. Quelqu'un d'autre l'avait assassiné pour elle.

Elle se recroquevilla soudain, incapable de bouger.

Ils arrivaient.

Son regard vert perça les ombres du tunnel pour déceler un rat qui fuyait la lumière. Des lampes torches découvraient les parois suintantes. Ce n'était pas des spectres. C'étaient des hommes.

Des policiers.

Sixtine étouffa la lueur de sa lampe ; le vertige de l'obscurité la happa immédiatement dans ses délires. Les spectres tant attendus sortirent des ombres et se mêlèrent aux affaires des humains. Elle entendit des cris, mais fut incapable de distinguer de quel monde ils provenaient. Tout ce qu'elle savait, c'est qu'il fallait imiter le rat, et fuir.

Il y avait trois cents kilomètres de tunnels sombres sous Paris dont à peine la moitié était cartographiée. Sixtine s'engouffra dans le labyrinthe noir, longea les rails désaffectés, ses pieds se foulant sur des choses qu'elle ne pouvait pas voir.

Dans son crâne, le singe riait, plus énervé à mesure que Sixtine se perdait dans les souterrains. Elle passa le nom des rues qu'il y avait au-dessus, dans le Paris qui vivait. Sa conscience s'affolait, alerte, épuisée à force d'essayer de trier le vrai du faux. Une chute, deux chutes, un genou écorché à travers son jean déchiré. La sueur froide coulait sur son visage comme l'eau sur les ossements qui sortaient des parois.

On avait déversé ici les corps du cimetière des Innocents. Six millions de morts se trouvaient derrière ces murs. Mais leur présence n'était pas aussi terrifiante que les yeux aveugles de Néfertiti.

La reine spectrale s'imposa, gigantesque, altière et tentaculaire, dans l'obscurité d'un tunnel qui semblait infini. L'angoisse menaçait de s'emparer de Sixtine toute entière, mais ses jambes couraient toujours et l'emmenèrent loin des ombres dont Néfertiti avait fait son royaume. Au détour d'un couloir, elle décela enfin de la lumière et une rumeur différente, improbable.

Comme des tambours fous.

- *Ô mon cœur de ma mère, ô mon cœur de ma mère, ô viscère de mon cœur de mon existence terrestre, ne te lève pas contre moi !* répétait le singe en ricanant.

Sixtine se précipita vers la source de ce vacarme étouffé par les tunnels moites. Puis elle sentit son odeur avant de la voir : une foule, dansant au rythme de sons délirants.

Une *rave party*. Les souterrains grouillaient d'activités illégales en tous genres.

Elle fonça à travers une centaine de corps désarticulés par la transe. La plupart étaient grimés, on célébrait Halloween. On buvait, on s'embrassait, insouciants. Quand elle se faufila parmi eux, un garçon voulut l'empoigner pour danser, elle crut que c'était un policier, elle se débattit. Les cris du singe augmentaient, elle entendait à peine la musique électro.

Enfin Horus, le dieu égyptien, lui barra le passage.

D'autres dieux égyptiens sortirent de nulle part. Des masques. Mêlés à ceux affublés de perruques à strass, d'ailes d'ange ou de bouteilles de plongée. Sixtine les poussa violemment, ils tombèrent comme au ralenti. Elle continua à courir.

Elle passa un théâtre où une strip-teaseuse se déshabillait devant les yeux d'hommes avides. Elle courut encore, bouscula un artiste peignant une vague immense, faillit trébucher sur un junkie dormant dans un coin, les yeux ouverts.

- *Salut à toi mon cœur ! Salut à toi, viscère de mon cœur ! Salut à toi mon sein ! Salut à vous, ces dieux prééminents, annoncez-moi à Rê !*

Elle courut et courut encore. Enfin le bruit des autres hommes s'évanouit ; la lumière n'était plus que pour elle et les bêtes des souterrains. Alors elle s'affala, les genoux à terre, les poignets dans la boue, ses cheveux dégoulinant de sueur. Sa poitrine hoquetait, elle cracha sur le sol, râla, s'agrippant à sa lampe. Le singe murmura une dernière fois :

- *Que je sois durable sur Terre, que je ne meure pas dans l'Occident, que je sois un bienheureux là-bas ! Que je sois un bienheureux là-bas. Que je sois un bienheureux là-bas...*

Puis l'animal s'arrêta, comme à bout de souffle lui aussi. Sixtine colla son dos contre la paroi. L'odeur épaisse des égouts lui piquait le nez. Elle écouta encore. Elle n'entendait plus rien, que des gouttes lointaines qui tombaient dans des flaques invisibles. Personne ne l'avait suivie.

Maintenant, il fallait quitter ce monde souterrain et faire face à celui du dessus. Elle regarda autour d'elle, inspecta le plafond. Aucune sortie, mais trois tunnels qui partaient de l'endroit où elle se trouvait, comme un carrefour. Tous se ressemblaient. Il fallait choisir pourtant.

Elle plissa les yeux et décerna une lueur étrange qui venait de l'un d'eux, ou plutôt, une clarté née soudain pour mourir presque aussitôt. Comme si quelqu'un était passé par là, puis était reparti. Cependant, c'était la couleur de cette lumière pâle qui la troublait. Elle était verte.

Grimaçant de douleur, bataillant contre la nausée, elle courut vers la lueur. Elle passa le faisceau de sa lampe sur le plafond, cherchant un escalier, en vain. Mais ce qu'elle trouva lui coupa le souffle.

Elle apparut tout d'un coup, comme si elle s'était matérialisée, infinie, au détour d'une ombre :

La rivière verte.

Celle de ses cauchemars et des avertissements des spectres, et pourtant fascinante, envoûtante comme un trésor toxique. Dans un mouvement inconscient, comme si son corps savait mieux qu'elle, Sixtine s'agenouilla et plongea la main dans l'eau émeraude. Et elle le vit.

Seth.

Seth, son mari, les yeux ouverts, sur un îlot étrange au milieu de cette gigantesque rivière, nu sur une sorte d'autel minéral, et au-dessus de lui d'immenses stalactites. La vision ne dura qu'un instant, pourtant les images brûlèrent sa rétine. Elle reconnut un homme habillé comme un prêtre, le visage baigné de larmes et de rage. Elle vit un poignard qui s'enfonçait dans la poitrine de Seth, et une main entrant et disparaissant dans ses entrailles. Son corps glissant de l'autel. Son sang sur les marches, puis un cri.

Son cri.

Le cri de Jessica. Le cri de Sixtine.

Il mourut dans sa gorge lorsqu'elle entendit l'écho du métal frappant la pierre.

Elle rampa pour se tapir dans un recoin sombre du souterrain. De sa cachette, elle regarda la rivière verte en tremblant. Mais elle n'eut pas le temps de trembler longtemps.

Des bras encerclèrent son cou et la traînèrent en arrière, lui faisant perdre l'équilibre. Impossible de hurler, de voir, de penser. Elle sentait seulement les bras invincibles qui prenaient le contrôle d'elle, un corps à la densité étrange contre le sien, et une odeur étouffante. Minérale, infernale - comme de la pierre qui pourrit.

Puis ce fut l'obscurité.

Les yeux de Néfertiti se mirent à briller dans son crâne comme un astre sortant soudain des nuages.

Alors que son angoisse grandissait, son torse se fracassa contre un mur. Ses mains étaient tordues dans son dos, son visage plaqué contre la pierre froide, humide, sale ; mais il y avait de la lumière encore.

Lorsqu'une douleur fulgurante transperça son index droit, elle entendit une voix rauque et un accent incertain.

- Je vous ai déjà prévenue une fois, pourtant, Jessica Pryce. Oxan Aslanian tient toujours ses promesses.

I : 2 THE GOOD LIFE

Plaza Hotel, New York City, neuf mois plus tôt

Jessica se tenait face à deux cents invités qu'elle ne connaissait pas, une coupe de champagne à la main, le cœur battant la chamade.

Sa robe en dentelle fine couleur de sable moulait ses formes comme une deuxième peau. Seth, à ses côtés, venait de faire un discours éloquent et tendre, et il avait insisté pour qu'elle dise quelques phrases.

« Lorsque j'étais petite, ma mère me disait toujours qu'il fallait rêver en grand. Mais jamais ni moi, ni elle je crois, n'aurions pu imaginer que mes fiançailles seraient aussi éblouissantes, et mon prince aussi charmant. »

Elle posa ses yeux brillants d'émotion sur son futur époux, et Seth serra sa main, mais n'osa pas la regarder. Un instant, elle se sentit perdue dans l'immensité luxueuse de la salle de bal du Plaza Hotel.

« Je n'aurais pas pu rêver d'être en si brillante compagnie ce soir. Merci à tous de m'accueillir dans votre grande famille. »

Elle redonna le micro à l'un des organisateurs. L'instant d'après, les verres étaient levés et la pièce résonnait des cris « À Jessica et Seth ! »

Les musiciens s'installèrent derrière leurs instruments et la chanteuse revint sur scène. Les premières notes d'un jazz langoureux couvrirent le brouhaha des conversations.

Jessica, les joues toujours rosées par la nervosité, se blottit contre son fiancé.

- Je déteste les discours.

- Les meilleurs sont les plus courts. Tu as été parfaite. Mais surtout, ça a donné l'opportunité à tous les invités de t'admirer. Cette robe, sur toi, est diabolique. Je ne sais pas si je vais pouvoir attendre ce soir pour...

Il la serra contre lui, elle rit aux éclats.

- Et moi qui croyais que tu admirais mon esprit.

- En parlant d'esprit, le mien est très embrouillé par ce décolleté...

Il passa une main dans ses cheveux d'or, saisit son menton et attira ses lèvres à sa bouche. Leur baiser fut interrompu par une grimace. Le corps de Seth se crispa. Jessica ne bougea pas, elle connaissait ses spasmes. Elle caressa son front comme le ferait une mère, le prit dans ses bras. L'estomac de son fiancé était fragile ; les meilleurs docteurs s'en occupaient, mais aucun médicament n'était vraiment efficace. Et Seth était bien trop exigeant avec lui-même pour laisser des douleurs le freiner dans sa domination du monde.

- Viens, lui dit-il, après avoir inspiré profondément et lissé sa veste de smoking. Je vais faire les présentations.

Seth alla saluer chaque convive personnellement en compagnie de Jessica. Ces fiançailles, survenues à peine quatre semaines après leur première rencontre, avaient fait jaser. Les amoureux avaient d'abord prévu une fête en comité restreint, et Jessica n'avait invité que quelques amis. L'événement, organisé exclusivement par Seth, s'était transformé soudain en une réception plus grandiose. La santé fragile de Gigi ne lui avait pas permis de faire le voyage jusqu'à New York, et les meilleures amies de Jessica étaient coincées dans un aéroport de province à cause de la tempête de glace qui faisait rage sur la ville.

Quelques membres de la famille de Seth semblaient vexés de ne pas avoir été présentés plus tôt, et Jessica surprit une vieille dame en train de marmonner que les jeunes ne respectaient plus les valeurs du mariage. Mais les autres invités avaient la bonne grâce d'apparaître charmés par cette histoire d'amour fulgurante. Quand il parlait de Jessica, Seth préférait le terme « femme de ma vie » à « fiancée », ce qui finit d'attendrir les plus sceptiques.

Pendant près d'une heure, on congratula, on s'extasia devant Jessica, sa beauté, sa chance, sa bague de fiançailles. Le solitaire orné d'un seul diamant de plusieurs carats reflétait le feu bleuté des colonnes, le pétillant du champagne, le scintillement des pierres précieuses accrochées aux femmes.

Tout dans cette réception n'était qu'éclat, ravissement et amour. Malgré sa solitude, la jeune femme virevoltait, admirait, tremblait de joie au milieu de tout cette opulence.

Trois heures après, le luxe était toujours là, les invités raffinés et les dorures des colonnes aussi.

Mais Seth, lui, avait disparu.

Une angoisse glaciale empoisonnait Jessica et le monde tout autour.

Les meilleures amies de Jessica, Clara et Béatrice, arrivèrent tard, jurant contre la tempête qui les avait retardées et froissé les robes dans leurs valises. Elles avaient manqué le discours de Seth et la ronde des présentations – et n'avaient toujours encore rencontré l'homme que leur amie allait épouser. Elles se moquèrent gentiment de Jessica lorsqu'elle avoua qu'elle ne savait pas où il se trouvait. Mais ses amies étaient trop éblouies par la fête pour laisser ce détail troubler leur joie. Elles prirent d'assaut la piste de danse et laissèrent Jessica à son inquiétude.

Personne ne semblait d'ailleurs avoir remarqué l'absence de leur hôte. Il y avait tant de recoins dans cette salle. Il aurait pu se cacher derrière n'importe laquelle des mille gigantesques colonnes qui la traversaient. D'autant que tous les hommes se ressemblaient dans leurs smokings noirs. Jessica avait déjà demandé à plusieurs personnes, et tous pensaient avoir aperçu Seth. Or, dès qu'elle se déplaçait vers l'endroit qu'ils désignaient, il n'était plus là.

Jessica, agrippée à une flûte à champagne qui tiédissait, observait la salle. Depuis qu'ils se connaissaient, Seth n'avait pas lâché sa petite amie une seconde. Elle s'était même surprise, une ou deux fois, à se sentir étouffée par cet amour débordant. Pourquoi aujourd'hui, ce jour parmi tous les jours, ce fiancé si attentionné disparaissait-il comme un mirage ?

Evidemment, ses divers associés avaient tous été conviés et cela n'aurait étonné personne que Mr Pryce se retire un instant du chaos joyeux de la salle de bal pour continuer une conversation d'affaires dans le calme. Mais la nuit avançait et son absence se prolongeait.

Et il y avait eu ce trouble si atypique, qu'elle avait surpris comme un délit.

C'était tout au début de la fête. Ils étaient à peine arrivés et Jessica avait remarqué une chose étrange.

Seth Pryce était nerveux.

Ils parlaient tous deux à un groupe de femmes, et Seth n'écoutait pas la conversation. Il se tenait près de l'une des colonnes éclairées de lumière bleue qui encadrait une foule enivrée d'opulence. Son visage altier, déterminé, sculpté autant par les fortunes qu'il avait perdues que par celles, si grandes, qu'il avait gagnées, rayonnait de masculinité. Seth était un homme dont le meilleur se révélait sous la pression du monde, tel un Atlas conquérant. Si elle ne le connaissait pas aussi bien, Jessica aurait dit qu'il était tourmenté. Mais la tourmente, comme d'autres états d'âmes plus subtils, n'avait jamais fait partie du répertoire des émotions que Seth Pryce s'autorisait à afficher. Alors pourquoi ce visage rigide, ces mouvements de tête vifs, ces regards presque furtifs ?

À présent, cette énigmatique gravité de Seth, mêlée à cette absence absurde, menaçait d'éteindre d'un coup toutes les lumières de cet instant. Jessica, la gorge serrée, décida d'en finir avec les scénarios dramatiques qui se jouaient dans son crâne.

Elle devait trouver Seth, maintenant, même si elle devait quitter la fête.

La poitrine serrée, elle traversa la salle de bal vers la sortie. Ce lieu bruyant semblait plus grand à chaque pas, et la foule plus étrangère. Elle ne vit son fiancé ni du côté des doubles portes, ni sur le balcon.

Elle essaya de l'appeler. La sonnerie fut interminable. Il ne décrocha pas.

Elle se présenta au vestiaire, au bout d'un des halls calfeutrés. D'une voix aussi détachée que possible, elle demanda si quelqu'un avait vu Mr Pryce.

- Non, Madame, pas vu, répondit l'employé.

- Pouvez-vous me dire si son vestiaire est ici ? Un manteau en cachemire noir, ses initiales sont brodées sur la poche intérieure.

Elle n'avait pas pu s'empêcher de balbutier cette requête, et s'en voulait de cette nervosité absurde qui refroidissait ses mains et enflammait ses joues. L'employé cherchait parmi les cintres tout en parlant à une collègue, une large femme qui prenait sa pause au fond du vestiaire.

- Monsieur Pryce ? dit-elle, penchant sa tête pour voir Jessica, derrière les rangées de vêtements. Monsieur Pryce, c'est celui qui se marie, c'est ça ? Je l'ai vu sortir de l'hôtel par l'entrée du personnel, il y a... voyons... un peu moins de deux heures.

La gorge de Jessica se serra encore un peu.

- Il n'a pas dû sortir s'il n'a pas pris son manteau, dit Jessica sur un ton neutre. La femme se leva avec difficulté et dandina jusqu'au comptoir.

- C'est ce que je me suis dit, tiens, il est réchauffé ce monsieur. Il doit faire -5°C dehors à cette heure, et avec la tempête... Moi je dis ça, j'ai toujours froid, alors.

- Merci, interrompit Jessica. Il sera probablement sorti fumer une cigarette. Merci infiniment. Bonne soirée.

Jessica se pressa quelque part sans vraiment voir où elle allait, cherchant la solitude pour cacher les larmes qui menaçaient de déborder. Elle trouva refuge dans un couloir vide. Elle s'adossa contre le mur, son dos nu encadré de dentelle contre le plâtre glacé, et ferma les yeux.

Seth ne fumait pas.

La voix de la chanteuse de jazz serpentait jusqu'à elle, étouffée. Elle reconnut les paroles.

Please remember I still want you / And in case you wonder why / Well, just wake up / Kiss the good life goodbye.

Kiss the good life goodbye.

Dis adieu à la belle vie, Jessica... Respire. Calme cette peur acide qui court dans tes veines. Inspire. Expire.

Soudain, ses poumons furent emplis d'un parfum piquant, exotique - âcre et apaisant à la fois. Quand elle ouvrit ses paupières, il lui sembla qu'elle voyait un spectre, mais c'étaient des volutes de fumée. Elles dansèrent un instant, puis disparurent.

Instinctivement, elle fit quelques pas vers elles et s'arrêta net. Il y avait un homme assis sur les marches d'une sortie de secours, sous un panneau « No Smoking » illuminé par un petit néon. Il fumait des petits cigares serrés par une bague bleue.

- On pense avoir tout prévu pour que la fête soit parfaite... dit-il, comme pour lui-même. Mais il manque toujours quelque chose, n'est-ce pas ?

- Qu'est-ce qu'il manque ? murmura-t-elle, pétrifiée.

Il la dévisagea alors, étudiant les traits de son visage.

- Le silence.

Il avait des yeux gris. Il était parfaitement immobile, seule la fumée se mouvait. Il ressemblait à Seth, devait avoir le même âge. Mais son fiancé était taillé dans la pierre, cet homme-là semblait fait d'un minéral plus friable, et plus rare encore. Les doigts qui tenaient le cigare étaient très fins, mais la peau semblait rêche, presque abîmée ; ces mains n'allaient pas avec les traits fins et lisses de son visage altier.

- Vous êtes un ami de Seth ? dit Jessica, qui avait retenu son souffle.

- Le meilleur. Enfin je crois.

Il sourit et son sourire était magnifique et mélancolique, mais il sembla se perdre ailleurs, comme si des pensées sombres l'avaient arraché de l'instant présent. Jessica fit un geste, tourna la tête vers la salle de bal, comme si elle allait se sauver ; mais face à l'humiliation de l'absence de Seth qui l'attendait là-bas, son corps refusa de bouger. Lorsque son regard retourna vers l'homme au cigare, il la scrutait encore. Alors qu'elle était incapable de détourner ses yeux, Jessica prit conscience de deux choses.

D'une part, qu'il était très beau.

D'autre part, que lors des présentations à tous les invités de la fête, Seth l'avait oublié. Comment son fiancé avait-il pu ne pas la présenter à son meilleur ami ? Soit cet homme mentait, soit Seth l'avait cachée pour une raison particulière. Laquelle ?

Un frisson parcourut Jessica et instinctivement elle se recroquevilla, sa main tentant de réchauffer son bras nu. L'homme au cigare se leva, comme pour la protéger. Mais elle fit un minuscule pas en arrière, ce qu'il remarqua aussi.

- Je... excusez-moi, dit-il, maladroitement. Un réflexe.

Ils se faisaient face. Ils étaient seuls au milieu d'un immense couloir et pourtant leur proximité semblait se resserrer à chaque mot, à chaque mouvement.

- Je pensais qu'ils étaient interdits, dit Jessica.

- Pardon ?

- Les cigares cubains.

- Oui, sourit-il, considérant son cigare au bout de ses doigts. Absolument interdits. Je me demandais justement tout à l'heure si c'était la raison pour laquelle je les aimais tant. Qui sait pourquoi les hommes aiment toujours ce qu'ils ne peuvent pas avoir ? La condition humaine est une énigme.

Il fit une pause.

- Vous avez froid.

Ce n'était pas une question, et pourtant, il la regardait comme s'il attendait une réponse.

- J'ai surtout besoin d'air, je crois. Savez-vous où se trouve la sortie vers le balcon ?

- Si vous acceptez ma veste, dit-il en enlevant son smoking, je vous accompagne.

- Je vous remercie, j'ai un manteau au vestiaire.

Il l'accompagna sans qu'elle le lui demande, et cela la rassura. Jessica ne pouvait pas expliquer pourquoi elle avait le sentiment que la présence de cet homme lui offrait une sorte de protection. Paradoxal, surtout qu'il était si séduisant ; un compagnon dangereux pour une jeune fiancée. Mais Jessica avait une foi aveugle en son amour pour Seth, rien ne pouvait les séparer, il l'avait dit tant de fois, et elle était convaincue qu'il disait vrai. Alors pourquoi cette angoisse démesurée face à l'absence de Seth ?

Le balcon donnait sur la salle de bal. Quelques convives étaient déjà là, emmitouflés dans des manteaux de fourrure, les mains gelées tenant des cigarettes fines. Jessica fut tentée de regarder à l'intérieur, mais elle préféra penser qu'il était déjà revenu. L'ignorance était plus tendre que la vérité.

- Excusez-moi, dit-elle, la voix rendue rauque par le froid. Je n'ai pas saisi votre nom.

L'homme sortit de sa veste de smoking un étui en platine. Il en tira un autre cigarillo. L'étui portait le monogramme E.V.W.

- Et si nous nous passions de la danse habituelle ? répondit-il sans la regarder. Si nous nous affranchissions de notre naissance, juste le temps d'une soirée ? Profiter du moment présent, comme les êtres égaux que nous sommes ?

- Vous croyez à l'égalité ?

La question le fit se tourner vers elle, et tout en souriant, il mit ses coudes sur le balcon froid.

- Non. Pour dire vrai, quelqu'un de ma famille, un ancêtre ou un demi-frère, a probablement offensé la vôtre, j'assure juste mes arrières. Et je ne peux même pas jurer que je n'y étais pour rien.

Jessica plissa les yeux. Ne savait-il pas qui elle était ? C'est-à-dire... personne ?

- Craigniez-vous que je ne sois une Capulet, Monsieur Montague ?

Jessica rougit immédiatement de sa propre audace : faire référence à Roméo et Juliette dans ce décor féérique, en compagnon d'un homme au charme indéniable, était pure provocation. Elle mit la faute sur les réflexes de sa vie de jeune femme célibataire, qui s'était achevée seulement quatre semaines plus tôt.

Mais n'était-ce pas plutôt l'attrait de cette proposition ? Prétendre un instant qu'elle, orpheline, appartenait à ce grand monde n'était-il pas délicieux ?

La réplique avait déjà fait mouche : son compagnon affichait un air d'incrédulité amusée. Elle crut même qu'il allait continuer sur le ton de la séduction, mais ses yeux se voilèrent de lassitude, comme si le jeu était perdu d'avance.

- Je sais déjà votre nom, de toute façon. Monsieur E.V.W, dit-elle.

- Pardon ?

Il n'avait pas souri. Jessica montra l'étui de cigarette monogrammé.

- Touché. Mais faux, dit-il en le glissant dans sa poche.

Jessica se tourna vers la vue sublime qui s'offrait à elle. De la glace s'était posée sur les arbres de Central Park. Ils semblaient figés dans un cristal éternel. Certains s'étaient effondrés sous le poids de cette mainmise étincelante, d'autres tintinnabulaient dans le vent et cette musique mélancolique s'invitait jusque sur le balcon. L'homme aux yeux gris fumait son cigarillo. La fumée se faufilait dans la nuit, dépliant ses doigts de contrées lointaines sur Manhattan et ses millions de lumières orange.

- Si vous êtes son ami, dit enfin Jessica, peut-être pouvez-vous me dire où se trouve Seth ?

- Seth a le don d'ubiquité, vous ne le saviez pas ? s'esclaffa-t-il. C'est le secret de son succès. À n'importe quel moment, il est capable de signer le contrat du siècle, commettre le crime parfait et séduire la plus belle femme de New York. C'est vraiment quelqu'un d'assez exceptionnel.

- Mais ce soir il n'est nulle part, et c'est le soir de ses fiançailles.

- Alors il s'est retiré pour réfléchir à son erreur.

Jessica le défia du regard. Il la provoquait, bien sûr. Elle voulut lui demander s'il pensait vraiment qu'il en faisait une, mais cela aurait été entrer dans son jeu. Alors elle sourit et dit :

- Est-ce qu'aimer peut jamais être une erreur ?

Il passa sa main sur ses lèvres et se retourna pour s'adosser au balcon de pierre. Il fixait les hautes portes-fenêtres derrière lesquelles le bal battait son plein. Mais son mutisme finit par l'embarrasser, et elle ajouta :

- Je sais que la moitié des mariages finissent en divorce, mais ne vaut-il pas mieux avoir le courage d'y croire que de ne pas aimer du tout ? Au risque de désillusion...

- Désillusion ? interrompit-il.

Il la regarda en souriant, puis continua.

- Je pense que si c'était le seul symptôme d'un amour perdu, je donnerais mon cœur à toutes les âmes qui passent.

Il fit une pause.

- À vous, même, si vous en voulez.

Elle allait répondre, mais il l'interrompit.

- Mais l'amour nous transforme, en sauveteurs autant que traîtres. Il nous fait croire que les autres nous appartiennent. L'être aimé devient un trésor, un trésor dont la clarté nous fait briller. Et que se passe-t-il quand le trésor nous échappe ? On dit que la haine est le pendant de l'amour. Elle l'est sûrement. Mais la haine peut encore faire de grandes choses, rétablir la justice, par exemple. Non, le pire... vous savez ce que c'est ?

Jessica murmura que non.

- La convoitise.

Il y avait une telle intensité dans les yeux gris que Jessica sentit le froid de février s'infiltrer dans ses os, si bien qu'elle remonta le col de sa veste de fourrure. Son compagnon s'en aperçut et lui sourit plus doucement.

- Vous ne devriez pas m'écouter. Moi, parler d'amour, quelle imposture ! Cela ferait beaucoup rire Seth.

Il s'arrêta juste assez longtemps pour que la voix suave de la chanteuse de jazz parvienne jusqu'à eux. Puis il traîna ses yeux magnifiques jusqu'à elle, et ils brillaient un peu plus fort.

- Mais on ne sait jamais, une rencontre, un balcon, la lumière de la nuit...

Jessica sourit sans le regarder, leva la main comme pour signifier qu'elle ne succombait pas à un flirt aussi évident et aussi maladroit de la part du meilleur ami de son fiancé. Son solitaire en diamant refléta la glace pendue aux arbres. Quand elle tourna la tête vers lui, elle vit qu'il ne la regardait plus, mais fixait le vide. Sur son visage, elle surprit une mélancolie qui n'allait pas avec ses mots, comme s'il les disait par courtoisie, comme si c'était un jeu auquel il ne croyait pas. Non, Jessica en était certaine, cet homme n'essayait pas de la séduire.

Elle ressentait quelque chose dans son ventre qu'elle n'arrivait pas à définir. Une compréhension fraternelle, peut-être. Toute la soirée, elle s'était sentie comme une étrangère ici, à sa propre fête. L'homme aux yeux gris aussi, semblait être un *outsider*. Elle sentait parfois ses yeux sur elle ; plutôt que d'y trouver une menace, elle avait soudain l'impression de goûter une liberté nouvelle. Son angoisse s'était muée en défiance. Seth reviendrait bien un jour, et elle n'allait pas laisser cette erreur gâcher cette fête dont elle avait rêvé toute sa vie.

- Si je ne peux pas vous demander ce que vous faites dans la vie, alors peut-être je peux vous demander ce que vous ne faites pas ?

- Dans la vie ? répéta-t-il d'un ton presque reconnaissant.

- Oui.

- Voyons, ce que je n'ai jamais fait... beaucoup de choses, finalement, mais ce que je ne ferai jamais jusqu'à mon dernier souffle... ? Je vous épargne les crimes... Et encore, on ne sait jamais, par amour... ou pour sauver l'humanité... Non, je sais. Ce que tous les atomes de mon corps et les spectres de mon âme m'interdisent pour l'éternité et au-delà...

La jeune femme était pendue à ses lèvres et il faisait durer ce plaisir.

- ... c'est danser.

Jessica laissa fuser un éclat de rire dont la spontanéité ravit son compagnon, même s'il s'efforçait de rester sérieux.

À ce moment-là, alors que la musique s'éteignait, un couple éméché fit irruption sur le balcon et les portes-fenêtres laissèrent entrer une chaleur enivrante. L'orchestre entama alors les premières notes de *Misty*, l'un des morceaux préférés de Jessica. Elle aurait tant voulu valser avec Seth. Mais elle repoussa l'angoisse qui se levait à nouveau en prenant son compagnon par le bras. Oui, elle allait s'amuser.

- Quand vous serez mort, vous regretterez d'avoir eu des principes, lui dit-elle en l'entraînant gentiment dans la salle.

- Il n'y a qu'à Mexico que les morts dansent. Et si je vous emmenais là-bas, plutôt ? Nous partons ce soir.

- Ne soyez pas idiot. Si vous êtes le meilleur ami de Seth, alors il me pardonnera.

- Oh, lui vous pardonnera, dit l'homme aux yeux gris, malicieux. Mais moi je ne vous pardonnerai jamais.

Au moment où ils se trouvèrent l'un contre l'autre, Jessica regretta son geste. Ils gardaient tous deux leurs distances, pourtant. Elle décela au bout de ses doigts cet imperceptible tremblement dans la main de ce partenaire si sûr de lui. Elle fut troublée de le surprendre, comme un secret qui n'était pas pour elle. Cependant, à mesure que la musique jouait, sa main semblait s'apaiser. Mais surtout, et malgré elle, elle sentait toute la pièce se réduire à elle, à ce beau garçon, à son parfum sublime mêlé d'une note toxique, à cette main vulnérable dans la sienne, leur proximité si douce. Soudain tout avait disparu, ils étaient seuls dans New York, seuls avec la voix suave qui guidait leurs corps. Ils dansaient dans un maelström inévitable, et à chaque seconde qui passait, le reste du monde s'éloignait davantage encore. Au hasard d'un mouvement leurs yeux se rencontrèrent et le cœur de Jessica se mit à battre bien trop fort.

Elle fut alors prise d'un vertige coupable et se détacha de son partenaire ; lui devint tendu, sa main serra la sienne, trop fort.

- Pourquoi dites-vous que Seth devra vous pardonner ? dit-il d'un ton neutre.

- Parce que... commença Jessica. Vous étiez là lorsque Seth a fait son discours, n'est-ce pas ?

- Non... Vous êtes Jessica Desroches, bien sûr. Jessica Desroches...

Elle acquiesça. Elle voulut sourire de ce malentendu presque fait exprès, la conséquence prévisible d'un petit jeu absurde. Mais les yeux de l'homme, résolument plantés dans les siens, irradiaient des choses inattendues et démesurées. Graves. À Jessica qui le fixait toujours, ils confiaient une émotion trouble, tentaculaire. Sa main était toujours dans la sienne et elle la retira. Elle allait s'efforcer de dire un mot léger pour désamorcer ce moment trop intense, mais soudain, une présence sembla créer une ombre dans un coin de son œil.

Elle sut qui c'était avant même de le voir : Seth.

Seth, droit comme une colonne au milieu de la salle de bal, les fixait d'un regard froid. Il s'avança enfin vers eux.

L'homme aux yeux gris lui sourit, tristement.

- Tu as manqué à ton devoir, Seth.

- De quel devoir parles-tu ? dit Seth en prenant la main de Jessica.

Sa voix ne contenait ni jalousie ni hostilité. Seulement une grande lassitude.

- Celui des présentations.

- Chérie, je te présente Thaddeus di Blumagia. Et cette demoiselle remarquable, c'est Jessica Desroches, ma fiancée.

- C'est donc vous l'élue, murmura-t-il d'une voix cassée. Félicitations.

Thaddeus di Blumagia resta parfaitement immobile, ses yeux plongés sans honte dans ceux de Jessica. Elle s'aperçut qu'elle avait arrêté de respirer.

Puis il disparut.

Lisez le tome II dès maintenant en cliquant sur ce lien :
https://amzn.to/2LOUxZ5

Ou tournez la page pour voir ce que les lecteurs ont pensé de ce nouveau tome...

CE QUE LES LECTEURS ONT PENSÉ DU TOME 2

★★★★★ J'adore !

Alex E.

★★★★★ Une pure merveille

Marion de R.

★★★★★ Aussi bon, voire meilleur que le T1

Jennifer O.

★★★★★ Un régal

Géraldine L.

Retrouvez Sixtine en cliquant sur ce lien :
https://amzn.to/2LOUxZ5

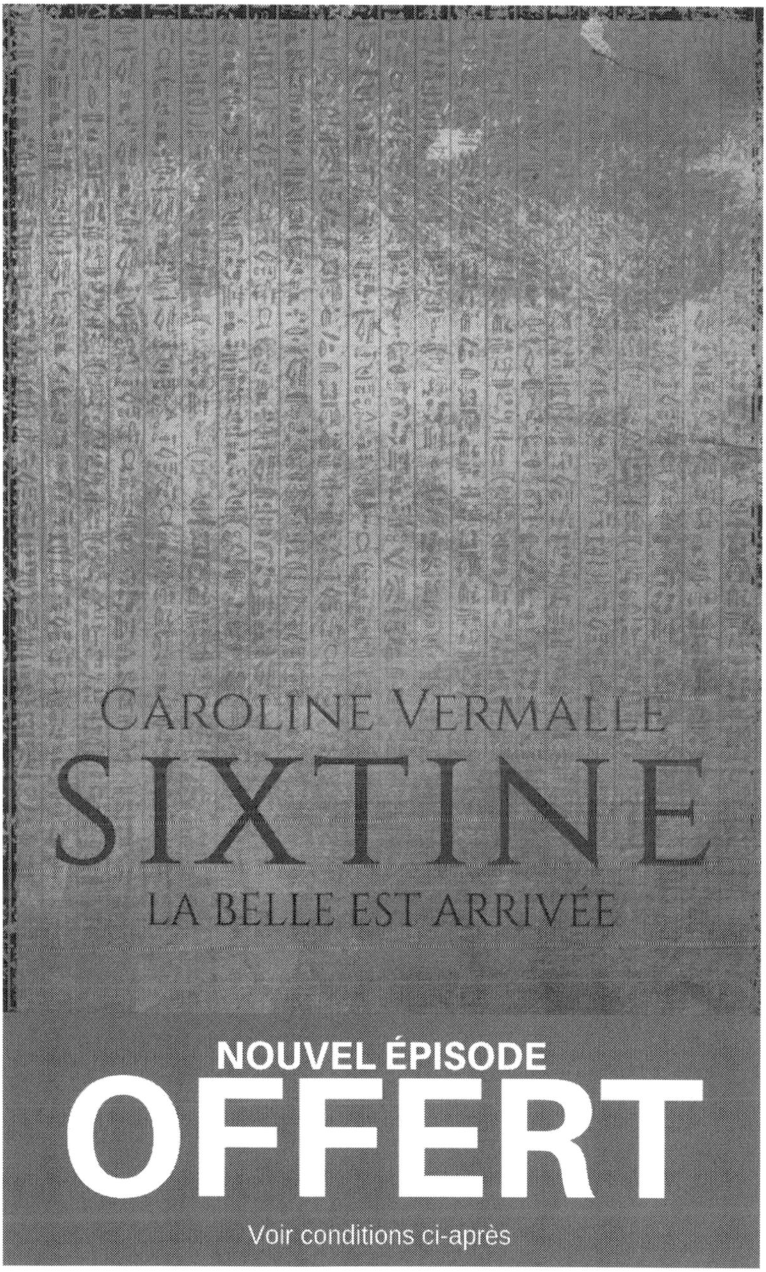
Caroline Vermalle
SIXTINE
LA BELLE EST ARRIVÉE
NOUVEL ÉPISODE
OFFERT
Voir conditions ci-après

LA BELLE EST ARRIVÉE : RÉSUMÉ DE L'HISTOIRE

La Belle Est Arrivée, parue en Septembre 2019, est une nouvelle d'environ 60 pages, dont l'action se déroule **AVANT** celle de *Sixtine : Livre I*.

Sa lecture n'est pas obligatoire pour comprendre la trilogie, mais elle est palpitante et vous y trouverez bien des indices sur ce qui va se passer plus tard dans la série...

Voici le résumé de l'histoire :

Des lettres oubliées. Un hangar abandonné. Une découverte qui va tout changer.

La jeune journaliste Florence Mornay joue gros en acceptant un rendez-vous nocturne dans un musée de Berlin. Une femme étrange lui a promis un scoop exclusif sur une découverte archéologique ultra-secrète : un trésor égyptien, porteur de malédiction. Mais ces révélations et la gloire qu'elles promettent ont un prix : révéler ses secrets les plus profonds.

Le trésor est-il à l'origine de cette fièvre mystérieuse qui s'abat sur la jeune reporter ? Ou de cette présence spectrale dans le musée désert ? Florence se doute-t-elle que cette rencontre un soir d'orage va la mettre sur le chemin de Sixtine, emmurée vivante dans la pyramide de Khéops ?

Retrouvez Florence et d'autres personnages de la saga SIXTINE !

Tournez la page pour découvrir l'OFFRE SPÉCIALE !

OFFRE SPÉCIALE « LA BELLE EST ARRIVÉE »

Découvrez la nouvelle
SIXTINE : La Belle Est Arrivée
3,99€ sur www.amazon.fr

OU

Recevez l'ebook GRATUITEMENT
en indiquant l'adresse email
à laquelle vous souhaitez le recevoir
ici :
http://eepurl.com/dwfGhb
(nous ne partageons pas vos coordonnées)

Recevez votre exemplaire de
« La Belle Est Arrivée » dès aujourd'hui !

À PROPOS DE L'AUTEUR

Jadis productrice pour la BBC Television, Caroline Vermalle est aujourd'hui l'auteur de 13 romans et nouvelles. Elle écrit en anglais et en français. Elle est passionnée d'archéologie, d'architecture et de voyages. Avec son mari, l'architecte Ryan von Ruben, leur petit garçon - écrivain en herbe à 10 ans - et un chat noir qui ne supporte pas les portes fermées, elle partage sa vie entre le Cap (Afrique du Sud) et un petit village de bord de mer en Vendée.

POUR CONTACTER CAROLINE : caroline@carolinevermalle.com

DU MÊME AUTEUR

COLLECTION « SIXTINE »

Romans :

Sixtine (Livre I)

Sixtine (Livre II)

Sixtine (Livre III)

Sixtine (Livre IV)

Sixtine : La Belle Est Arrivée (Nouvelle)

COLLECTION « FEEL GOOD »

Romans :

Le cœur de Paris

L'avant-dernière chance

L'île des beaux lendemains

Une collection de trésors minuscules

Nouvelles :

La Fille du déménageur

Dernier Tour

Vue mer libre novembre

Library of Congress Registration TX0008891841

Éditeur : Caroline Vermalle Co. - Postnet Suite 55 Private Bag x1005 Cape Town 7735 AFRIQUE DU SUD
Corrections : Stéphanie Pèlerin, Émilie Chevallier Moreux
Conception couverture : Stuart Bache / Books Covered
Images couverture © Shutterstock
Illustrations chapitres : Jean-Sébastien Vermalle
Photo auteur : Lea Pretorius
Maquette : Vellum

RIGHTS ENQUIRIES CONTACT:
rights@carolinevermalle.com

Caroline Vermalle

Printed by Amazon Italia Logistica S.r.l.
Torrazza Piemonte (TO), Italy

23208620R00205